KB050594

신의
연기

신의 연기 5

초판 1쇄 인쇄일 2016년 5월 23일 ㅣ **초판 1쇄 발행일** 2016년 5월 26일

지은이 백락 ㅣ **펴낸이** 곽중열 ㅣ **담당편집 팀장** 이범수
편집부 신연제 이윤아 홍현주

펴낸곳 (주)조은세상 ㅣ **출판등록** 제 2002-23호
주소 경기도 연천군 미산면 청정로 1355
TEL 편집부 02)587-2966 ㅣ FAX 02)587-2922
e-mail bukdu@comics21c.co.kr

ⓒ백락 2016
ISBN 979-11-5832-556-5 ㅣ ISBN 979-11-5832-460-5(set) ㅣ 값 8,000원

5

신의
연기

백락 白樂 현대판타지 장편소설

NEO MODERN FANTASY STORY

북두
(주)조은세상

CONTENTS

ACT 35.　예능 출연 ······ 007

ACT 36.　아시아 프린스 ······ 051

ACT 37.　광기 ······ 099

ACT 38.　못된 사람들 ······ 139

ACT 39.　연기가늠 ······ 177

ACT 40.　아시아 스타 ······ 229

ACT 41.　연기 배틀 ······ 279

ACT 42.　아득은 아빠지를 뛰어넘는다 ······ 303

ACT 43.　폭탄 발언 ······ 317

신의
연기

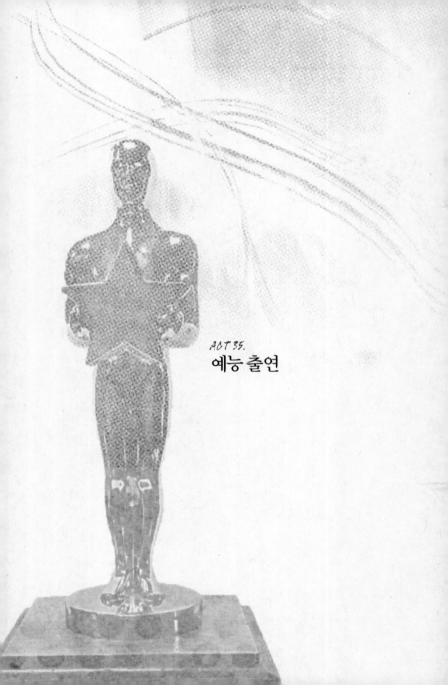

ACT 35.
예능 출연

예능 출연

시상식이 끝난 후 스파이팀끼리 뒤풀이를 가지기로 했다. 신과 예리는 의상을 바꿔입고 이 모임에 참석하기로 했다. 그리고 적당한 때에 뒤로 슬며시 빠지기로 했다.

두 사람은 두 사람만의 오붓한 시간을 보내고 싶었다.

사람들은 이 두 사람의 행동을 모른척하거나 너그럽게 넘어가 주었다.

매니저들도 눈치 있게 뒤로 빠져준 상황.

신은 예리를 그녀의 집에 데려다주기로 했다.

예리의 집에 당도하자 신은 갈등했다.

'더 함께하고 싶다.'

예리도 신과 같은 마음이었다.

이대로 헤어지면 너무 아쉬울 거 같았다.

두 사람이 시선을 부딪쳤다. 어느새 두 사람은 서로에게 입을 맞추고 있었다.

숨을 못 쉴 정도로 입맞춤하고 난 후 두 사람은 눈을 떴다.

서로의 숨결은 뜨겁고 거칠었다.

신은 그녀의 볼과 목덜미를 쓰다듬으며 입을 열었다.

"누나, 사랑해."

그녀의 귓가에 속삭이는 신의 달콤한 밀어에 예리는 온몸이 녹아내리는 거 같았다.

예리는 수줍은 표정으로 조그맣게 속삭였다.

"나도."

평소 기세고 도도한 그녀는 어디에도 없었다.

사랑에 빠진 요조숙녀만 있을 뿐.

이런 예리의 모습은 신의 가슴에 불을 지펴놓았다.

신이 그녀를 끌어안자 예리는 신의 허리를 두 다리를 감으며 신을 꼭 안았다.

신은 예리를 침대로 데려갔다.

서로의 손이 서로의 옷을 하나하나 벗겨 내고 있었다.

이성의 명령에 따라 행동하는 것이 아닌 본능에 따라 행동하는 것이었다.

두 사람은 금세 나신이 되었다.

신은 예리의 몸을 바라보면서 속으로 감탄사를 토해냈다.

'와.'

봉긋하게 솟아오른 두 봉분은 풍만했으며 허리는 잘록했고, 배꼽으로 하여 밑으로 이어지는 일련의 선은 예술가가 공들여 깎아 놓은 거 같았다.

예리는 몸을 살짝 떨고 있었다.

부끄러운 감정 때문인 것도 있었다. 그러나 이 떨림이라는 몸짓에는 설렘과 기대 그리고 흥분이 공존하고 있었다.

신은 예리를 안으며 안정시켰다.

살이 맞닿았다.

따뜻했다.

포근했다.

이때 신의 손이 매끈한 피부 결을 따라 허리와 아래쪽으로 더듬더듬 내려가고 있었다.

예리의 얼굴이 발갛게 달아올랐다. 그러나 예리는 신의 손길을 아무런 저항 없이 받아들였다.

그녀의 몸이 반응했다. 입에서는 신음이 흘러나왔다.

둘 다 어설프고 서툴렀다.

그러나 두 사람은 서로에게 익숙해지기 시작했다.

동시에 마음과 몸을 갈구하는 몸짓의 언어도 깊어지기 시작했다.

이 몸짓 속에서 사랑이 불꽃처럼 타올랐다.

이렇게 신과 예리는 진정한 하나가 되었다.

따스한 햇볕이 두 사람이 있는 곳 위를 비췄다.

"잘 잤어?"

예리는 잠에 덜 깬 것인지 콧소리를 내며 신의 몸으로 파고들었다.

"으응…."

신이 예리의 머리와 목덜미를 쓰다듬자 예리는 행복한 표정을 지었다. 신은 그녀의 입에 입을 맞추고는 사랑스러운 표정으로 예리를 바라보았다.

'어젯밤 정말 굉장했어."

그녀가 본격적으로 느끼기 시작하면서 교성을 내지르고 신을 깨물고 할퀴는 게 장난이 아니었다. 덕분에 지금 신의 어깨에는 생채기가 살짝 나 있었고 몸은 키스 마크로 가득했다.

'매일 아침을 이렇게 시작하는 것도 나쁘지 않겠다. 내가 출근하면 예리 누나가 나를 반겨주고……'

두 사람은 따뜻한 체온을 한창 느꼈다.

아무것도 하지 않고 그냥 이렇게 있는 것만으로도 기분이 좋았다.

'이대로 시간이 멈추면 좋겠네.'

이때 예리가 눈을 슬며시 뜨고는 신을 바라보았다.

'내가 처음이 맞나.'

물론 그녀는 신에게 그녀가 처음이라는 걸 알고 있었다. 그러나 신이 그녀의 성감대를 속속히 꿰차고 있으니 이런 의심이 든 것이다.

　예리의 생각과 감정이 신에게 흘러드니 신이 이를 모를 리 없다. 신은 이 정보를 통해 그녀를 공략한 것에 불과했다.

　'속궁합이 이 정도로 완벽한 걸 보면 우리가 그만큼 잘 통한다는 거겠지?'

　예리도 이런 쪽으로 경험이 없었다. 작품 활동을 하느라 바쁜 것도 있었고 마음을 함부로 주지 않는 콧대가 높다는 점도 있었다. 물론 잠깐 사귄 남자가 있긴 있었다. 이 시기는 신과 사귀기 이전이었다. 남자 쪽에서 다른 여자와 바람을 피우고 말았지만.

　'너와 만나고 너와 사랑하게 된 건 정말 천운이야.'

　예리는 신의 몸 위로 올라타 신의 가슴에 얼굴을 파묻었다.

　"나 움직일 힘 하나도 없어. 씻겨줘."

　그녀가 고양이처럼 칭얼거렸다.

　"그럴까?"

　신은 예리를 껴안고 샤워실로 들어섰다.

　한창 불타오를 때인 젊은 청춘남녀가 한 공간 안에 있는데 눈이 안 맞는 게 이상하다.

　두 사람은 이날 하루를 뜨겁게 보내며 2018년의 포문을 열었다.

☆　★　☆

서효원은 미국으로 출국하기 전에 신과 가볍게 만나기로 했다.

장소는 이태원에 있는 막창전문집.

이 자리에 다른 사람은 부르지 않기로 했다.

해외로 나가는 게 자랑거리까지라고 할 건 없으니 조용히 떠나고 싶었다.

한편, 신으로서는 서효원이 국내를 떠나는 게 아쉽기만 했다. 그동안 정이 들긴 든 모양이다.

'이 결정 막을 수는 없겠지. 서효원이 드라마 〈스파이〉를 시작하기 전부터 해외로 떠난다고 했으니까.'

이때 서효원이 입을 열었다.

"재밌었다."

'이런 말을 꺼내는 걸 보면 나한테 정이라도 든 건가.'

싫은 기분이 들지는 않았다.

신이 손을 내밀었다.

"뭐냐."

"잘 가라는 의미야. 어디 아프지 말고 항상 몸 건강히 지내라고."

"흥."

그리고 두 사람은 악수하며 앞날을 기약하기로 했다.

"다음에 또 호흡해보자고."

막창전문집에서 어울리지 않는 대사인 거 같지만 두 사람은 이를 신경 쓰지 않았다. 서효원은 신을 응시하며 속으로 중얼거렸다.

'어쩌면, 난 도망치는 것인지도 모르지.'

노트르담 드 파리 공연에서 신이 어떤 연기를 펼친 것인지 봐놓고 해외로 가는 건 신이 자신을 뛰어넘을 걸 보기 싫어 일찌감치 도피하는 것일지도 몰랐다. 해외로 가버리면 신이라는 존재를 잊을 수 있을 테니까.

'이 녀석에게 미리 떠나겠다고 말한 게 어떻게 변명거리가 되긴 되는군.'

신에게는 떠나겠다는 서효원을 잡을 명분은 없었다.

그러나 두 사람은 언젠가는 마주치게 될 테다.

세상은 넓으면서도 좁으니까.

그리고 '운명'이라는 건 피할 수 없는 관계 같은 거다.

'그러나 난 너에게 질 생각이 없어.'

서효원은 여기서 이를 악물 작정이었다.

이대로 주저앉을 수 없었다.

그리고 서효원은 신과의 만남으로부터 며칠 뒤 한국을 떠났다.

신은 서효원이 떠났다는 소식을 접하고는 가슴이 퀭해지는 걸 느꼈다.

'그렇게 멋진 호흡을 나눌 수 있는 배우는 내 또래 중에 흔치 않은데.'

그러나 만남의 헤어짐은 또 다른 만남을 불러오는 법이었다.

신은 케이블 방송채널 TVS의 〈나는 배우다〉 편을 위해 개그 프로그램 SML 예능팀과 한번 만나보기로 했다.

☆　★　☆

연기자 강신이 온다는 소식에 SML PD와 작가 개그맨 크루들은 아침 댓바람부터 바짝 긴장하고 있었다.

"후우. 후우. 가슴이 진정이 안 되네."

"이 작가님 청심환 드실래요?"

"하나 줘봐요."

청심환을 먹어도 긴장이 풀리지 않는다.

'아아, 잘 돼야 할 텐데.'

이때 TVS 국장이 기획부서실 안으로 들어섰다.

사람들이 시선을 교환했다.

'결국, 국장님까지 나서네.'

'그러게요.'

'이거 잘못되면 어째요?'

국장까지 나서는 이유가 있었다. 케이블방송 특성상 시청률은 공중파에 비해 잘 나오지 않는다. 시청률 2%만 나와도 케이블 방송 입장에서는 시청률이 크게 터진 축에 속하니까.

신의
연기5

한데, 요즘 대세인 강신이 이 방송에 나오면 어떻게 될까? 시청률이 4%는 나올 수 있을지 모른다.

　아니, 시청률을 떠나서 강신이 찾아오는 자체가 국장 입장에서는 쌍수를 들고 환영할 일이었다. 이 일이 인연이 되어 케이블 드라마에 나와주기라도 한다면 횡재하는 것이니까.

　어쨌건 신이 이 예능프로그램에 출연한다는 의사를 내비칠 때 SML 제작진은 정말로 기뻐했다. 이것도 잠시 무작정 기뻐할 수는 없었다.

　행여나 연기자 강신의 출연이 고사라도 되면 끔찍한 일이 벌어질 것이기에.

　지금 천당과 지옥을 오가는 건 이상재 작가였다. 연기자 강신이 출연하는 특별편 〈나는 배우다〉는 그가 혹시나 해서 기획해둔 특별편이기 때문이었다.

　솔직히 이 특별편을 기획할 때부터 큰 기대를 하지 않고 있었다. 강신이 섭외되면 좋고 안 되면 어쩔 수 없고 식이었다. 그런데 될 줄 몰랐다.

　'강신 씨가 내용을 보고 마음에 안 들어 해서 특별편 자체가 엎어지기라도 하면…….'

　생각만 해도 끔찍한 일이다.

　이때, SML 기획부서실을 찾아오는 한 일행이 있었다. TVS 국장이 이 일행에 부리나케 다가가 일행의 중앙에 서 있는 강신에게 인사했다.

"전 TVS 방송국 국장 장인이라 합니다. 강신 씨를 이렇게 만나서 반갑군요. 그보다 여기에 찾아와주신 거 정말 감사합니다."

두 손을 꼭 붙잡는 게 파리가 손을 비비는 거 같고 머리도 바닥에 어찌나 엎드리는지 절이라도 할 지경이다.

사람들은 중얼거렸다.

이래서 톱스타 톱스타 하는구나.

"예능도 한번 해보고 싶었거든요. 기획도 무척 재밌어서 나름 재밌고 좋은 추억 만들 수 있을 거 같더라고요."

이 말에 이상재 작가는 속으로 안도의 한숨을 내쉬었다.

"하하! 그러시군요. 편하게 보고 가시면 좋겠습니다. 그럼 저는 이제 나가보겠습니다."

장인은 조그마한 인연 고리를 만들어두고는 이윤석 PD를 불러 그의 귓가에 조그맣게 말했다.

"잘 해드려, 알겠어?"

"알겠습니다."

신은 자리에 앉고서 이상재 작가가 내미는 대본을 받았다.

"기획안과 대본입니다. 대본은 거의 만들어진 상황입니다."

"아, 나는 배우다 편을 기획한 작가님이세요?"

"네, 그렇습니다."

"조선 GTA랑 극한 청춘 재밌게 봤어요."

신은 이 밖에도 그가 만든 코너를 줄줄이 읊었다.

"제가 쓴 거 보셨나 보네요."

"네, 이상재 작가님이 대본 쓰신 코너는 재밌더라고
요."

신은 대본을 읽어보기 시작했다.

아무 말도 없었다. 종이가 한 장씩 넘어가기 시작했다.
사람들은 긴장이 서린 표정으로 대본을 뚫어지게 쳐다보
았다.

"아이템도 다양하고 도중에 반전효과를 노리는 게 재밌
네요."

"가, 감사합니다."

이상재는 황급하게 말을 이었다.

"그래도 도중에 뺄 건 과감히 뺄 생각입니다."

"다 재밌게 보이는데요?"

"원래 내용을 줄여야 내용도 재밌어지니까요."

"아, 영화처럼 다 찍어두고 재밌는 부분만 뽑아내는 그
런 거네요?"

"네, 예능도 그런 작업을 한다 생각하시면 편하십니
다."

신은 그에게서 프로의식이 느껴지는 게 마음에 들었
다.

"그리고 강신 씨는 부담가지실 필요 없습니다. 그냥 편하게 놀다가 가시는 거로 생각하시면 됩니다. 저희가 어떻게든 웃기는 작업에 맞출 테니까요. 함께 해 주신다면 제가 최선을 다해보겠습니다."

신은 고개를 끄덕였다.

"좋아요. 한번 호흡 맞춰볼 수 있을까요?"

다행히도 긍정적인 답변이다.

이 정도 대답이면 출연이 거의 확정된 것이나 다름없다.

무겁게 가라앉았던 분위기가 다소 풀어지게 되었다.

이때 신이 말문을 열며 자리에서 일어났다.

"아, 그러고 보니 대본 내용이 정말 궁금하다 보니 정신이 잠시 팔려 인사도 못 했네요. 전 강신이라고 하고 올해로 21살 되었습니다. 예능에 대해 모르는 게 많은 초보니 잘 부탁합니다."

사람들도 황급하게 인사했다.

"아니요, 우리가 잘 부탁해야죠."

사람들은 신이 뜻밖이라고 생각했다. 어린 나이에 잘 나가면 주위 사람들에게 거들먹거릴 만도 한데 이런 점이 전혀 없었으니까.

신은 사람들과 간단한 인사를 나누기 시작했다.

"안녕하세요. 저는……."

"반갑습니다."

주목할 개그맨들은 남자 쪽에서는 강윤, 박이사, 장민이라는 사람들이었고 여자 쪽으로는 김나미와 이지연이었다. 남자 세 명의 경우 트리오로 활동하면서 시청자들에게 큰 웃음을 주는 개그맨들이었다.

강윤은 능청스러운 개그와 타고난 센스로 사람들을 웃기고 장민은 스스럼없는 막말로 웃음을 유발하고 박이사는 이 둘을 보조하면서 둘의 개그를 강조하는 형식이었다.

김나미는 사람들을 웃기기 위해서 여자로서 망가지는 것도 마다치 않는 여인이었고 이지연은 큰 키와 구수한 입담으로 정평 난 개그우먼이었다.

이제 이들이 이 예능 프로그램을 이끄는 주축이었다. 그리고 이들에게 붙은 별명이 있었다.

'뼈그맨.'

뼛속까지 웃기다는 뜻이었다.

이때 이윤석 PD가 입을 열었다.

"형, 누나라고 편한 대로 불러요."

"편안히 행동하도록 할게요."

개그맨들은 신보다 나이가 많거나 데뷔가 빠르기도 했다. 그러나 동종 업계에서 활동하는 것도 아닌데 선배와 후배라는 딱딱한 호칭으로 서로를 부를 필요는 없었다.

"일단 엔딩 쪽에 있는 부분으로 가보도록 하겠습니다. 다른 부분은 강신 씨가 몸으로 묘사하고 연기해야 하는 부분이 나오거든요."

사람들이 대본을 넘기며 대본을 바라보았고, 신은 기대된다는 표정을 지었다.

'강윤 씨가 영화 양과 늑대에서 남민수가 줄기차게 내뱉었던 대사를 성대모사 하는 부분이구나.'

그라면 이 부분을 익살스럽게 잘 살려낼 수 있을 거 같았다.

이때 개그맨 강윤이 차가운 표정을 지었다. 자기 딴에는 나름의 분위기를 잡으려고 하는데 이상하게 웃음이 나온다. 몇몇이 쿡쿡 웃었으나 이를 티 내지 않았다. 분위기는 진지했다.

강윤이 딱딱한 어조로 말문을 열었다.

"양이면 양답게 살아야지."

사람들이 움츠러들었다.

"양이면 양답게 살아."

[이때, 강신이 사람들 앞으로 나오며 말문을 연다.]

신이 대본에 있는 대사를 내뱉었다.

"그만해. 양 주제에."

강윤이 깐죽거리는 태도로 신의 대사에 되받아쳤다.

"양이면 양답게 살아야지."

이에 신은 고개를 가로저었다. 마치 대사를 이렇게 내뱉어야 한다고 말하는 거 같았다.

"양이면 양답게 살아."

분명 같은 대사였다. 그런데 분위기나 느낌이란 게 전혀 달라선지 다른 대사를 듣는 거 같았다. 사람들은 속으로 감탄사를 토해냈다.

'역시 딕션이 장난이 아닌데.'

이제 이 부분은 신의 연기력이 드러나면서 방청객들이 놀라워하는 부분이었다. 의도적인 연출이기는 하지만 이 '의도'를 의도적이라고 느껴지지 않게 하는 게 관건이었다.

"오오, 원조는 다르다."

강윤이 호들갑을 떨며 신을 바라보았다.

신은 아무 말 없이 강윤을 바라보았다. 지금 이 순간 신은 남민수에 완전히 빙의하여 있었다.

"강윤."

강윤이 침을 꿀꺽 삼키며 입을 열었다.

"네?"

"지금 나랑 장난하자는 거야?"

강윤이 어리벙벙한 표정을 짓다 고개를 숙였다.

"야, 양이면…."

"양이면?"

"양답게 살아야죠."

대사 지문으로는 그의 머리맡에 부착된 장치에서 물줄기가 흘러나오기로 되어 있으나 지금 상황에서는 생략하기로 했다.

23

신이 사람들을 향해 입을 열었다.

"이렇게 가면 된다는 거네요?"

사이코패스로 변했던 신은 어느새 천진난만한 청년으로 돌아와 있었다. 이상재 작가가 엄지를 척 내밀었다.

"딱 좋습니다."

☆　★　☆

신이 예능에 출연한다는 소식이 SNS에 올라왔다.

이 소식을 접한 사람들은 우려를 표하기도 하고 기대하기도 했다.

우려하는 사람들 경우 신이 예능감은 없지 않을까 하고 생각하는 부류였다.

한편, 신의 예능 출연을 기대하는 사람들은 신이 색다른 모습을 보여 주는 것에 환호하는 '신바라기'들이었다. 이들에게는 신이 예능을 잘하면 더더욱 좋고 못해도 그만이었다.

어쨌거나 신은 개그맨 크루들과 여러 번 만나보면서 호흡을 맞춰보기로 했다. 예능이라는 것에 익숙해지기 위해서였다.

'연기와 닮은 것도 있고 다른 점도 있고.'

둘은 사람에게 감동을 주고 재미를 주는 오락적인 면에서 닮았기는 하다. 이제 예능의 경우 연기보다 즉흥적인

면이 더 강조되었다. 때문에, 동물적인 감각이 정말로 중요했다.

다행히도 신은 빼어난 감각으로 사람들을 웃기는 포인트를 대략 파악할 수 있었다. 개그맨 수준으로 정말 뛰어난 건 아니었다. 신은 배우였으니까.

'예능 어렵다.'

사람을 웃기고 즐겁게 하는 거 아무나 하는 게 아니었다. 신은 개그맨들이 얼마나 대단한 사람인지도 새삼 깨닫게 되었다.

'쓸만할 아이템 하나라도 건져내기 위해 노력도 장난 아니게 기울이고.'

역시 어느 일이고 쉬운 건 없었다.

이윽고 신은 예능 촬영에 들어가기로 했다. 현장 분위기는 정말로 좋았다. 사람들은 신을 하나하나 챙겨주었고 신이 무얼 해도 신을 칭찬했으니까.

사람들은 화기애애하게 촬영에 임했다.

곧, 찍을 부분은 바람의 공주 패러디.

신은 의상실에서 대기하며 의상을 바꿔 입기로 했다.

'서윤도, 이것도 간만이네.'

신은 푸른 복장을 하고는 이리저리 둘러보았다.

그러던 이때, 예리에게서 연락이 왔다.

"여보세요."

- 오늘 언제 올 거야?

"글쎄, 촬영 끝나고 뒤풀이 다 하고?"

– 나 너 벌써 보고 싶어.

"나도."

– 오늘 밤 각오해야 해. 너 안 놓아줄 테니까.

신은 예리의 말에 몸이 뜨거워지는 걸 느꼈다.

– 아, 그리고 신아. 우리 부모님이 너 한번 만나보고 싶
어 하셔.

'올 것이 왔구나.'

예리의 부모님은 중견 기업을 운영하는 부부였다.

이런 것을 보면 신과는 달리 예리는 남부럽지 않은 가
정환경을 지니고 있었다.

'누나 아버님은 나 보면 언짢아하시려나.'

신은 예리가 가족과 화목한 건 물론 아버지와 꽤 친한
거로 알고 있었다. 그녀의 아버지 입장에서는 신이 그녀
를 노리는 나쁜 놈으로 볼 가능성이 컸다.

– 부모님에 대해서 걱정하지 마. 한번 보자고 하시는
거니까. 그래서 하는 말인데. 나도 네 아버지 만나보면 안
될까?

그녀로서는 박명우와 만나지 못한 게 마음에 사뭇 걸린
모양이다.

"알겠어. 자리 한번 주선해볼게."

신은 예리와 열애 발표를 하면서 예리를 책임지리라
깊게 마음먹은 상태였고, 예리도 신과의 미래를 꿈꾸고

있었다.

'누나도 그와 한번 만나 봐야겠지.'

신이 고민하는 것도 잠시 AD의 호출이 있었다.

신은 촬영장소로 이동하기로 했다. 촬영장 세트는 조그 맸다. 세트 배경도 단순했다.

궁궐 사진을 커다랗게 인쇄해놓은 게 다였다. 한 코너 를 찍고 다음 코너를 곧바로 찍는 방식이다 보니 촬영 규 모가 간소했다.

이 PD가 사람들에게 말했다.

"바람의 공주 패러디 촬영 부분 들어가 보도록 하겠습 니다."

잠시 후, PD의 큐사인에 맞춰 검은 복장을 한 엑스트라 들이 검을 내뽑았다.

신도 검을 뽑으려고 하였으나 검이 검집에서 빠져나오 지 않았다.

엑스트라들이 신 주위로 슬금슬금 다가갔다.

신이 손을 내밀었다.

"자, 잠시!"

이때 검집에서 검이 뽑혔다.

신의 입가에 미소가 맺히는 것도 잠시 검집에서 장난감 검이 튀어나왔다.

장난감 검이 번쩍번쩍 빛나면서 요란한 소리가 났다.

"이게 무슨."

신은 주변을 황급하게 둘러보았다.

이때, 고급스러운 복장을 한 여인이 신의 눈에 띄었다.

신이 그녀를 향해 소리를 질렀다.

"아니, 넌 란이 아니냐. 란이야! 마침 잘 되었다. 나 좀 도와다오!"

다소곳한 자태로 뒤돌아 서 있는 '그녀'는 생각보다 건장했다.

"서윤도…?"

그녀의 목에서 나오는 목소리는 고왔다.

"그래! 나다! 윤도."

이때 여인이 뒤돌아섰다. 여인의 정체는 개그맨 장민이었다.

그는 우스꽝스러운 여자분장을 하고 있었다.

신은 고개를 숙이며 말했다.

"사람 잘못 봤네요. 수고하세요."

"아니, 윤도야!"

신이 도망치려고 했으나 엑스트라들이 신을 붙잡고 있었다.

"나를 모르겠어? 내가 화란이란 말이다! 어릴 적부터 너와 친하게 지낸 친구."

대사를 내뱉던 장민이 웃음을 쿡 터뜨리자 엑스트라들도 웃음을 쿡 터뜨렸다.

개그맨 장민이 신에게 말했다.

"어째서 이리도 다친 거야?"

"아니, 하나도 안 다쳤다."

"뭐래. 다쳤구먼."

스크린으로 화면을 보던 이상재 작가가 말문을 열었다.

"이 부분은 재미가 별로 없죠?"

이윤석 PD가 고개를 끄덕이며 대답했다.

"음, 편집하면서 날리는 게 낫겠네."

☆　★　☆

이어서 찍을 코너는 〈배우클럽〉이었다.

이 코너에서는 방청객들이 직접 관람하면서 호응해주기로 했다.

이번 세트장은 학원 내부를 그대로 옮겨놓은 듯했다.

잠시 후.

신은 정장 차림을 하고서 카메라 앞에 서서 웃으며 말했다.

"안녕하세요. 배우 강신입니다."

코너를 관람하는 방청객들이 손뼉을 짝짝 쳤다.

"제가 이번에 배우클럽을 열었습니다. 많은 분의 성원이 없었다면 이를 열지 못했을 거 같습니다. 이 배우클럽을 열기로 한데는 많은 고심이 있었거든요."

신은 손을 쓱쓱 비비며 말했다.

"이런 말을 하면 건방지다고 할지 모르겠지만 저는 어떤 장르든 소화할 수 있습니다. 멜로면 멜로, 사극이면 사극 말이죠."

신을 찍는 카메라가 각도를 바꾸자 신은 능숙한 동작으로 자세를 고쳐 잡으며 카메라 쪽을 바라보았다.

"못 믿는 눈치시니 멜로 장면으로 한번 가볼까요?"

한편, 신 뒤쪽에서는 개그맨 크루들이 대기하고 있었다.

신이 말했다.

"지연 씨."

세트장 의자에 앉아서 콧등에 연필을 올려 이리저리 고민하던 개그우먼 이지연이 일어섰다.

"음악 주세요."

신의 말에 맞춰 스피커에서 슬픔 분위기의 음악이 내리깔렸다.

이지연이 신을 바라보았다.

애잔한 표정을 짓는 게 금방이라도 눈물이 나올 것만 같다.

"우리 헤어지자, 오빠."

"왜?"

"이제 헤어져."

"야, 내가 잘하면 될 거 아니야. 어?"

상황이나 분위기로 볼 때 남자가 여자한테 잘못을 많이 저지른 거 같았다. 한데, 신은 적반하장격으로 나가고 있었다. 로맨스 특유의 클리셰를 비트는 것이었다.

그리고 신은 기가 막히듯 코웃음을 쳤다.

"나 너 사랑한다고 했잖아. 너 나 사랑하기는 한 거냐, 어? 죽을 때까지 사랑한다며."

신이 그녀를 거칠게 윽박지르자 이지연은 겁을 먹은 표정을 지었다.

"그, 그게."

"내가 너 사랑하겠다는데 잘못됐어? 사랑 좀 하면 안 되냐고."

이어서 신은 그녀의 어깨를 붙잡고 제 가슴을 두드렸다.

"아, 잘못했네. 내가 잘못했네. 내가 단단히 잘못했네!"

그녀는 신의 기세에 억눌리고 있어서 신에게 반항할 수 없었다. 이때, 그녀의 이마에 식은땀이 흘렀다. 식은땀이라고 하기에 물이 줄줄 흐르는 수준이었다.

그녀의 이마에는 사람들 눈에 띄지 않게 가느다란 호스관이 부착되어 있는데 이제 이 호스에서 물줄기가 흘러나오는 것이었다.

사람들은 손뼉을 치며 재밌어했다.

"사랑이 변해? 어?"

"변할 수도…."

"뭐?"

이지연은 고개를 숙이고는 말했다.

"주, 죽을죄를 지어 죄송합니다."

신은 그녀의 위아래를 힐긋 바라보고는 사람들을 향해 빙긋 웃었다.

"자, 보셨죠?"

순식간에 달라진 상황에 사람들이 폭소를 터뜨렸다.

"이처럼 연기는 상호 간에 소통과 호흡이 중요합니다. 이게 제1의 원칙이죠. 이제 다른 장면으로 가볼까요?"

신의 말에 맞춰 개그우먼 김나미가 앞으로 나섰다. 그녀는 머리에 하얀 면사포를 뒤집어쓰기 시작했다. 한데, 면사포가 그녀의 머리에 잘 씌워지지 않는다.

이 모습이 웃긴 것인지 방청객들 몇몇이 웃었다. 물론 FD가 방청객들에게 웃으라고 어느 정도 지시하는 것도 있었다. 방청객들이 이곳에 있는 건 코너에 호응하기 위해서였으니까.

김나미가 세트 무대 중앙에 서서 무릎을 꿇고 손을 가지런히 모았다. 모양새가 제법 나온다.

이윽고 그녀가 사람들을 향해 말문을 열었다.

"내 죄가 무엇이냐면……. 그 숱한 남자 중에서 너란 남자를 만나 인연을 맺게 된 것이겠죠."

지금 이 상황극은 〈인연〉이라는 영화에서 한 장면을 패러디한 것이었다. 이 영화는 불치병에 걸려 시한부 삶을 살아가는 여자의 한 사랑 이야기를 다루는 이야기였다.

영화 이야기 맥락에서 본다면 지금 상황은 이렇다. 여자가 남자 주인공의 사랑을 거부하기로 마음먹고는 제 마음을 성당에서 고해성사하는 상황이었다.

영화에서는 이 고백이 담백하면서 먹먹하게 그려져서 수많은 관람객의 가슴을 울렸다. 이 고백 부분은 지금까지도 명장면으로 뽑히는 장면이었다.

"그리고 하필 너란 사람과 사랑에 빠지게 된 것이고. 내일을 꿈꾸게 된 것이겠죠."

그녀의 연기는 괜찮았다. 나쁘지 않았다.

사람들이 오하고 감탄사를 내뱉었다.

개그맨이 어느 정도의 연기력을 갖추고 있는 게 뜻밖이라고 할지 모르겠지만, 개그맨도 주어진 배역에 따라 사람들 앞에 코믹 연기를 펼쳐내는 것이었다.

"당신과 인연을 맺었다는 거. 그리고. 그리고. 지금 당신을 내버려두고 당신 곁을 떠나야 한다는 거."

이때, 김나미는 흐느끼기 시작했는데 다소 과하게 흐느꼈다. 표정까지 일그러트렸다. 여기서 무어라 말을 내뱉는데 무슨 말을 내뱉는지 알 수 없었다.

이윽고 그녀는 자신의 입에 주먹을 밀어 넣었다. 그리고 나지도 않는 눈물을 흘리는 척하며 끅끅거리는 울음을 내뱉었다. 제대로 된 과장 연기다.

신이 김나미를 물끄러미 바라보았다. 지금 대체 뭐하냐는 표정이다.

김나미가 이를 의식한 것인지 신을 조심스레 바라보았다.

두 사람 사이로 말이 없었다. 침묵만이 흐를 뿐이었다. 이 상황의 괴리가 사람들에게 묘하게 다가왔다.

이때 신이 말했다.

"네 죄가 뭔지 알아?"

"모, 모르겠는데요."

"발연기."

신이 소리를 버럭 질렀다.

"이딴 식으로 연기할 거면 하지 마! 이것도 지금 연기라고 하는 거야? 이딴 발 연기는 연기자를 모욕하는 행위야. 이렇게 연기할 거면 연기하지 마. 그냥 연기 집어치워!"

김나미의 이마에 부착된 가느다란 고무관에서 물줄기가 흘러내렸다.

그녀가 신에게 겁을 먹어 식은땀을 흘리는 게 유쾌하게 그려졌다.

한편, 신이 숨을 씩씩거리고 있는 게 정말 화가 나기라도 한 거 같았다. 참으로 실감 나는 연기였다.

지금 신은 가슴 쪽에 호흡을 의도적으로 걸쳐둔 상태다. 이렇게 하면 호흡을 급하게 내쉴 수 있기 때문이었다.

이윽고 신의 호흡이 정상으로 돌아오면서 신은 안정을 금세 되찾았다.

신이 사람들을 향해 빙긋 웃었다.

"어때요? 감정이 잘 전달되죠?"

분위기가 단숨에 반전되었다. 자리에 앉아 코너를 바라보던 방청객들은 서로 바라보았다.

'방금 화낸 거 연기하는 거였어?'

'진짜 화낸 건 줄 알았네.'

연기라는 소재로 이런 반전 개그를 할 수 있다는 게 신선했다.

방청객들은 카멜레온 같은 신의 변신에 오오 하며 손뼉을 짝짝 쳤다.

신은 사람들의 박수가 그치길 잠시 기다리고는 말했다.

"연기에 감정을 지나치게 투사하면 감정 과잉이 일어나고 연기를 보는 이들은 부담감을 가지게 되죠. 연기에서 중요한 건 힘을 빼는 것입니다. 여기서 자연스러운 연기가 출발합니다."

신은 김나미를 내버려 둔 채 눈을 찡긋하며 말했다.

"자, 이번에는 남녀 간의 썸 연기로 가볼까요?"

한쪽에서 대기하고 있다가 이번에 나서기로 한 인물은 박이사라는 남자 개그맨과 이승아라는 여자였다. 이승아는 SML에서 활동하는 크루 멤버였다.

이들의 가슴팍에는 연기 지망생이라는 명찰이 달려 있었다. 곧이어 경쾌한 왈츠 박자의 음악이 흘러나오기 시작했다. 두 사람은 가상의 상황극을 펼쳐내기 시작했다.

남자가 한숨을 쉬며 말했다.

"도대체 뭐가 문제야?"

"제 자존심이 중요한 게 아니잖아요. 이사 씨가 중요하지."

"웃기지 마."

여자가 뾰족한 소리를 질렀다.

"웃기다뇨!"

"네가 확신이 없어서 그런 거잖아! 그러니까 이 남자가 내 사람이다, 내 남자다라고 말을 못 하는 것이겠지."

이 장면은 〈재벌의 연인〉이라는 드라마의 패러디였다.

이 드라마는 평범한 여주인공이 엄청난 부를 지닌 남자와 사랑에 빠지는 걸 그려내는 이야기였다. 당시 〈재벌의 연인〉은 신선하면서 파격적인 이야기였다.

덕분에 이 작품은 수많은 사람에게 사랑을 받게 되었다. 이 작품 이후로 신데렐라 이야기가 본격적으로 나왔다. 어떻게 본다면 이 〈재벌의 연인〉은 한 장르를 개척한 역사적인 작품이기도 했다.

이때, 박이사가 이승아에게 다가섰다.

"이사 씨. 지, 지금 뭐하는 거예요?"

그녀가 뒤로 물러났다.

박이사의 입가에는 어느새 장미꽃 한 송이가 물려있었다. 그가 느끼한 미소를 지으며 말했다.

"내가 너에게 할 수 있는 가장 잔인한 짓."

두 사람의 거리가 가까워지자 방청객들이 부럽다는 소리를 내질렀다.

"우아아아!"

두 사람이 입을 맞추려고 할 때 신은 두 사람을 억지로 떼어놓았다. 박이사가 현란한 동작으로 바닥으로 나뒹굴었다. 슬랩스틱 코미디였다.

신은 그에게 눈길 하나 주지 않고 카메라를 바라보며 말했다.

"아까 까먹고 말을 못했는데 연기에서 또 중요한 게 있습니다. 시범을 통해 여러분께 보여드리도록 하죠. 이승아씨 호흡 한 번 맞춰볼까요?"

이승아가 신의 말에 고개를 끄덕였다. 한데, 그녀는 겁을 살짝 먹고 있었다. 연습 때 신과 호흡을 맞추면서 신이 어떤 연기를 펼친 것인지 알고 있기 때문이었다.

"네, 네."

"큐!"

신의 사인에 맞춰 경쾌한 음악이 스피커에서 흘러나왔다. 신이 이승아를 바라보며 연기하기 시작했다.

"도대체 뭐가 문제야?"

어투도 평범. 표정도 평범. 여기까지는 좋다.

"제 자존심이 중요한 게 아니잖아요. 강신 씨가 중요하지."

신이 웃음을 흘렸다.

누가 봐도 냉소적인 웃음이다.

"아주 웃고 있네."

이승아는 박이사 때와 다르게 말을 더듬었다.

"우, 웃기다뇨."

"네가 확신이 있어야 할 거 아니야. 어? 왜 없는 건데?"

신의 질문에 그녀는 입술을 벙긋거리다 말문을 열지 못했다. 신의 기세와 눈빛에 억눌린 것이다. 그녀가 겁을 먹은 게 실제인지 연기인지 분간되지 않았다.

연출되던 장면을 지켜보던 이상재 작가가 감탄사를 토해냈다.

'전문 연기자도 아닌 개그맨을 상대로 이런 반응을 끌어내다니.'

신은 이승아를 자극하면서 독특한 분위기를 잘 조성하면서, 그녀가 상황극에 몰입하게끔 유도하고 있었다. 별거 아닌 거 같은 작업이지만 어려운 작업이었다.

'이 콩트를 TV로 보는 시청자들은 지금 이 장면 생생하게 느끼겠지.'

이상재 작가가 기대 어린 눈빛으로 신을 주시했다.

이때 신은 이승아에게 다가가고 있었다. 신이 그녀에게 가까워질수록 이승아는 뒤로 물러났다.

"그리고 내가 네 남자인지 아닌지는 내가 정해. 네가 뭐라고 내가 네 남자친구인지 아닌지 정해? 어? 네 주제를 파악해야 할 거 아니야?"

한 발자국. 한 발자국. 그리고 또 한 발자국 이동하면서 두 사람의 거리가 가까워졌다.

신의 입가에 미소가 맺혔다.

"지금부터 너에게 가장 잔인한 짓을 할 거야."

분명 아까까지만 해도 남녀 간에 설레는 감정이 피어오르는 상황이었다. 한데, 상황의 분위기가 180도로 변했다. 긴박감이 넘쳐흐른다. 단지 대사와 어투가 좀 바뀌었을 뿐인데 말이다.

그러던 이때.

이승아가 백기를 들었다.

"저 못하겠어요. 저 연습생 그만두고 집에 갈래요."

이윽고 그녀는 울음을 터뜨리는 시늉을 했다. 신은 연기를 멈추고 방청객들에게 말했다.

"보셨죠? 연기란 건 이렇게 사실적이어야 합니다. 또, 내면에서 우러나오는 연기를 해야 진실성이 있어집니다. 이래야 사람들이 '허구'라고 여기지 않거든요. 진실성과 사실성이 있는 연기. 연기자가 계속해서 풀어나갈 중요한 숙제죠."

신이 지금껏 펼친 연기는 솔직하고 사실적인 연기이기는 했다. 다만 사람들을 윽박지르고 겁주는 무서운 연기였을 뿐이지.

이때 개그맨들이 자기들끼리 숙덕거렸다.

"말과는 전혀 다른 연긴데."

"그러게. 대사와 연기가 일치되지 않는데. 배우클럽은 왜 차렸나 몰라."

신이 이들을 슬며시 바라보자 개그맨들이 저마다 딴청을 부렸다. 개그맨들 이마에 장착된 가느다란 관에서 물줄기가 졸졸 흘러나왔다.

"저랑 연기 호흡 더 맞춰보고 싶어요?"

신의 말과 동시에 개그맨들 얼굴에 부착된 투명호스에서 물줄기가 봇물 터지듯 흘러나왔다. 숨을 못 쉴 정도로 물줄기가 얼굴을 뒤덮자 개그맨들이 웃음을 저도 모르게 터뜨렸다.

"풉."

"큽."

신도 웃음 바이러스에 전염되어 웃음이 나올 거 같았지만 여기서 마무리를 해야 했다. 신은 방청객들을 향해 인사를 하며 유종의 미를 거뒀다.

"감사합니다. 지금까지 배우 강신의 배우클럽이었습니다."

방청객들이 손뼉을 짝짝 쳤다.

PD가 만족스러운 표정을 지으며 말했다.

"컷! 아주 좋았습니다."

신은 다른 코너를 연이어 촬영하면서 SML 〈강신 – 나는 배우다〉 특별편을 훌륭히 마무리할 수 있었다.

☆　★　☆

SML 예능 촬영이 끝나고 난 후.

신은 SML 예능팀과 뒤풀이를 가지며 재밌는 시간을 보냈다. 그리고 신은 사람들과 함께 사진을 하나 찍기로 했다. SNS에 올려 홍보도 하고 추억도 남길 목적이었다.

이상재 작가가 이 사진을 예고편은 일주일 뒤에 올라간다는 내용과 함께 페이지 북에 올렸다. 사진과 글 내용이 페이지 북에 게재되자마자 페이지북 유저들이 곧바로 반응을 보였다.

사람들의 실시간 반응은 이랬다. '상재 작가 출세한 거 보소 ㄷㄷ', '언제 방송되는 거냐?', '정말 기대된다.', '다 웃고 있는 거 보니 결과물 제대로 뽑힌 모양이다.' 등등.

사람들은 피드백을 안주 삼아 술을 나눴다.

그러던 이때, 예리에게서 연락이 왔다.

신은 사람들 몰래 문자를 바라보았다.

– 빨리 온다 해놓고서 다른 사람들이랑 웃고 떠드니 기분 좋지?

41

신은 그녀의 문자에 술이 확 깨어버렸다.

'페이지 북에 올라온 사진 본 모양이네.'

예리는 신이 같은 공간에 다른 여자와 함께인 것만으로도 질투를 느낀 게 틀림없었다.

그녀가 이를 대놓고 나무라는 건 아니었다.

업무적으로 여자 사람을 알고 지내는 경우가 생기니까. 그녀도 이를 이해한다.

업무적으로 여자 사람을 알고 지내는 경우가 생기니까. 그녀도 이를 이해한다.

'이러고 보니 누나도 참 대단해.'

그녀는 신과 사귀면서 성별인 남자와 연락을 한 적이 없다. 정말로 부득이하게 연락해야 하는 경우라면 매니저를 통해서 한다. 예리에게는 오직 신뿐이었다.

'솔직히 누나 쪽에서 이렇게 행동하니 나로서는 할 말이 없지.'

예리에게서 문자가 또 왔다.

– 어쭈? 대답 없다?

신은 입맛을 쩝쩝 다시며 자리에서 먼저 일어나기로 했다.

"아무래도 저 먼저 가봐야겠네요."

이상재 작가가 신에게 곧바로 달려왔다.

"정말 감사합니다, 강신 씨. 덕분에 오늘 진짜 즐거운 작업 했습니다."

신은 하하 웃으며 그를 끌어안았다.

"에이, 아니에요. 제가 고마워요. 저도 작가님 덕에 즐거운 추억 쌓고 가는데요?"

"이렇게 작업하면서 만났지만, 강신 씨와는 인간 대 인간으로 친해지고 싶어요. 나이에 비해 정말로 괜찮은 친구라고 생각하거든요. 앞으로 시간 되면 종종 보면 좋겠습니다."

신에게 보이는 그의 감정은 '진심'이었다.

여러 사람과 만나면서 이렇게 몇 안 되게 형성되는 소중한 인연이 참으로 좋았다.

'이런 게 사람 사는 재미지.'

신은 이상재 작가와 전화번호를 교환하기로 하고는 사람들과 작별하기로 했다. 그리고 신은 벤에 올라타고는 푹신한 좌석에 몸을 뉘었다.

"아, 힘들다."

지원이 말문을 열었다.

"곧바로 출발할까?"

"아뇨, 술 냄새 좀 지우고 가야 할 거 같아요."

"그나저나 술자리에 뜨기엔 좀 이른 시간인데."

"누나가 일찍 오라서요."

"이야, 벌써 애처가 다 됐네. 나중에 예리 씨에게 잡혀 사는 거 아니야?"

지원은 신이 못 말린다는 듯 후후 웃었다.

신도 빙긋 웃었다.

이번에는 수연에게서 전화가 왔다.

"어, 누나."

– 신아! 신아! 내가 요새 글 하나 끄적거리고 있는데. 소설 사이트에 소설 연재하기 시작했거든? 지금 반응 장난 아니야. 출판 제의도 여러 군데서 왔어.

"오, 진짜?"

– 아직 놀라기에 이르지. 그리고 말이야.

"뜸 들이지 말고 빨리 말해봐."

– 영화 제의도 왔어!

신은 수연의 일을 제 일처럼 기뻐했다.

"대단하다. 이제 수연 작가님이네."

– 이게 다 네 덕이야.

"내 덕?

– 뭐 그런 게 있어.

수연은 신을 짝사랑하는 게 작품의 모티브라는 걸 말할 수 없었다. 이를 신이 알지 못하도록 가슴 깊은 곳에 꼭꼭 숨겨두고 싶었다.

이러는 한편 신이 찍은 예능은 사람들에게서 좋은 반응을 얻었다.

시청률은 6%.

케이블 방송치고는 정말로 훌륭한 시청률이었다.

그리고 하루가 흐를수록 그녀의 소설은 인터넷에서

눈에 띄는 성적을 얻었다.

이윽고 수연이 쓴 소설 〈그 남자 그 여자〉는 책으로 출판되었다.

요즘 같이 책이 잘 팔리지 않는 불황 속에서 수연의 소설은 1만 부가 순식간에 팔리는 기염을 토해내기까지 했다.

☆　★　☆

레스토랑 특별귀빈실 안.

신은 숨을 골라내 쉬었다.

"나 어때?"

"멋지지."

"진짜 이상한 거 없어?"

예리는 웃음을 쿡쿡 터뜨리며 신의 넥타이를 매만졌다.

"긴장할 필요 없어. 그냥 인사하는 자리잖아."

그녀의 말대로 지금 이 자리는 그녀의 부모님께 인사드리는 자리키는 하다. 그러나 이 자리가 신에게는 뭐라고 해야 할까. 상견례를 하는 자리인 거 같다고 해야 할까.

그녀는 크게 개의치 않는 거 같지만, 이 자리는 신이 그녀의 남자친구로서 어울리는지 아닌지 객관적으로 평가되는 자리였다. 이러니 단순히 인사만 드리는 자리가 아니었다.

신은 심호흡을 하며 긴장을 달랬다.

'설마 나 마음에 안 든다고 물 뿌리고 그러는 거 아니겠지?'

신이 이렇게 머릿속으로 오만 상상을 다 하던 이때 중년 남녀가 내부로 들어왔다. 예리의 부모님이었다.

신은 자리에서 일어나 중년 부부에게 인사했다.

"처음 뵙겠습니다. 강신이라고 합니다."

"만나서 반가워요. 늠름하고 보기 좋네요."

신은 하하 웃으며 고개를 숙였다.

"감사합니다."

"허허, 잘 생겼군요."

시작은 나쁘지 않았다.

잠시 후, 네 사람은 자리에 앉아 이런저런 이야기를 나누었다.

예리의 아버지 이름은 주경찬, 어머니 이름은 이하늘이었다.

한편, 그녀의 부모님이 신에게 대놓고 언짢은 기색을 드러내면 신으로서는 어떻게 해야 하나 싶었는데 다행히도 신을 좋게 봐주었다.

그래도 신은 안심을 늦추지 않았다. 돈 봉투를 내밀며 우리 딸 아이와 헤어지라고 할지도 몰랐다. 물론 이 상황은 드라마에서 나올법한 상황이지만.

이때 예리의 아버지가 날카로운 질문을 했다.

"그래, 우리 딸은 어떻게 생각하나?"

"제 인생의 반쪽이라고 생각하고 있습니다."

"흠, 자네 나이가 이제 스물하나지?"

"네."

"그런 생각하기 다소 이른 나이이지 않나?"

"아빠!"

그의 말이 맞긴 맞았다.

신은 아직 젊었다. 능력도 있었다. 눈길을 돌리면 다른 여자를 얼마든지 만날 수 있었다.

예리의 아버지 주경찬은 두 사람이 헤어지게 되면 큰 타격을 보게 되는 건 예리 쪽이라고 생각하고 있었다. 신은 다른 사람을 만나면 되니까. 그러나 여자는 쉽지 않다. 그로서는 딸이 걱정되기만 했다.

신은 그의 걱정이 일리 있다고 생각했다.

'확실한 주장을 통해 내가 어떤 사람인지 강변해야겠지.'

신은 잠시 뜸을 들이고 말문을 열었다.

"나이가 많고 적음이 평생을 생각할 사람과 만나는 것과 관련 없다고 생각합니다. 전 오히려 빨리 만난 것에 감사합니다. 더 오랜 시간 함께 할 수 있으니까요."

신은 예리의 손을 꼭 붙잡고 당당하게 어깨를 폈다. 예리가 감동에 빠진 표정으로 신을 바라보았다.

"그리고 저는 이 손에 물 한 방울 묻히지 않을 자신도

47

있고 평생을 호강하게 해줄 수 있습니다."

그녀의 손에 물을 묻히지 않으려는 건 그녀가 요리를 못 하는 것도 있었다.

"어머, 어쩜 이리도 낭만적이야. 우리 '사위'는 우리 딸을 정말 사랑하는군요."

"어허, 이 사람이."

"여보, 우리도 손주 손녀 볼 나이 됐잖아요."

"엄마. 무, 무슨 그런 이야기를 이런 데서 해요. 그보다 이야기가 갑작스레 진전되네요."

예리가 부끄러운 표정을 지었다.

그녀도 싫지는 않았다.

신과 평생을 함께하는 건 그녀가 바라는 삶이기도 했으니까.

"아니, 그런 이야기라니? 그런 이야기가 뭐 어때서. 그보다 여보 얘 부끄러워하는 거 봐요."

"크흠!"

예리가 부끄러워하는 건 정말로 드물었다. 그녀는 언제나 당당했으니까. 주경찬은 마음에 들지 않는다는 표정을 지었다.

"이것아 우리도 일찍 만났어. 결혼은 정말 일찍 하거나 최대한 늦게 하는 게 나아. 애 낳고 애 길러봐. 시간 훌쩍 간다?"

이하늘 여사는 두 사람에게 충고하며 말했다.

"어쨌건 전 두 사람 사이 찬성이에요."

그녀는 신을 무척 마음에 들어 했다. 신이 결혼하고 싶다고 하면 당장 내일이라도 결혼식장 잡을 기세다.

'이래서 사위 사랑은 장모의 내리사랑이라는 말이 있는 건가.'

"이 사람이 정말!"

"아유, 난 무슨 말도 못해요? 우리 사위 얼마나 훌륭해요."

그녀가 사위라는 대목을 힘주며 말하는 건 착각이 아니었다.

"뭐, 사귀는 건 두 사람 선택이니 두말하지 않겠어. 그러나 이어지는 건 신중하게 이야기할 문제라고 생각해."

한 사람은 찬성하고 한 사람은 보류다. 역시 쉬운 자리가 아니다.

"이해합니다. 사대지사 중 하나니까요."

신은 예리의 아버지가 하는 말에 공감을 표했다. 주경찬이 이전과는 다른 시선으로 신을 바라보았다.

'괜찮은 젊은이군.'

"어머, 나이에 어울리지 않게 이렇게 신중도 하고."

예리의 아버지는 그의 아내가 옆에서 주책을 떨건 말건 신경 쓰지 않기로 했다.

"자네 수완 훌륭하고 능력도 좋은 거 솔직히 인정해. 자네 또래에는 자네 같은 사람은 전혀 없다시피 하니 말일세."

그가 하는 말은 간략하게 말하자면 이렇다.

네가 사윗감으로 무척 마음에 드는데 앞으로 좀 더 지켜보고 싶다! 그리고 너의 능력을 좀 더 보여달라!

'일단은 합격이구나.'

신은 그에게 '따님을 제게 주십시오.' 라는 말을 하게 될 날이 어서 오면 좋겠다 싶었다.

이때 신은 아차 싶었다.

'군대도 다녀와야 하는데.'

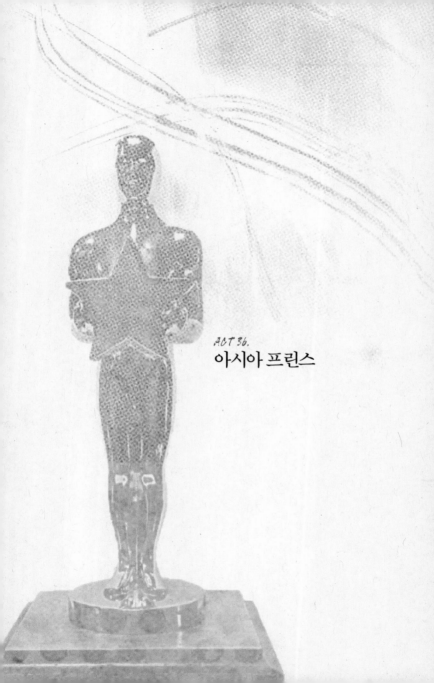

ACT 36.
아시아 프린스

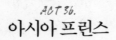
ACT 36.

아시아 프린스

예리의 부모님과 만남 이후 신은 예리와 함께 박명우와
도 만나기로 했다. 이 만남도 나쁘지 않았다. 박명우는 그
녀를 만나게 된 것에 진심으로 기뻐하면서 두 사람의 앞
날을 축복해주었으니까.

신은 그가 기뻐하는 모습을 보게 되면서 묘한 감정을
느꼈다.

'이렇게 셋이서 진작 만날 걸 그랬나.'

요새 들어 그의 감정이 자꾸 눈에 밟혔다.

'항상 나를 볼 때 미안한 감정 색을 띠는 걸 보면…….'

몸속에 같은 피가 흐른다는 건 유전적으로 끌리게 되어
있었다. 이 때문인지 신은 박명우에 대해 조금씩 이해하
기 시작했다.

'그의 입장에서는 불쌍한 일을 당한 거잖아.'

신과 박명우 두 사람이 이렇게 된 것은 그가 의도한 바는 아니었을 테다. 두 사람이 이 지경까지 온건 운명이 교묘한 장난을 부린 것일지도 모르는 일이었다. 어쩌면 신이 아버지를 이해하는 아들이 되어가는 건지도 몰랐다.

'복잡하다.'

마음이 이렇게 이따금 무뎌지면 신은 그와 사이좋게 지내야 한다고 생각하고는 했다. 막상 쉬운 일은 아니었다.

그동안 떨어져 있던 세월 그리고 이 두 사람을 둘러싼 복잡한 이야기가 서로가 서로에게 다가가는 걸 어렵게 했다.

이제 예리가 박명우에게 안부 인사도 보내고 연락도 자주 하면서 그에게 잘 대해주었다. 그녀가 신을 대신하여 자식 노릇을 하는 것이었다.

신은 이렇게 행동하는 예리가 고마웠다.

'누나가 이런 거라도 해줘서 다행이다.'

이후 신은 중국 활동으로 바쁜 나날들을 보냈다.

로만 엔터테인먼트가 중국에서 주최하는 콘서트에는 참석하지 않기로 했다. 중국에서 이런저런 활동을 하는 것만으로도 바빴으니까.

솔직히 몸이 열 개라도 부족했다. 이에, 행사를 주최한 중국 회사 측이 신의 행사 일정에 지장이 가지 않도록 전세기를 제공하기도 했다.

연예인을 위해 전세기를 띄우는 일은 이례적인 일이었다. 이는 신이 중국에서 한국에서처럼 많은 인기를 얻고 있다는 것을 보여주는 예이기도 했다.

한편, 신은 드라마 바람의 공주와 스파이 인기에 덧입어 CF도 두세 편을 찍었다.

CF 출연료만 해도 무려 20억이 되었다.

국내의 경우 신이 CF를 찍으면 7에서 10억 정도를 받는다. 이를 고려하면 정말로 큰 금액이었다.

중국 시장은 인구가 장난 아니게 많다 보니 한국 시장과 차원이 달랐다. 연예인들이 괜히 중국 중국 하는 게 아니었다.

신은 예리와 함께 팬 미팅을 하기도 했다.

대륙 사람들은 이 스타 커플에 정말로 뜨거운 환호를 보냈다.

두 사람을 향한 러브콜도 잇따랐다.

영화와 드라마 제의도 정말 많이 들어왔다.

드라마의 경우 한 회당 출연료가 무려 1억!

하나, 신과 예리는 돈과 명예를 무작정 좇지 않기로 했다. 장기적인 면에서 본다면 이를 좇는 건 제 살을 깎아 먹는 미련한 행위였다.

돈 몇 푼 번다고 이 작품 저 작품 참여하면 배우의 희소성은 떨어진다. 이렇게 되면 몸값은 당연히 떨어지게 되는 것이다.

즉, 배우 수명을 길게 가져가기 위해서는 노출 빈도를 조절할 필요가 있었다.

더군다나 두 사람은 좋은 연기란 일단 자신이 즐기는 것에서 출발한다고 생각하는 주의였다. 돈과 명예는 이 즐기는 과정에서 따라오는 것이지 본질적인 게 아니었다.

그리고 신은 작품 활동을 국내에서 좀 더 하고 싶었다.

해외활동의 경우 의사소통 문제도 그렇고 정서적인 문제도 그렇고 음식 문제도 그렇고 신경 쓸 게 많았다. 이런 문제들에 적응하면 된다지만 적응하는 게 말처럼 쉬운 일이 아니었다.

더군다나 신에게 목표가 있다. 드라마에서 연기 대상도 받아보고 영화에서 천만 관객을 달성하고 시상식을 휩쓸어버리는 거다.

한편, 로만 엔터테인먼트에서는 이런 신의 의중에 딴죽을 걸지는 않았다.

요즘 세상이야 세계화 시대니 작품이야 수출하면 그만이기 때문에 국내냐 해외냐 한가지 시장을 고집할 것까지는 없었다.

솔직히 말해 해외에서 활동해도 대박을 터뜨릴지 미지수다. 해외에서 활동하게 되면 국내에서 쌓은 기반을 모두 버리고 밑바닥에서 출발해야 한다.

중국에서의 신이 잘 나가니 중국에서 활동하면 되지 않겠느냐고 말할 수 있을지 모르겠지만, 미래는 어떻게 될지 모른다.

더군다나 중국의 경우 국내처럼 단계를 차곡차곡 밟으며 인기를 얻은 것도 아니라서 기반이 탄탄하지 않다. 이런 불확실함 속에서 신이 한국을 아예 떠나 중국에 진출하는 건 모험이나 다름없다.

'이래나 저래나 해외진출은 심사숙고해야 해.'

이러던 차에 중국에 있는 거대 투자사로부터 재밌는 요청이 들어왔다.

한국 시장과 중국 시장을 겨냥한 사극 영화를 만들어보자는 것이었다.

중국과 한국 두 나라가 공동 제작하는 영화였다.

영화를 찍는 촬영지는 한국과 중국 공동이었다.

이제 신이 이 영화를 찍게 되면 양국을 오가게 되면서 중국 배우들과 호흡을 나눌 수 있었다.

'중국 배우들은 어떤 역량을 지니고 있을까.'

신은 이에 솔깃한 마음이 들었다.

'해외에 나가는 것도 적응도 하고 중국 배우 중에 어떤 실력파 배우가 있는 것인지 경험도 해보고.'

확실히 나쁘지 않은 선택일 거 같았다.

혹여나 일이 잘 풀리면 할리우드 영화 부럽지 않은 아시아 블록버스터 영화가 탄생할지 몰랐다.

이 영화가 국내에서 물론 중국에서 훌륭한 성적을 거두게 되면 신은 본격적인 아시아 스타로서 발돋움할 수 있을지 몰랐다. 어쩌면 이게 다가 아닐 수 있었다.

할리우드 진출을 위한 교두보!

어쩌면 신의 해외진출을 위한 '발판'이 될지 몰랐다.

지금 당장 할리우드에 나가봤자. 신은 지금 티켓파워가 없다.

그러나 아시아 시장에서 큰 영향력을 발휘할 수 있게 되면 이야기가 달라진다. 할리웃에 진출할 때 주연은 아니라도 비중이 큰 조연으로 등장할 수 있을 테다.

그리고.

영화 제목은 '광군狂君'.

이야기는 제목에서 보듯 광기에 미쳐 날뛰는 왕의 이야기였다.

☆　★　☆

신은 콘텐츠 사업부 그리고 매니지먼트 사업부 사람들과 함께 영화 〈광군〉에 중점적으로 토론하기로 했다.

신의 필모그래피에 있어 중요한 분기점이 될 수 있는 작품이 될지도 모르는 만큼 고려할 게 많았다.

그리고 지금.

사람들은 회의실에 빙 둘러앉아 한창 회의 중에 있었다.

신도 이 자리에 있었다.

콘텐츠 사업부장 이영식이 말했다.

"광군의 원작 제목은 〈광무검가狂舞劍歌〉. 중국에서 대박 친 픽션 사극 소설이죠. 한국에서는 〈검과 춤의 노래〉라는 이름으로 좋은 성적을 얻고 있고요."

이 소설이 한국에서 인기 있는 건 등장인물 중 '서휘瑞輝'라는 인물 때문이었다. 이 소설을 본 사람들은 이 인물이 조선의 왕자라고 입을 하나같이 모았다.

이는 독자들의 억측이 아니었다. 작가는 이 '한'에 대해 중에서 동쪽에 있는 나라이며 한나라 사람들은 백의를 즐겨 입는 민족이라고 서술했기 때문이다.

'서휘라는 인물에 관한 이야기 배경은 이렇구나.'

신은 광군의 시나리오를 꼼꼼히 훑어보았다.

'한이 중과 친교를 맺으려고 하자 중에서 한 왕가의 인물을 보내라 하고 이에, 한 왕가에서는 서휘를 보내는 거로 결정하고……'

그가 중에 가게 되는 건 그의 출신이 적통이 아니기에 왕위를 잇는 서열에서 밀리는 것도 있었다. 물론 한 왕가에는 서휘처럼 출신이 약한 왕자도 있었지만, 그의 경우 그를 뒷받침하는 세력이 강했다.

'결국, 서휘는 출신도 세력도 모두 밀리는 쭉정이 인물. 이러니 서휘가 친교라는 이름 아래 볼모로 끌려가게 되는 것이지.'

그러나 서휘는 총명하다. 저 자신이 처한 상황을 진작
부터 알고 영악하게 군다.

그는 적을 만들지 않기 위해 바보 머저리처럼 굴면서
모두를 속인다.

'서휘의 속에 광기가 폭발하듯 끓어 오르지만 이를 표
출하지 않지.'

그는 때가 무르익길 기다린다.

이때라는 건 그가 웅크려있던 몸을 펼쳐내는 순간.

'서휘는 기회를 엿보는 잠룡.'

그리고 이 잠룡은 기회가 될 때 포악한 광기를 표출하
게 된다.

신은 서휘가 왕이 승하한 이후로 본색을 드러낼 때 아
드레날린이 솟구치면서 가슴이 쿵쾅 뛰는 걸 느꼈다.

'이 배역 욕심난다.'

이렇다고 이야기가 서휘를 중심으로 하여 돌아가는 건
아니었다.

서휘는 주연 중 하나였으니까.

그리고 이제 신에게 출연 요청이 들어온 게 서휘라는
배역이었다.

'서휘의 감정 변화를 드라마로 길게 풀어내면 좋을 거
같은데.'

영화라는 특성상 인물들의 관계와 이야기를 농밀하게
압축해야 했다.

이렇다고 영화가 나쁘다는 게 아니었다.

짧고 굵직하게 휘몰아치는 호흡 속에서 묵직한 폭발력을 보여줄 수 있을 테니까.

이때, 이영식이 말했다.

"이 작품이 시나리오화가 될 때 제작사 측에서는 서휘라는 인물과 한 측의 인물들을 배제하려고 하였으나 작가가 서휘라는 인물은 극 중에 반드시 들어가야 한다며 극구반대했다고 합니다. 작가의 주장도 일리 있죠. 이 작품에서 서휘는 정말 중요하거든요."

신도 이 의견에 공감했다.

'서휘가 없는 광군은 팥이 없는 단팥빵이나 다름없어.'

더군다나 투자사는 작품에 막대한 돈을 투자할 작정이었다.

이러니 어중이떠중이를 쓸 수 없었다.

연기력도 검증되고 인기가 있는 배우라야 했다.

문제는 이 복잡한 조건에 충족되는 한국 젊은 배우가 '거의' 없다는 거다.

다행히 조건에 맞는 사람이 있었다.

바로 강신!

신은 중국에서 높은 관심을 받고 있었고 연기력도 출중했다.

신이 이 작품에 영입 대상이 되는 건 당연한 건지도 몰랐다.

한편, 한이만이 보고서를 넘기며 손가락을 책상을 툭툭 치고 있었다.

"인물 특성상 한국 배우가 무조건 들어가야 하니 국내 대형 투자사이자 배급사인 IJ에서도 〈광군〉에 눈독을 들이고 있습니다. 때문에, 영화는 공동 제작으로 이미 굳혀진 상황입니다."

"흥행 가능성은?"

한이만의 말에 이영식이 입을 열었다.

"흥행 가능성은 대단히 큽니다. 일단 시나리오만 해도 장난이 아니죠."

그의 말대로 시나리오는 정말 탄탄했다.

작품이 시나리오대로 나와주면 훌륭한 결과물이 탄생할 거 같았다.

"각종 변수를 고려하면?"

"한국 시장에서 예상된 수익을 못 건져내도 중국 시장에서 막대한 수익을 벌어들일 겁니다. 일단 중국 측 연출쪽으로 오위썬 감독이 내정되어 있습니다. 출연할 배우로는 양운위, 유가비 등으로 톱스타가 출연한다고 이야기가 되어있기까지 합니다."

"우리나라 연출가는?"

"적임자를 찾는 중입니다."

"흐음, 나쁘지 않군."

사람들은 작품 분석에 들어가기로 했다.

"이 영화에서 압권은 여인들의 군무 장면과 전투장면입니다. 전투장면이 많지만, 이 장면의 경우 아이맥스 필름 장비로 촬영할 예정이라고 하더군요."

필름용 아이맥스 카메라 같은 경우 장비 자체가 무겁고 소음도 심하게 난다. 여기에 필름 비용도 비싸고 기술적 문제도 있고 하여 기계 자체가 별로 없는 편이다.

요즘이야 기술력이 발달 된 세상이라 카메라 전반이 디지털화가 되고 경량화가 되고 필름 비용이 줄어들게 되었다. (필름이 지니는 질감이나 특성을 위해 필름 카메라를 쓰기도 한다).

그러나 아이맥스 포맷으로 영화가 만들어지는 경우가 잘 없다 보니 아이맥스는 고가의 비용이 소모된다.

촬영도 어려워서 아이맥스 촬영의 경우 부분 촬영으로 이뤄지는 게 대부분이다.

아이맥스 필름이 판본 상 초고화질을 자랑하지만, 일반 카메라 중에서도 화질이 뛰어난 녀석이 있어서 아이맥스를 굳이 고집할 필요는 없다.

이럼에도 아이맥스 장비로 촬영하려는 건 아이맥스 포맷만이 지니는 독특한 비율이라 할 수 있다.

아이맥스 포맷의 영화 경우 사람의 시각이 닿는 최대 한계치에서 웅장한 화면을 즐기는 게 가능했다.

"그리고 또……."

회의는 계속해서 진행되었다.

내부 회의 결과 신이 이 영화에 출연해보자는 쪽으로 이야기가 굳어지게 되었고, 로만 엔터테인먼트에서도 이 영화에 투자하기로 했다.

이어서 신은 중국 쪽 투자사 사람들 그리고 제작관계자들과 직접 만나보기로 했다.

"반갑습니다."

한데, 신이 통역사 없이도 중국어 대화가 기본은 가능한 것을 보고 사람들은 신에게 상당한 호감을 내비쳤다.

덕분에 서로 간에 긍정적인 이야기가 오갔고 신의 출연은 거의 확정적으로 굳어지게 되었다.

이들은 신에게 이런 요구를 해왔다.

"우리 쪽 배우와 호흡을 한번 맞춰보는 걸 보고 싶군요."

신은 이름난 중국어 강사로부터 특별과외를 받으며 중국어 실력을 꾸준히 쌓고 있었지만, 전문가나 모국인 시선에서 보자면 신의 중국어에는 부족한 점이 있었다.

때문에, 신은 개인 강사와 극 중의 대사로 대화를 주고받았다. 신이 대사 도중 성조나 발음을 틀리면 강사가 교정을 끊임없이 해주었다.

강사의 입에서 이 정도면 준수한 실력이란 말이 나올 때, 신은 쯔 위라는 남자 배우와 함께 호흡을 맞춰보기로 했다.

이 오디션에서 중국 측 관계자들은 이 말을 연신 외쳐 댔다.

"하오, 하오!(좋아요, 좋아!)"

이렇게 신은 〈광군〉 계약을 성공적으로 체결하는 데 성공했다.

한편, 이들은 신이 극 중에서 한국어를 사용하면 좋겠다고 요청을 했다. 이 요청은 신을 배려한 것이라기보다 한국어를 사용하는 게 서휘라는 인물의 개성을 잘 표현할 수 있지 않을까 하는 판단이 깔린 것이었다.

이렇다고 신이 중국어를 아예 쓰지 않는 건 아니었다. 중국 배우들과 합을 맞출 때는 중국어를 써야 했다.

이에, 신은 중국어 선생을 중국어 고문으로 고용하기로 했다. 촬영 때 그가 신의 발음이나 억양을 교정해주면 큰 도움이 될 거 같아서였다.

한편, 이한빈이라는 감독이 오위썬 감독과 함께 공동연출을 맡기로 결정되었다.

이한빈 감독은 한번 세우기도 힘든 천만 관객 기록을 세 차례나 달성한 감독이었다.

일각에서는 그가 돈만 되는 작품만 찍어 돈독에 올랐다고 비판하지만, 그는 뛰어난 연출력으로 작품 본연의 재미와 감동을 잘 살려내는 감독이었다.

이로써 각 나라에서 내로라하는 최고의 감독과 톱스타 배우들이 힘을 합치게 되었다.

이 프로젝트에 참여한 사람들은 이 프로젝트를 아시아 드림이라고 부르기도 했다.

한편, 영화에 관해 대략적인 일정이 정해졌다. 〈광군狂君〉의 촬영 기간은 1년, CG가 들어가는 부분이 있어 제작에서 6개월이 더 걸릴 예정이었다. 하여 영화가 만들어지기까지 걸리는 기간은 총 1년 6개월이었다.

그리고.

신이 이 영화를 찍기로 하면서 받기로 한 기본출연료는 '90억' 이었다.

☆　★　☆

신은 촬영에 필요한 훈련을 받기로 했다.

이 훈련이란 서휘의 특성이 잘 드러나는 검술을 배우고 몸에 익히는 것이었다.

신은 정지훈 감독으로부터 검무를 배우며 식단 조절을 통해 몸을 날카롭게 만들었다. 틈날 때마다 중국어 연습도 해야 했고 예리와 연애도 해야 했으니 정말 정신없는 나날들을 보냈다.

이러던 차에 촬영 날이 성큼 다가왔고 신은 전라남도 완도 청해포구로 향하기로 했다. 이 청해포구는 사극 촬영지로 유명한 장소였다.

촬영은 당분간 한국과 중국에서 따로 진행하기로 했다.

이를 위해 두 감독은 사전에 만나 촬영을 어떤 방식으로 할건지 세밀하게 토론하기까지 한 상황.

한편, 한韓의 배경을 한국에서 찍는 건 한이 지닌 아기자기함과 특유의 아름다움을 표현하기 위해서였다.

물론 문화관광부와 한국콘텐츠진흥발전원에서 영화에 투자하여 목소리를 낼 수 있다는 것도 한몫했다.

이것만이 아니었다.

애국심 마케팅도 있었다.

한국 사람들은 해외영화에서 한국이 배경으로 나오면 좋아한다.

여기에 신이 사람들에게서 열렬한 지지를 받는 것까지 고려한다면 이 애국심 전략은 사람들에게 통할 가능성이 대단히 컸다.

한편, 사람들은 영화가 잘 되게 해달라는 고사를 지냈다.

신도 고사상 앞에 섰다.

'매번 새롭네.'

벌써 몇 작품이나 찍었는데 새 작품에 들어갈 때마다 가슴이 설레었다.

본격적인 촬영에 앞서 신은 사극풍의 옷으로 갈아입기로 했다.

옷의 신의 체형에 들어맞고 선 또한 유려한 편이었다. 옷의 전체적인 색상은 잿빛이었는데 옷에 새겨진 용의 자수가 인상적이었다.

한편, 이 막간의 시간 동안 신은 남자 배우 이윤과 함께 대본 리딩을 간단히 하기로 했다.

이어서 신 일행은 '창영궁'이라는 곳으로 이동하여 카메라 리허설을 하기로 했다.

신은 창영궁 내부를 관찰했다.

내부는 아늑했다. 방에 비치된 가구는 옛 시대 사람이 쓸법했다. 전체적으로 고풍적인 느낌이 강했다. 신은 마음에 들었다.

'디테일 장난 아니게 살아있네.'

감상도 잠시 리허설이 있었다.

신과 이한빈 감독은 의견을 교환하면서 카메라 구도와 카메라 워킹에 관한 구체적인 그림을 잡아갔다.

잠시 후.

이한빈 감독이 말했다.

"처음에는 강신 씨에 포커스를 집중하다 두 사람을 스크린에 담아내는 투 샷 형태로 가겠습니다."

이어서 스탠바이가 완료되었다. 신은 궁의 창가 쪽에 서 있기로 했다.

"레디, 액션!"

큐 사인이 떨어지자 신은 극 중의 인물이 되었다.

신은 아련한 눈길로 창 너머를 주시했다.

뭔가를 바라보는 거 같기도 하고 아닌 거 같기도 하고……

카메라 렌즈가 신의 시선을 따라갔다. 신의 시선이 닿는 곳에서는 물레방아가 물을 퍼 나르면서 돌돌 돌고 있었다.

1초, 2초, 3초……

정적 속에서 신이 입을 떼었다.

"폐하께서 이제 늙고 병들었다."

어딘가 나른하면서도 조용한 어투. 그러나 신의 눈빛은 침중하였으며 속을 알 수 없을 정도로 깊었다.

"사리분별을 잘하던 총명한 머리가 희게 변하고 바라보는 것만으로도 사람의 심기를 제압하던 눈에서는 이제 총기가 사라지셨더구나."

신은 창가에서 뒤돌아섰다.

"거목이 세월 앞에 바스러지다니 세월이 이리도 매정한 건 줄 몰랐다."

왕이 아직은 정정하기에 말이 없지만, 조정 사람들은 어느 왕자가 후사를 이을 것인가 하고 눈치 보며 줄을 서고 있었다.

이것만이 아니었다. 나라의 녹을 먹는 신하들은 '화친'을 주장하고 있었다. 옛날 같았으면 상상도 못 할 일.

"너는 어떻게 생각하느냐. 세월은 매정한 것이냐, 아니면 무상한 것이더냐?"

이때, 신의 뒤에 서 있던 남자, 이윤이 입을 살포시 열었다. 극 중에서 이립이라는 조연이었다.

"소인은 잘 모르겠사옵니다."

"회색. 너다운 대답이구나."

신은 눈을 가늘게 좁혔다.

"앞으로 나라가 어지럽게 될 것이다. 한은 중과 화친을 맺으려고 할 것이다. 그리고 내가 중으로 보내지겠지. 인질로."

"말도 안 됩니다!"

"왜?"

신은 차가운 코웃음을 치며 그를 바라보았다.

신의 눈길은 싸늘했다.

"왜 말이 안 된다고 생각하느냐."

신의 시선을 받아든 그가 시선을 황급하게 내리깔았다. 그리고 몸을 움찔 떨었다. 오직 그만이 서휘의 본성을 알고 있기에 하는 행동이었다.

"나와 형님과 동생들을 비교하면 출신도 세에서 모두 밀린다. 오히려 이곳을 떠나는 게 나에게 안전할 수 있다."

"가셨다가 영영 돌아오시지 못할 수 있습니다."

"아니, 천만에. 나는 되돌아온다."

신의 눈가에 가느다란 웃음이 맺혔다.

신이 내뱉는 대사에는 앞날에 대한 묘한 기대가 깃들어 있었다.

"자고로 위기야말로 또 다른 기회라고 했느니라. 지금 이때가 나에게 훌륭한 적기다."

신의 입가에 미소가 맺혔다. 이때 신은 쟁반 위에 든 용과 하나를 집어 들고는 깨물었다. 와삭하는 소리가 울렸다.

신은 고독한 미식가처럼 과육을 음미했다. 이러는 순간도 잠시 이를 드러내며 웃었다.

사람의 피를 연상케 하는 시뻘건 즙이 신의 입가와 이빨에 묻어 있었는데 치아가 하얘서 붉은 액체가 더 두드러지게 보였다.

신은 혀로 입술과 치아를 저도 모르게 핥았다. 대본에는 없는 애드립 행동. 별거 아닌 거 같은 행동이 서휘라는 인물의 성격을 단적으로 드러내 주고 있었다.

'좋아.'

스크린으로 신의 연기를 바라보던 이한빈 감독이 만족스러운 표정으로 고개를 끄덕였다.

이때, 신이 대사를 내뱉었다.

"너는 여기에 남아 훗날을 도모해라."

이는 군주가 내리는 엄명.

그로서는 거역할 수 없다.

그는 고개를 공손하게 조아렸다.

그의 성미를 건드려서는 안 되기에.

그리고 신은 그의 귓가에 속삭였다.

"이 혼란의 틈을 타 비밀리에 군세를 키워라. 아무도 신경 쓰지 않을 테다."

조그맣지만 귓전에서 크게 울리는 소리다.

'뱀이 혀를 날름거리며 숨소리를 쌕쌕 내뱉는 말 같
군.'

이한빈 감독은 신이 정말로 교묘하다고 생각했다.

아니, 신이 어떤 사람인지 파악할 수 없었다.

'어떻게 보면 교활한 거 같기도 하고, 현명한 거 같기도
하고, 무서운 거 같기도 하고, 천진난만 아이인 거 같기도
하고.'

분명 한 연기인데 사람이 달라 보인다.

'스펙트럼이 정말로 다양하군.'

수백의 얼굴이 튀어나오는 것만 같아 섬뜩했다.

"…목숨을 걸고 완수하겠습니다."

"내 반드시 사 왕자의 심장에 네 검을 박아주도록 하겠
다."

이때, 신은 그의 허리춤에 차고 있던 검을 잡았다.

검집에서 검이 스르륵 뽑혔다.

날카로운 검날은 매서웠다.

신은 이윤의 목에 검을 대었다.

"잘 벼려 놓았구나."

검은 무인의 심장.

이윽고 신은 검을 휘저었다.

아무렇게 휘젓는 게 아니었다.

일정한 보폭을 따라 움직이는 것이었다. 신의 모양새는

신의
연기5

나비처럼 너울너울 춤추는 거 같았다.

언뜻 보면 광인의 춤인 것 같기도 하고.

사람들은 신의 검무를 보며 생각했다. 이 춤이 미친 검의 노래 그 자체라고.

한편, 이한빈 감독은 신의 동작을 바라보며 속으로 중얼거렸다.

'몸의 움직임이 하나의 선으로 이어지는 거 같아.'

신의 움직임은 남자가 봐도 정말 매혹적이면서 멋졌다.

'특히 움직임을 이어가면서 호흡하나 흐트러지지 않는 게 인상적이야.'

이 때문에 신이 무인같이 보인다고 해야 할까.

이한빈 감독은 신의 동작 하나하나를 집중했다. 미세한 숨결마저도 놓칠 수 없었다. 카메라가 신의 모든 것을 담아냈다.

지금 이 순간 신은 무아지경에 휩싸여 있었다.

신의 입가에 미소가 맺힐 때는 서휘가 기뻐하는 거 같았고 신이 미간을 살짝 좁힐 때는 서휘가 다가오는 제 운명에 슬퍼하는 거 같았다.

신의 연기에는 사람의 희로애락이란 게 그대로 담겨 있었다.

'이게 강신 씨가 해석한 서휘라는 인물이군.'

신이 해석한 서휘는 '고독한 인간'이었다.

궁중에서 일어나는 암투에서 살아남기 위해 자신의 정체를 숨기며 하루를 위태위태하게 살아가는 인물.

한편, 이한빈 감독은 신에게 한가지 묻고 싶었다.

연기자 강신인지 아니면 서휘인지 말이다.

이한빈 감독이 이런 의문을 가지게 할 정도로 신은 극의 상황에 깊게 몰입하고 있었다.

이때, 땀 한 방울이 신의 이마를 타고 또르르 흘러내렸다.

검이 공중을 갈랐다.

그리고 신은 검을 아래로 내려트렸다.

검무가 끝난 것이다.

'이대로 끝내기에는 아쉬운데.'

이한빈 감독은 아쉬운 마음을 달래며 외쳤다.

"컷! 지금 이 장면 아주 좋았습니다."

신은 눈을 한차례 감고 떴다.

배역 몰입에서 깨어났다.

'배역 몰입에서 헤어나오는 건 여전히 힘들어.'

그래도 감정적으로 영향을 받을 정도까지는 아니었다. 격렬한 감정 연기를 펼친 건 아니었으니까.

신이 정신을 차린 사이 이한빈 감독이 신을 불러냈다. 두 사람은 모니터링을 하기 시작했다.

"아까 용과 먹는 장면에서 서휘라는 인물이 생생히 살아 숨 쉬는 거 같았고 또……."

이한빈 감독은 정말 꼼꼼했다.

신의 연기에서 좋았던 점을 일일이 설명했다.

"부족한 것도 말해주세요."

신의 요청에 그는 생각을 골똘히 하고는 조심스레 말을 꺼냈다. 이런 부분의 경우 이런 식으로 표현하면 더 좋지 않을까 하는 식이었다.

은 스크린으로 제 연기를 바라보다 뭔가 마음에 안 든다는 표정을 지었다.

'뭔가 기분 나쁜 게 있나?'

신은 이한빈 감독에게 입을 열었다.

"감독님, 검무 추는 부분 다시 가보고 싶네요."

그가 보기엔 정말 괜찮은 장면이었다.

"제 연기가 B급 같이 느껴진다고 해야 할까요. 더 해보면 잘할 수 있을 거 같아요."

신이 더 좋은 연기를 위해 욕심을 부리는 모습에 그는 신의 요청을 흔쾌히 수락하기로 했다.

"좋아요. 휴식 잠시 가져 보죠."

신은 이한빈 감독 그리고 무술감독과 함께 동작을 더 다듬기로 했다.

"이번에는 롱 테이크로 길게 갑니다."

촬영을 마저 하고 난 후, 촬영진은 다음 장소로 이동하기로 했다.

이 사이 배우들은 곧 있을 촬영을 위해 준비를 거의

끝마치고 있었다.

사극의 경우 신경 쓸 게 많다. 여자 머리의 경우 머리를 땋아 올려 비녀를 꽂기도 하고 가채를 하기도 한다. 의상도 그렇고 장신구같이 사소한 것 하나하나에도 사람의 손길이 닿지 않는 게 없다. 덕분에 배우들을 꾸미는 사람들의 손길은 분주했다.

신은 다음 촬영을 위해 바지 쪽 의상을 갈아입기로 했다. 속옷 쪽이 젖지 않도록 방수 안감을 덧댄 속바지를 입었다. 그리고 다리 쪽에 액체가 든 조그마한 물통을 끼우기로 했다. 웃옷과 바지의 품이 풍성하니 티가 나는 건 없었다.

'이제 바보 연기하러 가볼까.'

신은 광군 촬영진과 함께 다음 촬영지로 이동했다. 신의 일행이 향한 곳은 극 중에서 '만휘궁萬輝宮'이라 불리는 곳이었다.

이 '만휘'는 '만인에게 빛이 닿는다' 하여 붙여진 이름이었다. 이 단어는 임금의 은혜가 한의 곳곳에 닿는다는 것을 비유하는 말이기도 했다.

사람들은 드넓은 대전 안으로 들어섰다.

왕자와 왕녀들을 담당하는 배우들이 제 자리를 찾아가 앉았다. 이 자리에 앉는 순서는 실질적인 서열이라기보다 나이순이었다.

신은 열 번째 자리에 앉았다. 제일 말석이었다. 나이순이라면 서휘는 다섯 번째에 앉아야 한다.

한데, 말석에 앉는다는 건 서휘가 형제자매들에게서 병신 취급을 받는다는 증거였다.

이것만 봐도 서휘가 왕위 승계에서 완전히 밀려나 있다는 걸 알 수 있다.

사실상 서휘는 투명인간이다.

"자, 그럼 카메라 구도 설명합니다."

이한빈 감독이 사람들에게 구도를 상세하게 지시했다. 배우들은 그의 말을 단단히 주지했다.

"이제 시험 삼아 리허설 가보죠. 부담감 가지지 말고 자연스럽게 해봅시다."

사람들은 편안한 마음으로 연기를 해보기로 했다.

리허설이 시작되었다.

내시 역을 맡은 단역이 말문을 열었다.

"전하 납시오!"

이 말과 함께 대전의 문이 열렸다. 배우들이 고개를 숙였다. 어디선가 기침 소리가 났다.

"으흠!"

왕 단역을 맡은 중견 배우가 안으로 들어왔다. 머리는 호호백발이었고 허리는 다소 구부정했다.

근엄함을 자랑하던 맹수의 제왕은 이제 늙어버렸다. 적을 물던 날카로운 이빨과 적의 몸통을 찢어버리던 손톱은 온 데 간대도 없는 호랑이일 뿐.

그는 기침을 콜록거리며 용상(*임금이 앉는 자리)에 앉고는 배우들을 향해 인자한 웃음을 지었다.

"다들 얼굴을 이렇게 보니 반갑구나."

이때 신이 손가락으로 그를 가리키며 외쳤다.

"아, 아버지다."

아무도 신을 말리지 않았다.

"서휘도 반갑구나."

그는 허허 웃음을 지으며 신을 바라보다 안타까운 표정을 지었다. 왕은 서휘가 형제자매들에게서 차별을 받는 걸 알고 있었다.

그러나 그는 이를 방관하기로 했다. 이렇다고 그가 서휘를 사랑하지 않는 건 아니었다.

그가 자식들을 나무라고 서휘를 감싸주고 보호해주면 자식들은 서휘를 공격할 테니까.

이러니 자식들을 나무랄 수가 없었다. 그로서는 서휘를 어떻게든 보호하고 싶었다.

"아버지, 아버지. 정말 맛있다, 이거."

신은 제 손가락을 쪽쪽 빨고는 손가락을 내밀었다. 그리고 천진난만하게 헤 웃었다. 신의 바보천치의 연기가 어찌나 감쪽같은지 장내에 있는 사람들이 끔뻑 넘어갈 정도다.

이한빈 감독은 신이 바보 연기가 하는 게 아니라 바보가 신을 연기하는 게 아닐까 하고 생각했다.

한편, 왕은 서휘가 걱정되기만 했다.

자신이 죽으면 저 가냘픈 아이를 보호해줄 방패가 사라질 테니까.

그의 아들 서휘를 걱정하는 것도 잠시.

"내 이 자리에 너희를 불러모은 건 형제자매끼리 오붓한 시간을 가지기 위함이다. 그동안 통 만나지 못했지 않으냐. 오랜만에 이렇게 만나게 되었으니 이야기들 편히 나눠보려무나."

이 말에 배우들이 심상치 않은 눈빛으로 서로를 바라보았다.

만약 극 속의 인물들이 지금 이 자리에 실존한다면 지금 이 만남을 이렇게 받아들일 테다. 왕이 그의 자식들에게 시험을 내리는 자리라고.

왕은 그의 수명이 불타는 초처럼 줄어들고 있다는 걸 알고 있었다. 이 만인지상의 자리를 누군가에게 넘겨줘야 했다. 그러나 왕좌에 아무나 앉힐 수 없는 법이었다. 뛰어난 후계자가 그의 뒤를 이어야 했다.

그리고 곤룡포를 입은 배우가 자리에서 일어났다. 배우들은 서로를 바라보았다.

서로 간에 말은 없었다. 그러나 이들은 눈빛만으로 백 마디 천 마디의 대화를 나누고 있었다.

왕이 사라지자 장내에 긴장감이 서렸다.

이때 사 왕자 역을 맡은 남자배우 이준이 말문을 열었다.

"나의 형제와 자매들, 지금 머릿속으로 다 같은 거 생각하고들 있겠지?"

사 왕자의 이름은 서율.

그가 이 중에서 가장 막강한 세력을 지니고 있었다.

이때 일 왕자 역을 맡은 최시원이 코웃음을 쳤다.

일 왕자의 이름은 서효.

일 왕자는 '적통'으로 순수혈통이었다.

이 때문에 일 왕자를 따르는 사람들도 대단히 많았다.

일 왕자 역이 입을 열었다.

"그러게, 무슨 생각을 할꼬?"

"거야 뻔하지 않겠소이까?"

최시원이 눈썹을 꿈틀거렸다. 무언가 마음에 들지 않는 것이리라.

이윽고 두 사람의 시선이 맞닿았다.

어찌나 강렬하게 바라보는지 불똥이 툭툭 튀는 것만 같다. 이 둘이 대립각을 세우는 것도 당연했다. 서로가 서로에게 눈엣가시였으니까.

일 왕자 서효의 입장에서는 자신이야말로 왕위를 계승할 정통 후계자로 생각한다. 이러니 세를 믿고 설치는 사 왕자가 마음에 들 리 없다.

반대로 사 왕자인 서율 입장에서는 자신의 출신만 믿고 벌써 왕이라 운운하는 일 왕자가 마음에 들지 않았다. 왕후장상의 씨는 따로 있는 게 아니었다.

그러던 이때 신이 눈치 없이 말했다.

"싸우지 마라. 형제끼리 싸워서는 안 된다."

두 남자 배우가 무슨 개소리를 하느냐는 표정으로 신을 바라보았다. 두 사람의 반응은 싸늘하기만 하였으나 신은 이에 아랑곳하지 않고 말했다.

"예부터 집안이 화목해야 모든 일이 잘 풀린다고 하였느니라!"

두 사람을 어떻게든 설득하겠다는 신의 강렬한 마음이 담긴 설득이 통한 것일까. 사 왕자 서율 역의 이준이 미소를 지으며 손뼉을 짝짝 쳤다.

"형님의 말씀이 맞으십니다. 자고로 군주의 덕은 예부터 화합이라 하였지요. 어디 이뿐이겠습니까. 아래로는 덕을 쌓고 위로는 하늘을 경하야 법도가 올바르게 세워지는 법이지요. 우리 반푼이 형님께서 이를 몸소 체험하고 계시군요. 참으로 훌륭하십니다."

말은 서휘를 칭찬하는 내용이었으나 뼈가 담겨있었다. 신은 칭찬을 들어 기분 좋다고 웃을 뿐이었다.

이준이 미소를 지으며 자리에서 일어났다. 그의 입가에 맺힌 조그마한 웃음은 사악했다.

이준이 신에게 다가가기 시작했다. 한 발자국, 두 발자국. 세 발자국. 신과 점점 가까워졌다.

"왜 왜 나에게 다가오는 것이냐."

신은 뒤로 물러나다 엉덩방아를 찍고 말았다. 몸을

벌벌 떨며 침을 꿀꺽 삼켰다.

그러던 이때! 이준이 허리춤에 차고 있던 검집에서 검을 빼냈다. 맑디맑은 소리가 텅하고 울렸다.

이준은 검을 신을 향해 겨누었다. 신은 겁에 벌벌 떨었다.

"이러지 마라. 이러지 마."

신은 고개를 가로저었다.

그리고 그는 신을 향해 검을 휘둘렀다.

신은 몸을 잔뜩 웅크리며 비명을 내질렀다.

"으아아아아!"

신은 눈을 꾹 감았다.

눈앞은 컴컴했다. 이대로 죽음이 찾아온 것만 같았다.

"형님."

이때, 이준이 신을 친근하게 불렀다.

"형님 무사하십니다."

신은 눈을 떠 몸 구석구석을 확인했다. 다행히 다친 곳은 없었다. 신의 시선은 어지러웠다. 눈에는 초점이 없고 흐릿하기만 하다.

사실은 이랬다. 이준은 신을 향해 검을 휘두른 게 아니라 검을 홈이 파인 바닥에다 박아넣은 것이었다. 이는 사전에 약속된 동작이었다.

신은 상황이 어떻게 펼쳐질지 알고 있었으나 아무것도 모르는 척 연기했다. 덕분에 신의 연기는 참으로 생생했다.

지금 이 연기를 바라보는 사람들은 물론 신을 상대하는 이준마저도 가슴이 조마조마해지는 걸 느꼈다.

"…손이 그만 미끄러졌지 뭡니까."

이때 신의 바지춤이 젖고 있었다. 신의 몸 주위로 노란 액체가 흘렀다.

실제 오줌은 아니었다.

색감을 넣은 노란 물이었다.

사 왕자 역의 이준은 하하 웃으며 중국어 대사를 내뱉었다.

"逗逼(웃긴 놈)!"

사 왕자는 중국어가 능했다. 그의 어머니가 중의 귀족 출신이기 때문이다.

그는 제자리로 돌아가던가 싶더니 술잔을 들고 와 신의 머리 위에 술잔을 기울였다.

술잔에서 찰랑거리는 액체가 신의 머리 위로 떨어졌다. 투명한 액체가 신의 머리를 타고 아래로 뚝뚝 흘러내렸다.

신은 아무 말 없이 이를 바라볼 뿐이다. 장내에 있는 모든 이가 이를 조용히 바라보았다. 재밌다고 즐거워하는 이들도 있었고, 침묵하는 이들도 있었다.

지금 이 자리에는 인간은 없다. 만인지상의 자리인 왕좌를 탈환하려는 아귀들만 있을 뿐이다.

왕위에 오르기 위해 뭐든지 잡아먹어야 하고 뭐든지 베어야 했다. 이 권좌 앞에서는 부모 형제고 없다.

내가 잡아먹지 않으면 남이 나를 잡아먹는다.

이곳은 피도 눈물도 없는 약육강식의 세계다.

일 왕자가 자리에서 일어섰다.

"정신 나간 미친놈도 있고 검 휘두르는 놈도 있고. 왕가 꼴이 아주 멋지게 돌아가. 아주 잘 돌아가."

이 말을 남기고는 서효 역의 최시원은 바깥으로 나갔다. 싸늘한 정적이 장내에 내려앉았다.

"여기서 무슨 대화가 더 필요하겠소?"

사 왕자 역도 사라지고 곧이어 모두가 장내에서 사라졌다. 장내에는 신만이 남게 되었다. 이때 신의 기세가 180도로 달라졌다.

싸움을 말리는 바보는 온 데 간대도 없다. 타고난 연기로 모두를 속인 거짓말쟁이만 있을 뿐.

신은 웃음을 쿡 터뜨렸다. 오늘도 무사히 살아남았다는 안도감이 드는 것도 잠시 격렬한 분노에 휩싸인다.

신은 어금니를 물었다.

키드득하는 기괴한 소리가 울린다.

신의 눈가가 붉게 충혈되었다.

"최후의 승자가 누가 될지는 나중에 두고 볼 일이지."

이때, 이한빈 감독이 외쳤다.

"컷!"

이한빈 감독의 말에 사람들은 어리벙벙한 표정을 지었다.

84

사실 이한빈 감독은 카메라를 진작 돌리고 있었다. 그는 배우들이 일상생활에서 행동하는 것처럼 자연스러운 모습을 담아내고 싶었다.

　"즉흥적이고 자연스러운 연기 아주 좋습니다."

　그는 엄지를 척 내밀었다.

☆　★　☆

　이후 신은 촬영을 틈틈이 했다. 이 촬영분은 인물들 간에 얽힌 자잘한 이야기들인지라 영화 진행과 직접적인 관계를 지니는 건 아니었다.

　이 일련의 이야기가 감독판 영화에는 다 담겨 인물 관계가 세밀하게 그려지는 걸 볼 수 있겠지만, 극장판 영화로는 이런 부분이 잘려나가게 되어 있었다.

　〈광군〉 제작진은 내부회의를 거쳐 극장판을 먼저 개봉하여 반응이 좋으면 감독판으로 하여 새롭게 개봉하기로 했다.

　그리고 신은 영화 극 초반부의 촬영을 마무리하면서 중국으로 갈 준비를 하기로 했다.

　신이 중국에서 촬영할 분량은 꽤 되기 때문에, 영화 중반부까지는 중국 무대를 중심으로 하여 촬영이 이루어질 예정이었다.

　이렇다고 중국에만 틀어박혀 영화 촬영에만 몰두하는

건 아니었다.

기본적으로 영화 제작 기간도 길다 보니 다른 이들이 찍어야 할 촬영 부분도 꽤 있었다. 때문에, 촬영일정에 따라 휴식을 지닐 수도 있었다.

신은 이 기간에는 한국으로 돌아와 소모된 기력을 충전할 계획이었다.

그리고 신은 중국으로 떠나기 전 한이만과 만나기로 했다.

장소는 경기도 평택에 있는 골프장.

"어서 오게. 이거 바쁜 사람 부른 게 아닌지 몰라."

한이만은 허허 웃으며 신을 반겼다.

그러던 이때 이 둘에게 환한 미소를 지으며 다가오는 한 인물이 있었다.

"아이고, 이게 누구십니까. 한이만 사장님 아니십니까."

"하하, 오래간만에 보는 것이라 그런지 요새 신수가 아주 훤하시군요"

두 사람은 서로에게 반갑게 인사했다. 한이만이 신에게 말했다.

"아, 이분은 박 의원님이셔."

"반갑습니다. 강신이라고 합니다."

한이만과 사적으로 만나다 보면 기업인이나 정치인과 마주치게 되는 일이 종종 있었다.

신은 이런 사람들과 마주치는 게 처음에는 불편하고 낯설기만 했다. 이제는 익숙하기만 했다. 뭐, 이런 만남이 부정적인 것만은 아니었다. 얼굴을 알음알음 익힐 기회는 되니 말이다.

"톱스타를 이렇게 만나니 영광이군요."

"별말씀을요."

신은 하하 웃으며 그와 악수를 했다.

"인물도 이리도 훤칠하고……. 혹시 내년 선거유세 때 도와주실 의향은 없으십니까?"

정치인들이 신을 만날 때마다 넌지시 하는 말이 정치해보자는 말이었다.

'어찌 된 게 이렇게 하나같이 행동하지. 자기네끼리 약속한 것도 아닐 테고.'

그들로서는 신을 한번 찔러볼 만도 했다. 신은 많은 사람에게서 사랑받고 있으니까. 신을 자기네 당으로 영입한다면 이미지 개선을 할 수 있었다.

이런 대중의 인지도를 이용하여 정계에 진출하는 연예인도 있었다. 신은 진흙탕물을 몸에 묻혀 가며 정치할 생각은 없었다.

'더군다나 정치라는 게 애들 소꿉장난 같은 것도 아니고…….'

신은 그의 감정 구체를 바라보았다. 신을 이용하겠다는 마음이 적나라했다.

"요새 중국에서 영화 활동을 하느라 바빠서, 연기 이외에 신경 쓸 틈이 없네요."

신이 거절의 의중을 넌지시 내비치자 박 의원은 부담을 주려고 한 말은 아니라고 말하면서 이런 말을 했다.

"하하, 그렇죠. 나중에도 천천히 생각해볼 수도 있는 것도 아니겠습니까."

신은 속으로 한숨을 내쉬었다.

'그러니까 생각해볼 일이 없다니까요.'

신은 박 의원과 헤어지기로 하고 박이만과 함께 골프를 치기로 했다.

이 골프라는 거 은근히 재밌었다.

"하여간 우리 이사는 인기가 많아."

"이제 귀찮아 죽겠습니다."

신의 말에 한이만은 껄껄 웃었다.

"친절에는 가시가 있는 법이지. 그나저나 이사도 이제 본격적인 돈맛을 봐야 하지 않겠어?"

한이만은 드라이버를 들고 핀 위의 골프공을 후려쳤다. 허공을 가르는 소리와 함께 공이 일직선으로 날아갔다.

신은 손뼉을 짝짝 치며 말했다.

"멋진 샷이네요. 지금 돈맛으로도 충분한 걸요."

"어허! 무슨 소리. 자네가 젊어서 그러는 건데 돈이란건 제대로 굴려야 해."

신이 이제 벌어들이는 수입만 해도 대한민국 1% 안에 충분히 들어가고, 연예인 재벌 순위로 따진다면 열 손가락 안에는 들어가고도 남는다. 그런데도 한이만은 신의 부가 부족하다고 말하고 있었다.

'하긴 내 미래나 내 가족의 미래를 생각하면……'

이때, 한이만이 말했다.

"부동산 투자하는 것도 나쁘지 않아. 금싸라기 땅은 몇 년만 지나면 몇 배로 껑충 뛰는데 재미가 아주 쏠쏠하거든."

연예인들이 부동산에 괜히 투자하는 게 아니었다.

"아, 말 나온 이참에 쇼핑하러 가보자고. 눈여겨보고 있는 물건이 좀 있거든."

그는 동네에 장 보러 가는 것처럼 대수롭지 않게 이야기를 꺼냈다.

'나도 이런 삶에 좀 더 익숙해질 필요가 있겠지.'

한편, 한이만은 돈이란 건 어떻게 쓰고, 어떻게 해야 재산을 잘 불릴 수 있는지 신에게 가르쳐줄 작정이었다.

'젊은 나이이기에 이를 더더욱 배워둘 필요성이 있지.'

돈이란 건 요물이었다.

사람이 그릇에 맞지 않는 돈을 지니면 돈이 그 사람을 잡아먹는다.

그가 볼 때 신의 그릇은 충분했다.

옆에서 잘 가르쳐주면 금세 터득할 거 같았다.

그리고 신은 한이만 덕분에 새로운 세계에 눈을 뜰 수 있었다.

'이런 게 돈 지랄이라는 거구나.'

신은 강남 청담동에 있는 건물과 인사동에 있는 건물을 매입하기로 했다.

각각 45억과 25억이었다.

이 정도의 큰 거금이 오가는 거래는 심장을 두근두근 떨리게 했다. 앞으로 더 많은 돈을 벌 거 생각하면 이런 일에 익숙해질 필요가 있었다.

한편, 발 없는 말이 천 리를 간다더니 소문은 참으로 발빨랐다. 신이 건물을 구매했다는 기사가 곧바로 났다. 이 기사를 접한 사람들은 하나같이 부럽다는 반응을 내보였다.

신은 이때 몰랐다.

이 구매가 차후에 어떤 '논란'을 불러일으킬지 말이다.

신은 자산관리사를 고용하여 자산을 관리하는 등 건물 운영을 위탁하고 중국 상해로 향하기로 했다.

박명우도 신과 함께 상해로 향하기로 했다. 신의 상태를 주도면밀하게 살필 때가 왔기 때문이었다.

그리고 그는 신을 따라다니는 스태프 팀에 합류하기로 했다.

신이 탑승한 비행기가 중국 상해에 도착했다. 신은 비행기에서 내리기 전에 메이크업을 간단히 하고 옷을 갈아입기로 했다.

상체에 적당히 달라붙는 흰색 와이셔츠에 회색이 맴도는 슬렉스 바지였다. 단정하면서 깔끔했다.

'옷차림에 신경 쓰는 거 귀찮네.'

공항 패션이니 뭐니 해서 사진이 올라오기 때문에 굴욕 당하지 않으려면 이에 어느 정도 신경 써야 했다.

'몸에 달라붙는 츄리닝이 최곤데.'

신은 공항에서 입국 절차를 밟았다. 두 눈을 가리는 선글라스를 꼈으나 한낱 선글라스 따위가 신의 수려한 위엄을 가릴 수 없었다.

사람들 사이에서 웅성거림이 일어났다.

"강쉔?"

중국 상해에 방문한 한국인이 소리를 질렀다.

"강신 맞네. 강신이다!"

중국인들은 환호성을 내질렀다.

"강쉔!"

"깡쉰!"

이때 어떤 남자가 이렇게 외쳤다.

"아시아 프린스!"

"프린스!"

사람들 사이에서 구호가 점점 울려 퍼지더니 공항 전체가 떠들썩하게 되었다. 어찌나 시끄러운지 콘서트장을 방불케 할 정도다.

상해에 방문한 금발 머리의 외국인들은 이게 도대체 무슨 일인가 싶었다.

"이 사람들 단체라도 마약 했나 봐."

"왜 이렇게 열광들 하는 거야?"

외국인들은 핸드폰 카메라로 영상을 찍기 시작했다. 며칠 뒤 'W튜브'에 크레이지 피플이라는 제목과 함께 영상이 올라왔지만, 깜짝 주목을 받을 정도지 큰 반향을 일으킬 정도는 아니었다. 중국 공항에서 이런 일이 있었구나 하고 넘어가는 정도였다.

그러나 시작이란 건 언제나 미미한 법이었다. 조그마한 나비의 날갯짓이 언젠가는 거대한 돌풍을 일으키는 법이었다.

한편, 지금 상황을 주의 깊게 바라보는 한 남녀가 있었다.

"오, 유명한 아시아 사람인가 보군요."

"그런 거 같네요."

"몸도 좋고 키도 크고 스포츠 선수일까요? 직업이 뭘까요?"

남자의 질문에 여인이 팸플릿 메인에 있는 남자 사진을 힐끗 바라보았다. 사진에는 이런 글자가 적혀있었다.

'아시아 프린스! 한국 배우 강신의 중국 방문!'

"그 팸플릿에 있는 남자가 저 남자인 거 같네요."

앤드류는 팸플릿을 한 청년에 맞춰보기로 했다.

정확하게 일치했다.

"호오, 배우인가 보군요. 그나저나 한국이라는 나라는 조그마한 나라 아닙니까?"

"그렇죠."

"대단하군요. 나라를 뛰어넘어 이렇게 많은 사람에게서 사랑받다니. 세상은 역시 넓어요. 대단한 사람이 많아요."

"기껏해야 아시아에서 유명한 것이겠죠."

"타냐, 저는 그렇게 생각 안 합니다. 그를 부르는 수많은 사람의 외침을 보세요. 전 그를 아시아 스타라고 불러도 손색이 없다고 생각합니다."

그는 신을 바라보다 중얼거렸다.

"할리우드에서도 볼 수 있으면 좋겠군요."

지금 이 순간 신은 사람들의 '떼창'을 속으로 즐기고 있었다.

'역시 이 맛에 연예인 한다니까.'

사람들이 앞다퉈 몰려들었다.

덕분에 공항 업무가 잠시 마비될 정도였다.

사람들은 신을 가로막지는 않았다.

신이 걸음을 옮길 때마다 인파가 갈라지고 있었다.

홍해의 기적이었다.

이때, 신은 누군가의 시선을 느낄 수 있었다. 한 외국인 남자가 신을 바라보고 있었다. 두 사람이 시선을 잠시 마주쳤다.

'저 사람 할리우드 배우 아닌가?'

앤드류가 신을 향해 미소를 지었다.

'나보고 왜 웃는 거지?'

신은 이상하다고 생각하며 고개를 돌렸다. 그러던 이때 앤드류는 깜짝 놀랐다.

그가 아는 남자가 신의 뒤에 서 있기 때문이었다.

'어떻게 마에스트로 박이 중국에……? 아니, 왜 저 청년과 있는 것이지?'

앤드류가 마에스트로 박이라고 외치려는 순간 신을 맞이하는 일행이 있었다. 〈광군〉 중국 측 촬영진이었다.

배우 쯔 위가 신을 누구보다 반갑게 맞이해주었다.

"이거 간만이군요!"

신도 그에게 반갑다는 인사를 나눴다.

"쯔 위, 잘 지냈어요?"

"그야 두말할 것도 없죠."

두 사람은 오디션을 하면서 안면도 익히고 친해진 상태였다.

신은 사람들을 따라 공항에서 떠나기 시작했다. 앤드류는 말없이 박명우의 뒤를 쫓았다.

'그래, 아무래도 내가 잘못 본 거겠지.'

마에스트로 박이 이곳에 있을 리가 없었다.

　신은 사람들과 식사를 가볍게 즐기고 호텔로 가 체크인을 하기로 했다. 짐을 푼 다음 후발대로 도착한 사람들과 함께 관광을 즐기기로 했다.

'이야⋯⋯.'

신은 VIP 유람선 위에서 와인과 함께 와이탄 야경을 감상했다.

건물의 마천루도 장난 아니게 높고 불빛도 반짝반짝 빛났다. 특히 불빛이 물에 부딪혀서 이리저리 아른거리는 게 정말로 예뻤다.

'예리 누나도 같이 구경했으면 좋았을 텐데.'

촬영 때문에 본의 아니게 장거리 연애를 하게 되었다.

'떨어진 지 하루도 채 되지 않았는데 누나가 보고 싶네.'

가슴도 떨리고 호흡도 떨린다. 이 정도면 금단 증상이다.

신은 이 날 호텔로 돌아와 그녀와 영상통화를 하면서 아쉬운 마음을 달래기로 했다.

본격적인 촬영에 들어가기 전에 간략한 제작발표회를 하기로 했다.

영화 〈광군〉의 촬영이 본격적인 궤도에 오른다는 소식을 발표함으로써 영화에 대한 기대감을 불러모으기 위해서였다. 일종의 프로모션 활동이었다.

그리고 프로모션 당일.

"어라?"

신은 눈을 비비적거렸다.

눈앞에 있는 사람을 믿을 수 없었다.

예리가 미소를 지으며 신을 기다리고 있었다.

"누나가 왜 여기에 있어?"

"왜 나는 여기에 있으면 안 돼?"

"아니, 그건 아닌데."

"그야 이 영화 나도 찍으니까."

"뭐?"

이한빈 감독이 싱긋 웃으며 말했다.

"두 사람이 함께 나오면 좋지 않을까 해서 예리 씨 출연
도 긍정적으로 검토했어요."

"미리 말씀해주시지."

이한빈 감독이 껄껄 웃었다.

"미리 알면 재미없잖아요."

이때 예리가 신에게 말했다.

"이걸로 우리 비긴 거다?"

그녀가 비긴 거라고 하는 건 지난번 신이 촬영장에 불
쑥 찾아온 걸 두고 말하는 것이었다.

"하⋯. 참. 못 말린다 진짜."

프로모션 활동은 성황리에 끝났다.

신 일행은 촬영지로 향하기 전에 영시낙원이란 곳에 들르기로 했다.

이 영시낙원은 〈안개비연가情深深雨蒙蒙〉를 비롯하여 수백 편의 드라마와 삼십몇 편의 영화가 촬영된 곳으로 1920년에서 1949년에 이르기까지 근대화된 중국의 시대상이 잘 재현된 세트장이었다.

그리고 이 장소는 훗날 신이 찍게 될 〈광복의 봄〉 촬영지 중 하나가 될 장소이기도 했다.

신 일행은 이곳을 배경으로 하여 추억 사진을 남기고는 〈광군〉 촬영 세트장이 있는 우한으로 이동하기로 했다.

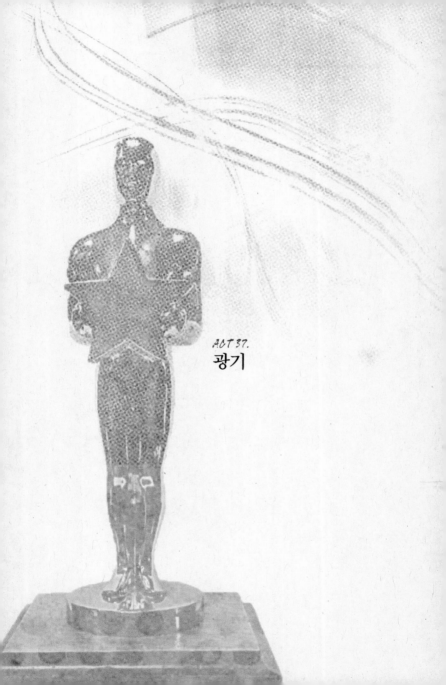

ACT 37.
광기

광기

해가 뉘엿뉘엿 떨어지고 땅거미가 서서히 진 밤.

수십 개의 양초의 심지가 타오르면서 궁 내부를 어스름하게 밝히고 있었다.

벽 쪽에는 먹 특유의 느낌이 묻어나는 벽화가 걸려있고, 고급 도자기와 고풍스러운 느낌이 나는 가구가 곳곳을 장식하고 있었다.

한편, 사극풍의 복장을 한 악사들이 자리에 앉은 채로 말꼬리로 만든 활대로 악기를 연주하고 있었다.

명주실로 꼬아진 두 개의 현에서 가느다란 음이 흘러나왔다.

기. 기이잉. 기이이잉.

악사들이 연주하는 악기의 생김새는 이랬다. 전체적

101

으로는 길이가 길쭉했는데 몸체의 밑쪽은 사각 형태로 뭉텅했다. 이 악기의 이름은 '얼후', 한국에서는 '호금'이라는 불리는 악기였다.

이 연주에 맞춰 열 명의 여자 무희들이 일정한 동작으로 춤을 추기 시작했다. 여인들의 동작에 따라 하늘하늘한 옷자락이 흩날렸다. 여인들의 군무는 한 치의 오차도 없이 정확했다.

여인들이 몸을 빙글빙글 돌리자 명주실로 짠 붉은 면주가 여인들의 몸을 휘감았다. 피륙은 얇디얇아 여인들의 하얀 속살이 훤히 내비칠 정도였다.

무희들은 손을 공중으로 내뻗으며 허리를 구부렸다. 여인들의 입가에 미소가 번졌다.

그녀들의 손짓은 우아하였으며 발짓은 고고했다.

동작들이 어찌나 매혹적인지 춤을 바라보던 남자 스태프들이 침을 꿀꺽 삼킬 정도다.

신은 침상에 앉아 춤을 추는 여인 무희들을 바라보고 있었는데 얼굴은 홍조기로 불그스름했다. 신 주위로는 도자기 술병들이 이리저리 널브러져 있었다. 신은 무어가 그리 즐거운지 바보 같은 웃음을 실실 지으며 도자기 잔을 쥐고는 입으로 가져갔다.

액체는 물이 아니라 진짜 술이었다.

신은 오위썬 감독에게 술에 취하면 좋겠다고 요구했고, 감독은 이를 받아들이기로 했다. 덕분에 지금 신의 연기는 정말 절묘했다.

이때 여인들이 웃음을 까르르하고 내뱉었다. 그리고 무희들은 신을 향해 유혹의 손길을 내뻗었다.

"이리 와요."

"같이 놀아요."

여인들이 중국어로 추임새를 넣었다.

"꽃들이 부르는 데 벌과 나비들이 어찌 오지 않을쏘냐!"

신은 이 말에 자리에서 벌떡 일어나 휘장을 젖히고는 여인들에게 다가섰다.

"꽃들이 부르니 꽃의 꿀을 먹으러 가야지."

신의 입에서 유창한 중국어가 흘러나오자 중국어 고문이 만족스러운 표정을 지었다.

'가르친 보람이 있어.'

한편, 신은 여인들을 잡으려고 했으나 여자들은 신에게 쉽사리 잡혀주지 않았다.

이 숨바꼭질은 잡힐 듯 말 듯 이어지면서 뭇 사람들의 애간장을 태웠다.

여인들이 간드러지게 웃었다.

"나으리, 나으리! 좀 더 움직여보세요."

"빨리! 더 빨리!"

신은 그녀들을 어떻게든 쫓기 위해 비틀비틀하는 몸으로 이리저리 움직였다. 발이 그만 꼬이고 말았다.

신은 볼썽사납게 바닥을 나뒹굴었다. 대본상에 있는 행동 지문이었으나 장내에 있는 사람들은 신이 진짜로 넘어진 게 아닌가 싶었다.

등 쪽이 찌뿌드드한 게 신음이 나올 정도로 아팠다. 그러나 신은 극에 몰입하고 있었기에 이 아픔을 잊고 있었다.

신은 제 몰골이 어떻게 된 건지도 몰랐다. 복장은 풀어헤쳐 있고 옷깃도 꾸깃꾸깃한 게 엉망이었다.

신은 실실 쪼개는 표정을 지으며 웃음을 쿡쿡 토해내기 시작했다.

"하하하하……."

미친놈도 이런 미친놈이 있을 수 없었다.

그런데 웃음이 어딘가 처량해 보인다.

한이 깃들어 있다고 해야 할까.

한편, 스크립터는 촬영 진행 상황과 촬영장의 분위기를 그대로 기록하기 시작했다.

'시나리오에 나온 내용을 한 치의 오차도 없이 수행함.'

그러던 이때 쇠와 쇠가 부딪히는 소리가 울렸다.

쨍. 쨍쨍. 쨍쨍쨍.

경극에서 단골로 등장하는 경쾌한 음이었다.

악기 이름은 발鈸, 이 악기를 연주하는 방식은 심벌즈와 유사했다.

발의 소리가 잔잔하게 이어지던 호흡을 긴박하게 흐르게 했다. 분위기가 고조되었다.

그리고 이때!

여인들의 무리가 반으로 쩍 갈라지면서 풍성한 품의 무복을 입은 한 여인 무희가 파란색의 가면을 쓴 채로 나타났다. 가면에 그려진 분장 표정은 웃고 있었다.

그녀의 한쪽 손에는 얼굴을 충분한 가릴 수 있을 만큼의 커다란 부채가 들려있었다. 얼후의 음이 경쾌하게 울리자 여인이 손을 얼굴 쪽으로 가져갔다.

소매 쪽 품이 풍성하여 얼굴이 가려지게 되었다. 얼굴을 가린 시간은 길지 않았다. 짧았다.

손을 떼자 새파란 색의 가면이 새빨간 색의 가면으로 순식간에 바뀌었다.

검보(*경극 특유의 얼굴 분장)도 바뀌었다.

웃고 있던 표정에서 화가 난 표정으로 바뀌었다.

변검 배우가 부채로 제 얼굴을 가렸다.

그리고 부채를 얼굴에서 떼어냈다.

모습이 달라진 건 없었다.

이때 배우가 고개를 뒤로 돌렸다가 앞을 바라보았다. 붉은색 가면은 온 데 간대도 없고 검은색 가면이 얼굴을 가리고 있었다.

이때 오우썬 감독이 컷을 말했다.

촬영이 끝난 것은 아니었다.

잠시 장면을 끊어가는 것이었다.

분장팀이 신에게 다가가 신의 얼굴 메이크업 상태를 점검하고 목 쪽에 핏줄기를 그리기 시작했다.

신은 몰입에서 빠져나오면서 이제야 고통을 느끼기 시작했다.

'아프다.'

신은 아픔을 잠시나마 잊을 정도로 연기에 깊게 몰입한 것에 뿌듯한 감정을 느끼며 이제 진정한 연기자라고 생각하기는 개뿔 아픈 건 아픈 거였다.

'그냥 이대로 촬영 쭉 가면 좋았을 텐데.'

신이 미간을 잠시 좁히자 신을 담당하는 한국인 스태프가 신에게 질문했다.

"괜찮아요?"

"등 쪽이 뻐근하네요."

"다른 데는 아무 이상도 없어요?"

"네, 등 쪽만."

스태프는 신의 등 쪽에 스프레이 형태의 파스를 뿌려주었다.

'이 장면 촬영 여러 번 갔다가 몸이 남아돌지 않겠네.'

이때 중국어 고문이 대본을 들고 와 신과 대사를 맞추기 시작했다. 이윽고 그는 엄지를 척 내밀었다.

한편, 한쪽에서는 예리가 변검 배우가 입은 복장과

똑같은 복식을 한 채로 모니터링을 하며 이야기를 나누고 있었다.

그녀는 변검 배우가 한 자세를 똑같이 따라 해야 했다.

변검 전문기술집단이 기술을 '외부인'에게 가르칠 수 없다고 거부해서 이렇게 할 수밖에 없었다.

이에, 광군 촬영진은 대역을 쓰기로 한 상황이었다.

얼굴이야 가면으로 가리면 되기에 그녀의 체형과 키만 비슷하면 됐다.

"3, 2, 1, GO!"

촬영이 재개되었다.

검은 가면을 쓴 무희가 카메라 앞쪽을 노려보더니 앞쪽으로 걸어나가기 시작했다. 카메라가 트래킹 기법으로 그녀의 움직임을 담아냈다.

여자 무희는 벽면 쪽에 장식되어있던 검집을 들고는 검을 뽑아냈다.

이윽고 그녀의 검이 신의 목젖 쪽에 닿았다.

위협 앞에서도 신은 놀란 반응을 보이지 않았다. 어느새 극에 몰입한 것이다.

한편, 신의 눈동자는 완전히 맛이 가 있었다. 실실 웃고 있기까지 한 게 마약에 취하기라도 한 거 같다.

신의 연기를 감상하던 중국 배우들은 사람이 완전히 다른 사람으로 변신할 수 있는 것에 감탄사를 토해냈다.

'어떻게 표정을 저리 자유자재로 지을 수 있지?'

신이 오디션에서 명연기를 보여주면서 제작관계자를 감탄시켰다는 건 중국 배우들의 귀에도 들어간 상태였다. 신이 펼치는 연기를 눈앞에서 이렇게 보니…….

'배역을 완전히 이해하는 것을 물론 자기 식대로 표현하고 있어.'

이때, 신은 그녀를 향해 중국어 대사를 느릿느릿 내뱉었다.

"그, 그대는 누, 누구시오."

그녀에게 있어 주정뱅이에다가 말 더듬는 남자는 최악이었다. 이도 모자라 신은 딸꾹질까지 내뱉었다.

예리가 입을 열었다.

"정말 내가 싫어하는 짓은 골라 하는구나."

여인의 눈가에 곱지 않은 감정이 스쳐 지나가는 것도 잠시, 여인은 한숨을 쉬며 가면을 벗어냈다. 예리의 얼굴이 드러났다.

예리가 〈광군〉에서 맡은 배역은 칠 황녀, 위지선이었다.

작중 상황은 이렇게 흐른 상태다. 한과 중은 친교 화약을 맺게 되었다. 한 왕가 인물 중에서는 서휘가 중으로 가게 되고, 이 화약을 위해 서휘가 위지선의 부마가 된다.

이 혼인은 일종의 화약의 증표인 셈이다.

두 사람은 약혼을 올리나 초야를 치르지 않았다.

위지선은 약혼을 올리자마자 제 궁으로 곧바로 돌아간 것이다.

위지선 입장에서는 이 결혼이 마음에 들 리 없다. 결혼 자체가 애정이 없는 정략결혼인 데다, 서휘가 바보였으니까. 머리가 똑똑한 그녀한테는 이 결혼은 굴욕이나 다름없었다.

이 일로 황가의 사람들은 그녀를 측은하게 바라보기까지 한다. 사실 이 정도는 약과다. 바보 남편을 두었다고 깔보기도 했으니까.

그녀는 제 자존심에 상처가 나 서휘를 찾지도 않고 서휘가 있는 궁을 바라보지도 않았다.

이제 그녀가 서휘를 찾아온 건 서휘가 난장판을 벌여서다. 여자들을 궁에 불러들이는 행위는 위지선의 얼굴에 똥칠하는 거나 다름없다.

"황가의 체면이 있지…… 오늘 일은 입 바깥에도 내지 마라. 내 귀에 오늘의 일이 들리면 크게 경을 칠 것이다. 알겠느냐?"

그녀의 가시 돋힌 말에 사람들이 고개를 끄덕였다.

예리는 시선조차 마주치지 않았다.

싸늘한 기세가 흐른다.

"뭣들 하느냐. 아직도 물러나지 않고!"

악사들과 춤을 추던 여자 무희들이 한번 읍한 후 장내에서 황급히 사라지기 시작했다. 예리는 이들의 행태가 마음에 들지 않는 듯 혀를 쯧쯧 찼다.

"천한 것들 같으니라고."

"아이고, 삭신이야."

이때 신은 등을 두드리고 팔을 주무르면서 자리에서 일어났다. 그리고 몸을 이리저리 풀었다.

이때 두 사람은 시선을 마주쳤다.

그녀의 눈에 의아함이 가득했다.

지금 눈앞의 서휘는 그녀가 아는 서휘란 인물과 다르게 행동하고 있었으니까.

"당신……. 바보가 아니었어?"

한편, 신은 미소를 짓고 있었다. 위지선의 차가운 마음을 허물어버릴 정도로 매력적인 미소였다.

"이제야 제 발로 지아비를 보러 오셨구려. 예부터 부부유별이 있다고들 하나 내자 될 사람의 얼굴을 보기가 이렇게 어려운 건 이 세상 나밖에 없을 게 분명하오."

"자, 잠시. 설마 그대는 모두를 속인……?"

질문은 이어지지 않았다.

신은 예리의 입에 입을 맞췄다.

예리는 신을 뿌리치지 않고 조용히 받아들였다.

잠시간의 침묵이 있었다.

예리는 눈을 치켜뜨며 신을 바라보았다.

"이게 무슨 짓이지요?"

이에 신은 어깨를 으쓱이며 말했다.

"이게 무슨 짓이라니. 내 그대의 부마가 아니오? 지아비가 부인을 예뻐하겠다는 데 잘못되었소이까?"

서유 역의 대사는 정말 천연덕스러웠다. 게다가 말 내용이 그럴듯하기까지 하니 위지선은 무어라 반박하지 못한다.

"왜 이제 저에게 본모습을 드러내는 것이지요?"

"이제라, 이제라……."

신은 싱긋 웃으며 그녀의 턱을 잡았다.

"우린 한배를 탔지 않았소이까?"

"언제부터……. 우리가 한배를 탄 것인지요?"

"생전 이곳에 오지도 쳐다보지도 않던 사람이 제 발로 찾아와 모든 사람을 물린 게 무슨 의미를 지니겠소?"

신은 예리의 옷을 한 꺼풀 벗겨내기 시작했다.

옷이 하나하나 아래로 떨어지기 시작했다.

"그대는 저마저도 속인 천하의 지낭(*지혜가 많은 사람)이군요."

"어쩌다가 나는 새를 떨어트린 것에 불과하오. 세상은 이를 요행이라고 한다지."

신의 대사에 예리는 훗 웃으며 신이 마음에 든다는 표정을 지었다. 신은 그녀의 허리를 감쌌다.

"난 오늘 밤 그대를 내 여자로 만들 것이오."

"그대는 야심이 크시군요."

"야심이 크다마다 난 그대가 꼭 필요하오. 그대의 지략은 하늘의 세를 뚫고, 모략은 땅을 뒤집지 않소? 하물며 시세를 읽는 눈은 어떻소? 그대는 모사로서 손색이 없으니

날 도와줘야겠소."

"소 잡는 칼을 닭 잡는 칼로 쓸 수 없지요."

신은 후후 웃는 그녀의 귓가에 조용히 속삭였다.

"난 천지를 먹어치울 작정이야."

항거는 없다.

복종만 있을 뿐.

신은 무자비한 대사를 내뱉었다.

"그러니까 당신은 내 사람이 되면 돼."

서휘의 포악한 인간성이 잘 드러나는 묵직한 대사였다.

☆　★　☆

다음날.

〈광군〉 촬영진은 도성 세트장 주변에 있는 숲에서 촬영을 진행하기로 했다. 촬영을 진행할 장면은 여러 개가 있었다.

이 장면 중에 멧돼지를 사냥하는 대목이 있었다. 이 장면의 경우 현장감과 사실감을 최대한 살리기 위해 멧돼지를 직접 사냥할 예정이었다.

영화 촬영할 때 동물 사냥하는 걸 찍게 되면 동물보호단체에서 들고일어나는 편이다. 그래서 동물이 죽어야 하는 걸 촬영해야 하는 경우 CG로 합성하거나 특수 로봇을 통해 촬영하는 편이었다.

그러나 이 인근은 멧돼지 같은 들짐승으로 인해 농작물 피해가 정말 심했기 때문에 멧돼지를 죽여도 되었다. 광군 촬영진은 당국으로부터 멧돼지 사살 허가를 정식으로 받아낸 상태였다.

그리고 이 장면을 촬영하기 위해서는 조직적으로 움직여야 할 필요성이 있었다.

작품팀과 연출팀 스태프들이 촬영 준비하면서 배우들과 합을 맞춰보기로 했다.

이 시간 동안 숲 주위에 설치된 막사 내부에서 간단한 촬영이 이루어지고 있었다.

배우 쯔 위가 간편한 복식을 한 채로 해부칼을 들고 사슴을 해부하고 있었다.

쯔 위가 맡은 역은 '여운위'라는 승상 역이었다.

그는 중의 위 황가 내에서 막강한 권력을 지닌 남자로 서휘와 전략적인 제휴를 맺게 되는 인물이었다.

그의 두 손에는 사슴의 붉은 피가 묻어있었다. 사슴 사체 배 쪽에는 내장이 들어있었다. 보기만 해도 역겨운 피 냄새와 짐승 특유의 노린내가 나는 것만 같다.

쯔 위는 인상을 찡그릴 법도 한데 눈썹 하나 찡그리지 않았다.

그는 사슴의 내장을 몸에서 뽑아내어 통에 쓸어담고 사슴의 가죽을 벗겨내기 시작했다. 그의 손놀림은 재빠르면서도 대단히 정교했다. 한두 번 해본 거 같지 않은 솜씨다.

113

폭력성 때문에 삭제될 수 있는 장면이 될지 모르지만, 이 해부는 여운위라는 인물의 성격을 잘 드러내 주는 대목이었다.

그는 자신을 방해하는 숙적을 죽일 때 눈 하나 깜빡이지 않는다. 인정은 사치다.

쯔 위는 사슴의 눈망울을 넌지시 바라보았다. 생명을 죽인 것에 죄책감에도 휩싸이지 않는다.

그야 당연하다. 약한 건 강한 것에 응당 잡아먹히는 법이니까.

카메라가 쯔 위의 섬뜩한 표정과 생생한 움직임을 담아내던 이때, 쯔 위가 미간을 좁히며 말했다.

"다시 한 번 더 찍고 싶습니다, 감독님."

분장팀이 사슴을 치우기 시작했다. 진짜 사슴은 아니었다. 아주 정교하게 제작된 사슴 사체였다.

그리고 스태프들은 또 다른 사슴 사체를 들고왔다.

촬영이 또다시 진행되었다. 쯔 위는 해부칼에 물을 뿌려 칼을 가는 돌에 대고 쓱쓱 갈기 시작했다.

쯔 위는 저 자신이 보기에도 만족하게 수긍할 수 있는 장면을 뽑아내기 위해 사슴을 계속해서 해부하기로 했다.

사슴을 무려 일곱 번이나 해체한 후에야 만족스러운 샷을 건져낼 수 있었다.

　잠시 후.

　멧돼지 다섯 마리를 태운 케이지 트럭이 당도했다.

　수렵꾼이 요 며칠 새에 잡은 멧돼지들이었다.

　멧돼지들이 쇠창살 내부에서 주위를 두리번거렸다. 불안한 것인지 소리를 내질렀다.

　끼에에에엑!

　쇠창살 우리가 열렸다. 멧돼지들은 바깥세상으로 나와 주위를 경계하며 두리번거리다 숲 속으로 뛰기 시작했다.

　사전에 이동 경로를 철저히 짠 상태라 멧돼지들은 다른 경로로 이탈할 수 없었다.

　촬영 준비가 완료되자 〈광군〉 촬영진은 멧돼지 사냥 장면을 찍기로 했다. 촬영하기 까다로운 장면인지라 쓸만한 샷을 건져내는 데 시간이 걸릴지도 몰랐다.

　배우들은 제 위치에 자리 잡았고, 카메라도 배우들이 있는 곳과 이동 경로 쪽에 자리 잡았다.

　한편, 신은 이한빈 감독 그리고 전문 활잡이와 함께 사람들이 이동하기로 한 경로 쪽 중간지점으로 이동하기로 했다.

　신은 옆쪽으로 파고들어 멧돼지를 역습할 예정이었다.

　'서휘가 위 황가의 승상 여운위와 만나는 장면……'

이 만남은 이야기에 있어 분기점이라고 할 정도로 중요한 만남이었다. 이 만남을 계기로 서휘가 자기 세력을 형성하기 때문이다.

'다 자란 호랑이가 제 등에 날개를 붙이기 시작하는 것이라……'

기수들이 감독의 사인에 맞춰 말을 이끌기 시작하자 감독은 촬영 사인을 내렸다.

슬레이트가 탁 부딪치고, 촬영이 시작되었다.

기수들은 멧돼지를 특정한 방향으로 몰기 시작했다.

말발굽이 땅을 두드리는 소리가 울렸다.

두두두두두!

움직이는 군마의 수가 꽤 되어서 자욱한 먼지가 풀풀 피어올랐다.

말에 탑승해 있는 배우들도 사전에 정해둔 이동 경로를 따라 이동하기 시작했다.

"이랴!"

"이럇!"

그리고 기수들은 멧돼지들을 특정 방향으로 모는 데 곧장 성공해냈다. 이들의 정체는 전문수렵꾼들이었다. 혹시나 몰라 사냥개들도 동원된 상황이었으니 실수란 건 없었다.

이때 궁수 역 단역 배우들이 활대에 화살을 걸고 활시위를 잡아당겼다.

화살들이 활대에서 출발했다.

이때 초고속 카메라가 화살이 앞쪽으로 쏟아져 나가는 걸 잡아냈다.

화살은 물고기가 헤엄치듯 흐느적거리고 있었다. 실제로 화살은 빠른 속도로 앞쪽으로 날아가고 있었다.

공기층을 가르며 날아가던 화살이 멧돼지에 맞았다.

퍽!

멧돼지 입에서 고통에 찬 비명이 울렸다.

끼에에에엑!

화살에 맞은 멧돼지들이 땅에 픽픽 쓰러졌다.

한데, 다른 멧돼지보다 덩치가 있는 한 멧돼지만이 곧장 쓰러지지 않았다.

이때 쯔 위가 말 위에서 활을 당기고는 활시위를 놓았다.

화살이 하나의 빛줄기가 되어 날아갔다.

화살이 멧돼지 몸통에 적중했지만, 멧돼지는 쓰러지지 않았다.

끼에에에엑!

멧돼지는 더더욱 흥분하고 있었다. 숨소리도 씩씩 내뱉었다. 멧돼지는 앞발로 흙바닥을 긁기 시작하더니 쯔 위가 있는 쪽으로 달려가기 시작했다.

멱을 딸 때 내지르는 듯한 괴성도 괴성이지만 돌진하는 기세도 험악한 것이 장난이 아니었다. 멧돼지와 마주 보는 사람들 입장에서는 멧돼지가 불도저처럼 보였다.

쯔 위는 활 통에서 화살을 꺼내 활에 겨눠 활시위를 당겼다.

'미안하다. 날 용서해라.'

쯔 위가 활시위를 떼었다. 화살이 앞으로 나아갔다.

활이 멧돼지에 작렬했다.

푹!

그런데 위급상황이 발생했다.

멧돼지가 더더욱 흥분하기 시작한 것이다. 돌아가는 상황이 심상치 않았다.

촬영진에서 사람들이 총을 들고 나섰다. 여차하면 수렵총으로 발포할 기세다.

그러던 이때 화살이 날아와 멧돼지 이마 정중앙에 박혔다.

즉사였다.

고통은 없었다.

사람들은 멧돼지의 명복을 속으로 빌어주었다.

쯔 위가 멧돼지 쪽으로 말을 몰자 말을 탄 사람들도 멧돼지에게 다가갔다.

카메라가 바짝 붙었다.

"이 화살 누가 쏘았는가?"

좌중에는 대답이 없었다.

그러던 이때 가면을 쓴 남자가 말을 타고 사람들 앞에 등장했다.

말이 앞발을 들어 올리며 투레질을 했다.

히이이이잉!

말에 타고 있는 주인이 말을 차분히 진정시켰다.

"그대가 이 화살의 주인공인가?"

가면의 남자가 고개를 끄덕이자 쯔 위의 입가에 미소가 생겨났다.

"호오, 그렇군. 오늘 역 괘에서 동쪽으로 가면 내 운명을 바꿔줄 사람을 만난다는 말이 있었다. 그대는 누구인가. 길인인가, 아니면 흉인인가."

쯔 위 뒤에 있던 배우가 입을 열었다.

"이분이 누구신지 알고! 가면을 어서 벗도록 하여라."

그는 '여홍'이라는 장군이었다. 극 중 서휘와 첨예하게 대립하는 인물이었다. 아니, 대립하기보다 서휘를 일방적으로 싫어했다.

싫어하는 이유?

그는 승상에게 접촉해온 서휘에게 무슨 꿍꿍이가 있는 게 분명하다고 생각하기 때문이다.

그러나 가면을 쓴 남자는 아무 동작도 취하지 않았다.

장위안의 눈썹이 꿈틀거렸다.

그가 소리를 버럭 질렀다.

"감히! 이놈이!"

여홍 장군 역 배우 장위안이 검집에 손을 가져대자 쯔 위가 손을 들어 올려 그를 제지했다.

"아니다, 가면을 쓰고 있는 건 정체를 숨기기 위함이렷다."

쯔 위가 그에게 말했다.

"물러나거라."

"승상!"

말은 없었다.

제 명령을 따르라는 것이다.

장위안은 손을 들어 올려 부하들에게 말했다.

"큭! 물러난다."

그리고 그는 상대방을 손가락으로 가리키며 말했다.

"승상께 허튼짓한다면 네놈 구족을 멸하겠다."

이 말에 상대는 어깨를 으쓱일 뿐이었다.

"흥!"

장위안은 고개를 휙 돌리며 마음에 들지 않는다는 듯 입술을 세게 깨물었다. 곧이어, 여운위의 부하들이 장내에서 떨어졌다. 대략 30m 정도 되는 먼 거리.

쯔위가 상대를 바라보며 말문을 열었다.

"자, 이제 우리 둘만 남았구려. 그 얼굴 한번 봅시다."

남자가 가면을 벗어내며 정체를 드러냈다. 쯔 위는 입을 살짝 벌리는 거로 놀란 걸 표현했다. 이것만이 아니었다. 눈의 동공도 화들짝 커졌다.

그가 충분히 놀랄 만도 하다.

가면을 쓰고 나타난 남자의 정체는 바보 부마라고 알려진 '위' 서휘였으니까.

그는 한 나라를 이끄는 승상, 상대의 정체에 놀란 티를 낼 수 없다.

쯔 위는 표정을 재빨리 관리했다. 그러자 얼굴이 삽시간에 무표정을 되찾았다.

신은 이 표정변화를 눈앞에서 바라볼 수 있었다.

'역시 세계는 넓어.'

신은 오디션 때 쯔 위의 연기 실력에 감탄했었다.

그리고 이때 신은 광군이라는 영화를 하길 잘했다고 생각했다. 쯔 위 덕분에 세계를 바라보는 견문이 늘어나게 되었으니까.

'위대한 배우들, 뛰어난 배우들 만나보고 싶다.'

이 생각 덕분에 신은 마음이 들뜨기도 했으나 지금 이 순간 신은 서휘였다.

그리고 지금!

신은 쯔 위의 표정변화를 하나도 놓치지 않고 있었다. 신의 눈매는 먹잇감을 노리는 매의 눈빛처럼 날카로웠다.

이때, 신의 눈동자에 기이한 게 스쳐 지나갔다.

살기라고 해야 할까. 아니면, 광기라고 해야 할까.

언어로는 정확하게 묘사할 수 없는 '무엇'이었다.

그리고 이 미묘한 열기는 워낙 순식간에 사라져서 쯔 위도 이를 보지 못했다.

신의 연기를 카메라 스크린으로 바라본 사람들만 이를 볼 수 있었을 뿐.

'이건 대본으로 묘사되지 않았는데……'

카메라에 포착된 순간은 돌처럼 딱딱하게 굳어진 게 아니었다. 그 순간을 우연히 잡아낸 것에 불과한 불규칙한 것이다.

'막 잡은 생선처럼 팔딱팔딱 날뛰는 생생함 그 자체다.'

감독 입장에서는 연기자들이 연기하는 순간을 되풀이하여 찍어도 이전과 다른 순간이 찍힌다. 이 오묘한 매력을 느끼는 게 촬영하는 사람에게는 중요했다.

'덕분에 촬영하는 게 즐거워진다.'

이한빈 감독과 오우썬 감독은 감독이란 게 어떤 존재인지 새삼 느끼게 되었다.

신은 배역에 한창 집중하고 있었다.

'서휘는 아직 웅크릴 때야. 호랑이 발톱을 숨겨야만 해.'

신은 여운휘에 대한 의중을 감추며 중국어로 된 대사를 유창하게 내뱉었다.

"승상, 황제가 되고 싶지 않소?"

"하하하하!"

"내 그대가 황제가 되게 해주리다."

쯔 위가 웃음을 멈췄다.

"그대가 어떻게 해 줄 수 있는가?"

신이 씩 웃었다.

"난 그대의 보이지 않는 검이 될 수 있거든."

☆　★　☆

이후 승상 여운휘는 서휘에게 한 가지 과제를 제시한다.

바로 '흉선'을 징벌하라는 것!

이 흉선은 위 황가를 귀찮게 하는 북의 부족이다.

이들은 항상 추수절만 되면 남하하고는 했다.

그리고 이들이 남하할 때 부족과 연합하여 쳐들어왔다.

부족끼리 연합하면 막강한 군대가 되어야 하지만 그렇지가 않았다. 가장 큰 이유는 유대가 되지 않는다는 점이었다. 부족마다 개성이 너무 강해 조화되지 않았다.

바로 이런 점 때문에 위 황가는 군대를 일으켜 이들을 상대하는 것보다 흉선이 남하할 때 이들을 없애는 게 낫다고 판단하는 편이었다. 어차피 오합지졸이었으니까.

한데, 이번에는 기세가 심상치 않았다.

흉선 부족이 강력한 지도자 밑에서 하나로 규합되고 있었다.

위 황가는 군대를 일으키기로 한다.

여운휘는 이제 서휘의 능력을 시험해보고 싶어 했다.

그리고 서휘는 이 흉선 족과 전쟁을 치르며 명성을 떨치게 된다.

소설 전개로는 이 부분이 꽤 긴 편이었다. 이제 영화 특성상 호흡이 짧다 보니 전투를 짧게 가져가야 했다.

신은 이게 아쉬웠다.

그러나 이야기는 이제 시작이었다.

아직 대규모 전투가 남아 있고, 서휘의 광기를 표출하는 순간도 있었다. 이렇게 생각하면 촬영할 부분은 많았다.

신은 촬영 현장에서 속으로 중얼거렸다.

'이제 남은 건 흉선 족의 지도자를 목 자르는 것.'

그리고 지금 이 순간 초원 위의 막사들이 시뻘건 화염에 휩싸여 있었다.

대형 팬이 돌아가니 불이 더 거세게 타올랐다.

매캐한 화염 냄새가 후각을 찔렀다.

전장의 현장은 처참했다.

곳곳에 사람들이 널브러진 채로 누워 있었다. 사람들이 죽은 이유는 갖가지였다. 불에 온몸이 타서, 머리가 잘려서, 몸 가운데가 창에 뚫려서 등등…….

까마귀들이 깍깍 울기까지 했다.

분위기도 을씨년스럽다.

카메라가 돌아가고 있었다. 신은 무릎을 꿇고 있는 중년 남자를 바라보았다.

남자의 얼굴색은 까무잡잡한 편이었고 이목구비가 뚜렷했다. 턱 쪽이 다소 각져 있었으나, 그의 남성성을 더 도드라지게 하고 있었다.

이제 그가 흥선을 이끄는 지도자 구르위였다.

그는 담담한 표정을 짓고 있었다.

그의 곁에는 사람들이 두려움에 휩싸인 채로 무릎을 꿇은 채로 있었다. 구르위의 전속 부하와 식솔들이었다.

이들은 완전히 포위된 상태라 움직일 수 없었다.

지금 상황은 이랬다.

위 황가가 흥선을 상대로 한 전쟁에서 승리를 거뒀다.

그리고 서휘는 제 손으로 이들을 처단하고 싶다며 병력을 물린 상황이다.

이때 그가 말문을 열었다.

"아쉽구나. 천하를 손에 쥘 수 있는 게 코 앞이었는데."

신은 피에 묻은 검을 바닥에 질질 끌었다.

신이 걸음을 내디딜 때마다 검이 절그럭거리는 소리를 냈다.

죽음이 다가오는 소리였다.

신이 걸음을 멈췄다.

구르위 역의 배우는 신을 바라보지도 않고 대사를 이어나갔다.

"죽음의 가면, 그대로군. 우리 흥선을 망가트린 사람이……."

"마지막으로 할 말 있나?"

그는 허심탄회하게 말했다.

"하늘이 참으로 푸르다."

신은 하늘을 올려다보았다. 하늘의 푸른색이 오늘따라 참으로 시리게 보인다.

이윽고 남자가 눈을 서서히 감았다.

신은 검을 위로 들어 올렸다.

카메라가 신의 얼굴을 바짝 담아냈다.

신은 그의 옆에 있던 마네킹의 머리통을 잘라냈다.

피가 신의 얼굴에 후두두 튀었다.

"천하는……"

신은 입술에 묻은 붉은 액체를 핥았다.

그리고 광기에 찬 미소를 지었다.

"이 서휘가 손에 쥘 것이다."

카메라 스크린으로 신의 연기를 바라보던 오위썬 감독은 속으로 감탄사를 토해냈다.

'극에 뛰어난 집중력과 배역에 동화되는 몰입은 정말 놀라울 정도군.'

인물에 단순히 동화하는 수준이 아니었다. 자기 식대로 인물을 해석하고 인물을 받아들이고 있었다. 이러니 인물이 상투적으로 표현되지도 않고. 배역을 흉내 내고 있다는 위화감도 없었다.

'인물이 입체적으로 그려져.'

신이 검을 휘두르며 미소를 맺을 때는 극 속의 인물 그 자체가 눈앞에 튀어나온 것만 같았다.

'캐릭터 연기가 생생하면서 강렬하다.'

이제야 고백하는 것이지만 오위썬 감독은 신이 중국에서 유명해질 때만 해도 별 관심이 없었다.

대중들이야 루키즘에 열광하는 건 뻔했으니까.

신이 연기를 잘한다는 말을 사람들에게서 들었을 때도 그는 조그마한 나라에 있는 연기자가 연기를 잘하면 얼마나 잘할까 하고 생각했었다.

그러나 이 생각은 오디션을 보게 되면서 달라졌고, 촬영에 임하면 임할수록 그의 판단이 오판이었다는 걸 알게되었다.

이제 오위썬 감독은 신의 팬까지 된 상태였다.

'놀라워, 이 나이에 연기력이 농익은 배우들과 엇비슷한 수준 아니 이상이라니……'

지금도 이 수준인데 세월이라는 연륜이 더해지면 어떤 연기를 펼칠지 가늠조차 되지 않는다.

생각만 해도 가슴이 두근두근 뛴다.

'어쩌면 지금 이 순간이 훗날 역사에 기록될 순간이 될지 모르지.'

훗날 수많은 사람이 이렇게 떠들어댈지도 모른다.

아시아에 한 경이적인 연기 천재가 있었고 〈광군〉이라는 어설픈 영화를 찍었노라고.

이한빈 감독도 오위썬 감독의 의견에 동감이었다.

그나저나 두 사람은 신의 연기 때문에 괜한 눈만 높아진 게 아닌가 싶어 걱정이었다. 앞으로 웬만한 연기는 눈에 차지 않을 거 같았으니까.

'이거, 이거. 다른 배우들 연기하는 거 볼 때 강신 씨의 연기가 눈앞에 아른거릴 거 같은데……'

당분간은 '후유증'을 겪게 될 거 같은 두 사람이었다.

한편, 장내에 있는 사람들은 촬영장에 서 있는 것이 아니라 극 중의 상황에 빨려 들어가 옛날 시대에서 생생히 숨 쉬는 듯한 감각을 받았다.

이때 신은 호흡을 살짝 내쉬었다.

사람들의 주의가 집중된다.

"후우…!"

가슴이 약간 부풀어 오른다. 호흡이 거칠어지고 몸의 근육이 팽팽히 땅겨진다. 이때 신은 시선을 살짝 아래를 응시했다. 눈가의 근육도 살짝 처진 게 정말 지치기라도 한 거 같았다.

그러나 신의 눈빛은 살아있었다. 밤 속에서 빛나는 야수의 눈동자같이 불타오르고 있었다.

여기에 신의 의복은 적들을 벤 피로 벌겋게 물들어 있기까지 하였으니 사람들 눈에는 신이 전장의 악귀처럼 보였다.

이때, 구르위 역을 맡은 쑨 원이 이해할 수 없다는 표정으로 말문을 열었다.

"…왜 날 살려둔 것이지?"

신은 바닥에 쓰러진 마네킹을 힐긋 바라보았다. 목이 분리된 몸통에서 핏물이 흘러내리고 있었다. 신이 쥔 검에서도 핏물이 검날을 타고 흐르며 아래로 뚝뚝 흘러내리고 있었다.

실제로는 마네킹을 벤 것이지만, 극 중 상황으로는 구르위 부하의 목을 벤 상황이었다. (구르위 부하의 목을 베는 건 CG로 촬영할 예정이었다.)

이제 소설 원작에서는 서휘는 구르위를 죽이고 그의 병력만을 흡수한다. 하나, 영화인 이상 소설 전개와는 차별점이 필요했기에 그를 죽이지 않는 것이었다.

이제 서휘가 구르위를 살려두는 건 차후 전개에서 중요한 복선이었고, 영화 상영 시에는 이 장면은 나중에 등장하여 사람들의 뇌리를 강렬하게 강타할 작정이었다. 일종의 반전을 노리는 것이라고 해야 할까.

이때 신이 대사를 내뱉었다.

"천하를 거머쥐기 위해서는 그대가 필요하다."

흉선은 말을 다루는 것에 있어 천부적인 재능을 지닌 부족이라 기마에 관해서는 위 황가의 군사들보다 능력이 출중했다. 만약, 구르위가 전 부족을 통합했다면 이야기가 달라졌을지 모른다.

서휘는 이 기마 군대가 탐났다.

그러나 부족을 하나로 통합하는 일은 서휘가 못 한다. 오직 구르위만 할 수 있는 일이다. 때문에, 서휘는 그가 절대적으로 필요했다.

신은 검을 검집에 넣고 뒤돌아섰다.

쑨 원은 신의 굳건한 뒷모습을 바라보았다.

고고한 분위기를 풍기는 게 고독한 절대자 같다.

무릎 꿇고 맹세하고 싶다는 마음이 절로 든다.

'한데 이에 반발하고 싶은 묘한 생각도 든다.'

쑨 원은 이런 생각과 함께 신을 노려보며 말했다.

"그래서 나를 놓아주겠다, 이건가?"

제대로 된 리액팅이었다.

신은 아무 말도 하지 않았다.

쑨 원이 코웃음을 치며 대사를 이어나갔다.

"내가 그대를 배신하면 어떻게 한단 말인가? 내가 내려가 그대가 모반을 꾀한다고 이야기할 수도 있지 않은가."

이 말에 신은 뒤돌아서서 그를 바라보았다.

"개가 어떻게 주인을 배신하나?"

쑨 원은 신의 대사에 눈을 살짝 크게 뜨며 웃음을 흘렸다.

"하……."

곧이어, 그는 귀청이 떨어질 정도로 호탕한 웃음을 터뜨렸다.

"하하하하! 이 구르위가 오늘 임자를 만났구나!"

개가 어떻게 주인을 배신하느냐니.

그가 생각하기에 참으로 당돌한 말이었다.

'이 천하의 구르위가 개라니!'

솔직히 말해 굴욕이기는 하다. 구르위는 서휘와의 일전에서 패하기까지 하고 그의 부하들을 잃기까지 했으니까.

그러나 그는 그가 패배한 것에 억하심정을 지니지 않는다. 패는 병가에서 언제는 경험하는 일이고 패자는 할 말이 없는 법이었다.

승자가 모든 걸 패자의 모든 걸 가진다.

이 간단한 문장이 법칙이요, 진리다.

그런데 이제 까칠한 대사 한 마디가 그의 마음을 뒤흔들어버린다. 한번 믿는다면 끝까지 믿겠다는 별거 아닌 거 같은 말이 그의 정신세계를 뒤집어 놓는다.

이 대목에서 구르위는 이렇게 생각한다.

'밑에 놈들은 옹졸하고 계집 같기만 한데, 이 남자는 그들과 다르다. 이렇게 호탕한 사내는 처음이다!'

쑨 원의 머릿속에서도 이런 구르위의 생각이 들었다.

이제 신이 그가 이런 생각이 들게끔 그의 호흡을 이끌어 몰입하게 해준 것이었다.

쑨 원은 상황에 집중하고 배역에 몰입하게 되면서 이런 생각을 하게 되었다.

저 사내의 뒤를 따라가면 천하를 먹는 게 가능하지 않을까? 저 사내를 따라가면 어깨를 나란히 하여 대륙 위에 설 수 있지 않을까?

그는 눈을 빛내며 중얼거렸다.

어쩌면, 어쩌면 가능할지 모르지.

그의 입가에 가느다란 미소가 맺힌다.

그리고 쑨 원은 이마를 땅에 그대로 박았다.

쿵!

원래 스펀지 위에 이마를 찍어눌러야 하는데 땅바닥에 찍어버렸다.

'내가 생각하기에 머리를 바닥에 찍는 게 덜 강조된 거 같기도……'

그는 이마를 바닥에다 한 번 더 찍었다.

쿵!

바닥에 이마를 세게 박아 이마가 까진 것인지 이마에서 피가 줄줄 흘러내렸다.

사람들이 놀란 표정을 지었다.

감독들이 서로 바라보며 의견을 나눴다.

'계속 가야 합니다, 이건.'

'당연합니다.'

두 감독이 주먹을 불끈 쥐었다.

'명장면이 나올지도 모른다.'

'놀라워해야 하는 건 쑨 원의 연기가 아니다. 저 강신이란 청년의 연기다. 난 저 젊은 천재가 점점 더 두려워진다. 상대의 호흡을 제 페이스를 끌어들여 상대의 반응을 자유자재로 이끌다니⋯⋯.'

그는 속으로 되물었다.

'이 정도면 연기의 신이라 불러야 하는 게 아닌가?'

한편, 쑨 원은 이 상황에서 묘한 걸 느끼고 있었다. 이마에서 통증이 느껴져야 하는데 느껴지지 않은 것이다. 심장이 되려 두근두근 뛰는 걸 느꼈다. 지금 이 상황에 깊게 몰입된 것만 같다.

'아마 연기에 미친 걸지도 모르지.'

그는 씩 웃으며 신을 바라보고 있었다.

그의 입가에 지어진 미소는 담백했다.

"아버지 하늘과 어머니 땅 그리고 친구인 바람에 대고 맹세하리다! 나 초원의 전사 구르위! 그대를 평생 따르리다! 이 목숨이 하늘의 노래가 되어 별들 위에 닿을 때까지!"

마음속 깊은 곳에서 흘러나오는 깊은 호소는 진정성이 있는 법이다. 쑨 원의 대사는 사람들의 감정을 자극했고, 사람들은 이 장면에서 가슴이 두근두근 뛰는 걸 느끼며 주먹을 꾹 쥐었다.

'멋지다.'

'명장면이 탄생했다!'

사람들의 눈에는 지금 이 장면이 유비와 관우 그리고 장비가 봉숭아 나무 밑에서 한날 한 시에 죽자고 약속하는 장면으로 보였다.

이 장면과 도원결의를 비교하는 게 삼국지에 결례를 끼치는 것일지도 모르지만, 스태프들의 눈에는 자웅을 충분히 겨룰 수 있을 거 같이 보였다.

한편, 신은 무미건조한 표정으로 구르위를 바라보고 있었다. 웃고 있는 것인지 아닌지는 묘했지만 싫은 기색은 아니었다.

신은 흥하는 웃음을 지으며 뒤돌아섰다.

"기대하고 있겠다."

이한빈 감독 오위썬 감독 두 감독이 만족스러운 표정을 지으며 고개를 끄덕였다.

촬영이 성공적으로 끝난 것이다.

응급의료팀이 쑨 원에게 곧바로 붙었다.

다행히 심각한 부상은 아니었다.

피부가 살짝 찢어졌다.

의료팀은 그의 상처를 소독하고 피부를 집어주었다.

이때 신이 다가왔다.

"쑨 원씨, 상처 봐요. 많이 아파요?"

그는 신이 다가오자 자리에서 벌떡 일어나려고 했다.

"아우, 안 일어나셔도 돼요. 앉아요. 일단 앉아요."

"아뇨, 괜찮습니다! 전 괜찮습니다!"

신은 허허 웃으며 속으로 중얼거렸다.

'내 눈에 안 괜찮아 보이는데요.'

쑨 원은 생긴 것과 다르게 열혈 바보였다. 이윽고 그는 신의 손을 붙잡고 고개를 미친 듯이 조아렸다.

"덕분에 오래간만에 연기에 몰입할 수 있었습니다. 최근 슬럼프를 겪고 있었는데 연기에 대한 방향을 잡을 수 있었습니다. 좋은 연기로 제 호흡을 잘 이끌어줘서 감사합니다. 정말 대단합니다."

쑨 원이 눈을 초롱초롱 빛내며 신을 바라보자, 신은 멋쩍은 웃음을 흘렸다.

'부, 부담스럽다.'

다 큰 남자의 뜨거운 시선을 받는 건 생각보다 좋은 건 아니었다.

'그나저나 내 연기가 여기에 통하는구나.'

사람들에게서 인정받으니 신은 자신감을 더더욱 얻을 수 있었다.

'이번 영화가 끝나면 나 얻을 게 정말 많을 거 같네.'

훈훈한 분위기가 장내에 도는 것도 잠시, 자리에 누워 있던 엑스트라 단역들이 신음을 내며 일어났다.

"으으…"

"아, 허리야……."

심장 부근이 화살에 관통되거나 몸 전체가 위중한 화

상을 입은 것 등등 목숨에는 치명적인 중상을 입은 사람들이 몸을 흐느적거리며 움직이니 괴기영화가 따로 없었다.

이런 게 촬영장에서만 즐길 수 있는 특별한 묘미였다.

사람들은 제 모습에 웃고 떠들며 기념사진을 하나 촬영하기로 했다.

잠시 후.

신과 쑨 원은 모니터링을 하기로 했다.

신은 화면을 바라보다 중얼거렸다.

'꽤 괜찮게 나왔네.'

제 연기를 화면으로 보는 건 기묘한 일이었다.

장면이 하나하나 추가되면서 작품의 퍼즐이 맞춰지는 게 새 생명이 탄생하는 걸 바라보는 것이라고 해야 할까. 이는 신에게는 짜릿한 느낌 그 자체였다.

'아, 난 이 맛에 연기하는 걸지도 몰라.'

이한빈 감독이 감탄사를 외쳤다.

"정말 훌륭한 장면이 나왔어요. 이 기세가 끝까지 이어지면 초특급 대박 칠지 모르겠습니다!"

이번에는 오위썬 감독이 말했다.

"인물의 개성과 분위기가 장면에 그대로 녹아있어요. 그리고 강신 씨의 광기 정말 죽여줬습니다."

두 감독의 칭찬에 신은 머쓱한 표정을 지었다.

이때, 이한빈 감독이 입을 열었다.

"이제 기자들 입에서 두 유 노우 강신이라는 말이 나올지 모르겠어요."

"네?"

"이제 두 유 노우 김치 시대는 갔습니다. 두 유 노우 강신 시대가 왔습니다!"

"에이, 설마요."

두 사람의 이야기를 듣던 쑨 원이 말했다.

"무슨 이야기입니까?"

신이 자초지종 설명해주자 쑨 원과 오위썬 감독이 하하 웃었다.

"아! 한국 사람들은 그런 말 듣기 좋아하는군요. 두 유 노우 강신이라는 말에는 그의 연기는 정말 훌륭하고 환상적이라고 대답해야겠네요."

"아, 미치겠네. 그런 말 절대로 하지 마요."

두 감독은 신의 반응이 재밌어서 웃었다.

쑨 원이 속으로 중얼거렸다.

'난 꼭 해야지.'

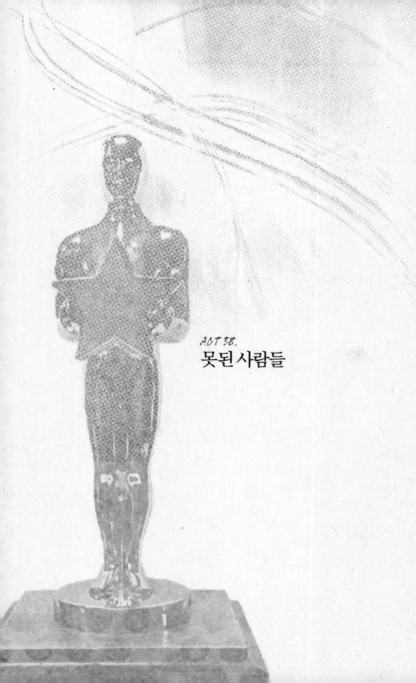

ACT 38.
못된 사람들

못된 사람들

둥근 탁자에 앉은 사람들은 심각한 표정을 짓고 있었다.

"이대로 있을 수만은 없어요."

"맞습니다."

이들은 신이 매입한 건물에서 점포를 하는 점주들이었다.

"월세 내는 게 좀 밀렸다고 해서 나가라는 법이 어딨어요. 전주인은 우리 사정 봐줬다고요."

이들이 건물에서 무작정 나가는 건 아니었다.

"들어 보니까 리모델링을 하면서 임차료 더 올리겠다는데 우리는 더 낼 수 없어요."

"안 그래도 요새 경기가 어려운데 우리 너무 힘듭니다."

"강신 씨는 유명인이고 돈도 많이 버니까 우리 같은 영세업자들 사정 좀 이해해줘야 하는 거 아니에요?"

"맞아요, 맞아!"

"이 상황 매스컴에 이렇게 알리죠. 유명 연예인 K가 제 유명세를 이용하여 선량한 건물 점주들을 압박한다고."

남자의 말에 사람들이 고개를 끄덕였다.

이때, 한 여인이 말했다.

"저 아는 기자가 있는데……."

사람들의 이목이 중년 여인에게 쏠렸다.

"가족 문제도 있더라고요."

"가족 문제요?"

"네, 돈 문제에 관해서 친척들 내쳤다고 뭐라나요."

"와, 강신 씨 그렇게 안 봤는데 실망이네요. 화면에서는 그렇게 순진하고 선량한 척한다더니. 가족한테 어떻게 피눈물도 없이 대할 수 있는지……."

"돈독에 올랐네. 돈독에 완전히 올랐어. 머리에 피도 안 마른 게 돈맛을 좀 보더니 사람이 변한 거야."

사람들은 어느새 '피해자'가 되어 있었다.

"이거 우리 쪽으로 유리하게 협상할 수 있을 거 같은데."

"먼저 협상하자는 건 말도 안 되죠. 우리 쪽 이야기 안 들어주려고 하잖아요."

"우리가 이 일을 먼저 터뜨려서 사람들 여론을 우리 쪽으로 유리하게 모아야죠."

사람들 입에 오르내리는 자체가 신의 이미지에 좋지 않게 작용할 게 분명했다.

"그런데 강신 씨는 많은 사람에게 사랑받고 있잖아요."

"그게 뭐 별거인가?"

"왜 별거죠?"

"어차피 사람들이 등 돌리면 그만이잖아요."

사람들은 그럴듯하다며 고개를 끄덕였다.

"그럼 우리 어떻게 해야 하는 거죠?"

사람들이 입을 모으기 시작했다.

☆　★　☆

사건이라는 건 때로는 예기치 않게 찾아오는 법이었다.

신이 매니저 지원과 함께 호텔 방에서 간만의 휴식을 취하고 있을 때였다. 지원의 폰이 미약하게 울렸다.

지원은 신이 잠에서 깰까 봐 전화를 조심스레 받고 조그마한 목소리로 말했다.

"네, 대표님. 연락받았습니다."

- 지금 주위에 이사 있나?

"쉬고 있습니다."

– 휴, 다행이군. 지금 노트북 켜서 내가 보내준 메일 빨리 보게.

한이만이 직접 전화를 걸어 이 정도로 다급한 반응을 보일 정도라면 심상치 않은 일인 게 분명했다.

지원은 노트북을 재빨리 켜 인터넷에 접속했다.

잠시 후.

지원의 눈앞에 한 기사 제목이 보였다.

'인기연예인 K 갑질 논란? 이게 무슨……?'

기사 내용은 이랬다.

인기연예인 K가 건물주라는 제 위치를 이용하여 사람들을 억압하고 내쫓으려고 했다는 거다.

지원은 중얼거렸다.

말이 되는 소리를 하고 있어야지.

'네티즌 수사대는 이 K가 강신이라고 밝혀낸 상황…….'

여기까지는 괜찮다. 한데, 상황이 개판으로 돌아가고 있었다. 신의 친척까지 등판한 것이다.

지원의 눈동자가 친척들의 인터뷰를 요약한 기사글에 향했다.

'우리는 신이를 정말 제 가족처럼 아끼고 사랑했다. 그런데 인기를 얻고 돈맛을 알게 되면서 돌변하더라. 우리는 신과 만나려고 했는데 신은 우리를 외면했다. 게다가 소속사가 우리 입까지 막으려고 했다. 이제 이 사실이 너무 억울해 매스컴에 알리고자 한다. 신이가 어떻게 우리에게 이럴 수 있는지 이해가 안 된다. 하지만 신이 진실한 사과를 하면 우린 받아줄 수 있다.'

기사 내용을 읽던 지원은 속에서 열불이 터지는 걸 느꼈다.

'와, 이 사람들 진짜!'

세상에 무슨 이런 인간들이 다 있는 것인지 이해가 되지 않는다.

'이거 친척이 아니고 완전 원수네 원수.'

한편, 갑질 논란 기사에 대한 사람들의 반응은 각양각색이었다.

어떤 이는 정부 측에서 비리를 덮기 위해 연예계 사건을 일부러 터뜨렸고 이제 신이 음모의 희생양이 되었다고 떠들기도 했고, 다른 이는 양측 이야기를 다 들어보고서 판단하는 것도 늦지 않다고 이야기하기도 했다.

'다행인 건 후자 같이 신을 두둔하는 사람들도 꽤 있지만, 신에게 실망을 표하는 이들도 만만치 않게 있고……'

양측의 의견은 팽팽했다.

인터넷포탈 사이트는 물론 SNS는 각축장이 된 지 오래였다.

'신이 잘못했다고 하는 사람들은 신이 돈과 명예를

가지고 있으니 갑질을 부린 쪽이 신이 분명하다고 생각하는 것이겠지. 신이 피해자라는 걸 생각하지 못하고……'

사람들에게는 사실 그 자체는 중요하지 않았다.

사람들이 보고 싶어하는 게 '사실'이었다.

한편, 이런 의견도 있었다.

– 친척들 이야기가 맞는 거 같다. 그렇게 돈 많이 벌면서 기부하는 거 한 번도 못 봤다. 하나를 보면 열을 안다고 강신은 돈독에 오른 돈벌레다!

지원은 무슨 이런 개떡 같은 논리가 다 있지 중얼거리며 한숨을 살짝 내쉬었다.

'이게 문제야, 문제. 사람들이 친척 말들에 동조해서 이런 말을 내뱉는다니까.'

하기야 신과 친척들 관계에 관해 자세한 내막을 모르는 이상 친척들 말이 정말 그럴듯하게 보일 테다.

그리고 이 친척들 이야기가 신이 갑질 가해자라는 걸 뒷받침하는 근거가 되고 있었다.

'이거 진짜 지네끼리 짜고 치는 고스톱이잖아.'

연예계에서 이렇게 재수 없는 일이 은근히 일어나고는 했다. 연예인이 제 이미지 때문에 공론화하지 않으려는 걸 이용하려는 못된 사람들이 왕왕 있기 때문이다.

연예인 입장에서는 억울해도 별수 없고 울며 겨자 먹기라고 해도 어쩔 수 없다. 시끄러워지면 덕 볼 거 없으니까.

때문에, 연예인들은 웬만해선 조용히 합의하려고 한다. 이런 물밑 작업 덕분에 시끄러워질 수 있는 일이 '외부' 로 잘 노출되지 않는 것이다.

이제 신의 경우는 좀 더 재수 없어서 기사화까지 된 것 이고.

지원은 이따위 문제로 마음고생 할 신이 안쓰럽기만 했 다.

"이거 골치 아프게 됐군요."

지원은 검지로 관자놀이를 꾹꾹 눌렀다.

- 어제 말도 마라. 진짜 장난 아니었다. 신문사에 전 화해서 근거 없는 기사들은 일단 다 내리라고 한 상황이 고.

"고생하셨습니다."

- 후, 어쨌건 자네가 이사 잘 붙잡고 있어. 자네를 형처 럼 믿고 잘 따르잖아. 당분간 국내로 들어올 생각하지 말 게. 내가 법무팀 꾸릴 테니까.

지원은 입을 가리고 조그맣게 말했다.

"네, 대표님 말대로 그리하도록 하겠습니다."

- 그리고 이 소식 이사가 최대한 늦게 알도록 하고.

지원은 이 말에 대답하려다가 말문을 닫았다.

- 갑자기 왜 말이 없는가? 여보세요? 통화가 이상한 가.

'그게 저 대표님, 신이가 폰으로 뭐 보고 있는데요.'

지원은 신이 보고 있는 게 제발 기사가 아니길 바라며 대답했다.

"알겠습니다."

지원은 통화를 끊고 신이 뭘 바라보고 있는지 살펴보기로 했다.

'아뿔싸.'

신은 제 기사를 쭉 읽어보고 있었다. 표정은 아무 감흥이 없었다. 남의 기사를 읽는 듯했다.

"이거 참 재밌는 콜라보레이션이네요."

"너 괜찮아?"

신이 무덤덤하게 말했다.

"뭐, 괜찮아요. 이거 말고도 신경 쓸 것도 많은 걸요."

'이 녀석은 화도 안 나나.'

솔직히 말해 길길이 날뛸 만도 할 상황이다. 한데, 화를 내지 않으니 무슨 생각을 하는지 알 수가 없는 건 둘째치고 정말 무서웠다.

'차라리 화를 내라, 신아. 괜히 내가 불편해진다.'

지원에게는 지금 이 자리가 가시방석 같았다.

"방금 대표님이었죠?"

"어어."

"보나 마나 국내로 들어오시지 말라고 하셨겠네요."

"혹시 너 한국으로 돌아가려는 거야?"

148

신은 그게 무슨 소리냐는 표정을 지으며 말했다.

"이 시점에서 제가 국내로 들어가면 기자들이 저한테 줄기차게 붙을 걸요. 게다가 지금 당장 해명해도 욕먹을 테고."

"너……. 진짜. 어휴."

"형 걱정할 거 없어요. 어차피 주가가 내려간 것도 없잖아요. 기사 보면 광고 CF 회사들도 별말 없고. 지금 이 상황 알 사람들은 아는 거 같은데요?"

"지금 당장 괜찮을지 모르지. 그런데 사람들이 보이콧이라도 벌이면 광고주들도 타격받을걸? 이거 사태가 심각한 거야. 그보다 사람들 진짜 못됐다. 어떻게 하루아침에 이리 변하나?"

"우리나라 사람들이야 냄비 근성이잖아요."

"냄비든 말든! 난 이거 두고 못 봐! 네가 욕먹고 있는 거! 네가 여기까지 오는데 얼마나 열심히 했는데!"

어찌 된 게 지원이 이 일을 더 속상해하고 있었다. 정작 화를 내야 하는 건 신인데도 말이다.

신은 이렇게 행동해주는 지원이 고마웠다.

'나에게 친형이 있다면 이런 느낌이겠지.'

신은 지원의 어깨를 툭툭 쳤다.

"당연히 형이 잘 알죠. 그래도 때로는 안 돌아갈 때가 있는 거잖아요? 힘내요."

어째 격려해야 할 주체와 격려받아야 할 대상이 바뀐 거 같다. 신이 이렇게 나오니 지원 쪽에서 뭐라 말하기에도 묘했다.

"하……."

"여기서 별수 없이 기다려야죠. 일단 형은 변호사한테 연락해서 악플 쓰는 사람들 모조리 캡처해 달라고 해주세요."

"고소하려고?"

"인생은 실전이라는 건 보여줘야죠."

"고소하면 여론 안 좋게 돌아갈걸. 지금 사람들 너 돈독에 올랐다고 비판하잖아."

"저도 생각하는 그림이 다 있어요. 막무가내로 고소하겠다는 게 아니고요."

'무슨 계획을 꾸미는 거지?'

"그리고 변호사분과 일정 좀 잡아주세요. 만나서 이야기할 게 있거든요."

지원은 고개를 끄덕이며 신의 말에 알겠다고 대답했다.

"아, 그리고 형."

"응?"

"형도 이제 슬슬 기획 쪽으로 올라가 봐야 하지 않겠어요?"

지원이 눈을 크게 떴다.

"너 알고 있었어?"

신은 언제고 한번 지원이 드라마나 영화 등 각종 다양한 장르의 작품을 꼼꼼히 분석한 것을 본 적이 있었다.

"제가 모를 리 없잖아요."

신의 연기를 보면서 연기에 대한 안목이나 풍부한 경험으로 작품을 보는 눈도 많이 좋아졌을 테다.

"형도 이제 회사 내에서 본격적인 기반 잡아야죠."

"야, 인마. 이 와중에 나부터 생각하는 거냐?"

"전 형을 제 가족이라고 생각하는 걸요."

지원은 신의 말에 콧잔등이 시큰거리는 걸 느꼈다.

'이래서 이 녀석을 미워할 수 없다니까.'

☆　★　☆

신은 호텔 라운지에서 박명우와 만나기로 했다.

"네 기사 봤다."

그의 입가에 잠시 쓴 미소가 맺혔다.

거지 같은 친척들 밑에서 그의 아내와 신이 고생했을 걸 생각만 해도 그의 가슴이 천근만근 짓눌려온다.

'있어 줘야 할 때 있어 주지 못한 거……. 이건 내가 평생 죄책감을 느끼며 들고 갈 일이겠지.'

"괜찮아요. 그 치들이야 이러는 게 한두 번도 아니고."

"그래, 난 네가 잘해낼 거라 믿는다."

신을 바라보는 박명우의 시선에는 믿음이 깃들어 있었다.

두 사람이 시선을 마주치자 머쓱한 표정을 지었다.

박명우는 혈압계를 신의 팔에 끼우며 화제를 돌리기로 했다.

"그보다 지금 상태는 어떻지?"

"감정적으로 격정적인 거 없어요."

"이상 징후는?"

"아까 꿈을 꿨어요."

"내용 제대로 기억하고 있나?"

꿈 내용을 상기하는 신의 눈동자가 살짝 몽롱하게 변했다.

박명우가 중얼거렸다.

그동안 억누른 게 이제 무의식 형태로 튀어나왔군.

"저 연기를 하고 있었어요. 아니, 연기가 아니죠. 전 서휘가 완전히 되었어요."

신의 눈앞으로 전장이 펼쳐졌다.

말들이 전장을 누비기 시작했다.

신은 이때 제일 선두에 서서 적진으로 향하고 있었다.

두 군세가 부딪히면서 병장기가 부딪히는 소리가 챙 울렸다. 비명도 난무했으나 사람들이 내지르는 거대한 함성이 신의 귀를 뒤덮었다.

"적을 베면 피가 안개가 되어 제 눈앞에서 흩날렸어요. 제 눈에 정말 아름다웠어요. 그런데 잠에서 깨어나니 허망했어요."

"그때 어떤 걸 느꼈지?"

"슬프기도 하고 화가 나기도 하고 그랬어요. 꿈에서 깨어나서 그런 게 아니고, 제가 이 나약한 육신에 갇혀있다는 게 기분 안 좋았어요. 진짜는 여기에 없는데. 진짜는 저기에 있는데. 그리고 저 스스로에 되물었어요. 난 서휘일까. 아니면 서휘가 나일까."

"그냥 꿈이 아니라 현실처럼 생생했군."

신은 고개를 끄덕이며 아무 말도 내뱉지 않았다.

혈압계가 신의 팔을 쪼였다.

"이제 서서히 예열되는 중이군. 혼란은 '절정'에서 찾아오게 되지. 몰입이 최고조를 찍을 때 말이야."

박명우는 신의 혈압을 재고는 노트에 적었다. 그의 노트에는 신의 상태가 빼곡히 적혀 있었다. 신에 관해서는 하나라도 놓칠 수 없었다.

그리고 그는 신에게 둥그런 환약을 먹였다.

신은 환약을 오물거리다 미간을 좁혔다.

"으, 이거 왜 이리 써요?"

"증상이 바뀌니 약도 바뀌어야지. 그리고 좋은 약은 입에 쓴 법이지."

"몰입에서 오는 영향에 완전히 벗어나지 못하는 건

153

어쩔 수 없겠죠?"

"지난번에도 설명했지만, 사람인 이상 감정에 영향받는 건 어쩔 수 없는 일이지."

감정적으로 영향을 받기 싫으면 연기를 때려치워야 한다.

"이제 배역에 몰입하면서 현실과 극의 상황이 극도로 혼란스러워하는 것에서 벗어날 수 있는 것일 뿐."

신은 한숨을 쉬며 말했다.

"부작용을 최소화하는 게 최선이라니 좀 그렇네요."

"어쩌겠나. 이게 너와 나의 숙명인데."

"하긴 피할 수 없으면 즐겨야죠."

신은 씩 웃었다.

☆   ★   ☆

차를 타고 〈광군〉 촬영장소로 향하는 길.

예리가 말문을 열었다.

"와, 사람들 진짜 못 됐다."

예리는 기사를 둘러싼 소식을 자초지종 듣고는 억울한 마음을 감추지 못했다. 그리고 신으로부터 사건의 '진실'을 직접 듣게 되었다.

"당장 나가라고 한 것도 아닌데 나갈 수 없다고 생떼 부리는 거잖아."

만약 신이 일반인이었으면 사람들은 이렇게 행동하지 않았을 테다. 신이 유명인이라고 해서 악착같이 매달리는 것도 있었다.

또, 이들은 신이 사람들 이목을 고려하여 건물에서 강제로 나가라고 하지 못하리라는 것도 알고 있었다. 이렇게 하면 사람들이 신을 더더욱 안 좋게 볼 테니까.

"누나한테도 피해가게 해서 내가 괜스레 미안해지네."

이제 예리도 신과 같이 욕을 먹고 있었다.

일종의 연좌제였다.

"네가 왜 미안해! 네가 뭐 죄지었어? 죄인도 아니잖아. 그놈의 친척들의 다리 몽둥이를 반으로 쪼개버려야 하는 건데! 아오! 해도 해도 너무하다 진짜! 그게 사람들이야? 짐승이지!"

그녀는 정말 흥분해 하고 있었다.

'누나의 소속사가 중국에 당분간 있으라고 해서 다행이네.'

예리 성격상 국내에 있으면 무슨 사고를 칠지 몰랐다. 그녀가 껴들었다가 괜히 사건이 더 복잡해질 수 있었다.

"누난 나만 믿어. 내가 알아서 할 게."

"아니, 나야 너 믿지만. 그래도……."

신은 예리를 제 어깨에 기대게 하고서 그녀의 머리를

155

쓰다듬었다. 예리는 신의 손길을 느끼며 행복한 미소를 지었다.

'난 다른 거 다 필요 없어. 신이만 있으면 돼.'

그녀는 세상 사람에게 욕먹어도 상관없었다.

오직 한 사람만 그녀의 편을 들어주면 된다.

이윽고 두 사람은 뜨겁게 바라보았다.

"신아……."

"누나……."

두 사람은 여차하면 침실로 곧바로 달려갈 기세였다.

이때 운전석에 앉아있던 지원이 말했다.

"크흠, 크흠. 두 사람 여긴 모텔이 아니에요. 그리고 이제 촬영장이 코앞이에요."

두 사람은 아쉬운 표정을 지었다.

잠시 후, 신의 일행은 촬영장에 도착했다.

한데, 오위썬 감독이 한 여인에게 언성을 높이고 있었다.

"연기자는 연기로 말합니다!"

"감독님 말 다 이해하겠다니까요. 그런데 주연 배우 중에 불미스러운 일이 생겼잖아요."

이게 무슨 일인가 하니 신에게 일어난 일 때문에 중국 투자사 측 중 한 인물이 촬영장에 직접 찾아온 것이었다.

"저도 그 사건 봤습니다. 그리고 관계자들을 통해 여러

모로 알아보니까 심각한 일이 아니더군요. 강신 씨가 유명인이라는 이유로 어떻게든 떡고물을 더 뜯어 먹으려고 난리인 상황이던데요."

한국 네티즌들은 오위썬 감독이 생각하는 거처럼 뭔가 이상하다는 말을 하기도 했다. 물론 네티즌은 이런 의견을 말하는 사람들을 로만 엔터테인먼트에서 나온 아르바이트생이라고 몰아세우기도 했다.

"그래도 우려스러워할 만할 상황이잖아요?"

중국에서는 신의 갑질 논란 사건이 한국처럼 부각 되지 않은 상황이었다. 딱히 신경 쓰지 않는다는 반응이라고 해야 할까.

"네, 걱정하시는 거 이해합니다. 하지만! 아내와 이혼했든, 바람기가 많은 플레이보이든, 불륜을 저질렀든 연기로 말하는 게 연기잖니다. 무엇보다 전 강신 씨가 그런 인물이 아니라는 걸 믿습니다."

예리나 신이나 두 사람이 어떤 대화를 나누고 있는지 대충 알아듣는 수준이었다.

예리가 쿡 웃으며 신의 옆구리를 툭 찔렀다.

'너 제법이다, 야?'

신은 오위썬 감독이 말하는 걸 들으며 묘한 걸 느꼈다.

'이렇게 나를 좋게 보실 줄이야……'

한편, 오위썬 감독은 투자사 사람을 살살 달래면서 강하게 나가고 있었다.

"연락을 통하는 방법도 있는데 이렇게 찾아오시면 서로가 곤란해집니다. 애초에 계약할 때 촬영현장에 오지 않기로 했고. 이렇다고 제가 촬영한 걸 전혀 보여드리지 않겠다고 한 것도 아니고요."

어느 감독이고 그렇듯 오위썬 감독도 투자자가 이래라저래라며 간섭하는 걸 싫어하는 편이었다. 외부요인이 작품을 망칠 수 있기 때문이었다.

그가 섭섭함을 표하자 여인이 손사래를 치며 말했다.

"아, 뭔가 오해가 생긴 거 같은데 감독님의 역량과 능력을 의심하는 건 아닙니다."

"물론 그런 의도로 말씀하지 않은 거라는 거 잘 압니다. 그런데……."

그는 여인과의 대화를 능숙하게 이끌고 갔다. 감독으로서 오랜 관록이 묻어 나온다.

이때 지원이 신에게 이 사실을 전해주었다.

"이 감독님은……."

그는 한국 측 투자사 사람들과 이야기를 하기 위해 한국으로 잠시 돌아갔다. 이래나 저래나 두 감독 다 고생이었다.

'하참, 미꾸라지들 때문에 몇이나 피해를 보는지 모르겠네.'

예리가 신의 손을 꼭 잡아주었다.

'신아, 네가 미안해할 거 없어.'

오위썬 감독과 대화를 나누던 여인의 품속에서 폰이 울렸다.

여인은 오위썬 감독에게 죄송하다고 말하고는 전화를 받고서 대화를 나누기 시작했다.

"아, 네. 일단 촬영지에 나온 상황입니다. 네. 네. 알겠습니다."

잠시 한숨을 돌리는 사이 오위썬 감독은 신을 발견하고는 신에게 다가섰다. 신은 그를 향해 머리 숙여 인사했다.

"저에 대해 좋은 말을 해주셔서 감사합니다."

"아, 우리가 대화하는 거 들으셨군요."

그는 겸연쩍은 표정을 지었다.

"이거 참, 그런 일을 당하고 사람들한테 욕먹고 마음고생이 심하시겠습니다."

"배우 시작하면서 욕먹는 건 어느 정도 각오한 거라서요. 그보다 죄송하게 되었습니다."

제 처지를 담담하게 말하는 신의 모습이 오위썬 감독에게는 뜻밖으로 다가왔다.

"이거 참 마음가짐 자체도 이렇게 훌륭하고. 어차피 괜찮으니 죄송할 거 없습니다. 전 강신 씨 사건에 크게 신경 쓰지 않고 있어요. 광군 제작진도 그렇고 투자사들도 끄덕 안 할 겁니다. 강신 씨가 살인을 저질렀습니까. 마약을 했습니까. 중범죄를 저지른 것도 아니지 않습니다."

예가 극단적이기는 하지만 그의 말은 일리가 있었다.

이윽고 그는 혀를 쯧쯧 차며 한국의 '일부' 네티즌들을 나무랐다.

"그보다 사람들 눈이 참으로 없는 것인지……."

오위썬 감독이 신에게 이런저런 말을 하는 사이 배우들이 촬영장에 속속히 도착하고 있었다.

"안녕하세요!"

쯔 위가 신에게 반갑게 인사했다. 신은 그와 인사를 나눈 후 배우 두 사람을 바라보았다.

'양운위와 유가비…….'

두 사람 모두 중국을 대표하는 톱스타였다. 양운위는 중년 배우로 타고난 연기력과 중후한 외모로 사람들에게서 인기를 끌고 있었으며 유가비는 4대 미인으로 뽑히는 미모의 여인이었다.

양국의 톱스타가 인사를 나눴다.

"많은 소문 들었습니다. 이거 이렇게 젊은 친구를 보니 반갑네요. 앞으로 연기할 동안 잘 부탁합니다."

"저도 처음 뵙겠습니다."

신과 양운위는 웃으며 악수했다.

촬영 일정관계상 중국 촬영이 따로 이루어지는 상황이다 보니 그동안 만나지 못했는데 드디어 만나게 된 것이다.

이때 두 여인이 시선을 마주쳤다. 어찌나 강렬하게 쳐다보는지 불똥이 튀는 것만 같다.

'실물로 보니 나 못지않게 예쁘잖아. 정말 짜증 나.'

'지지배, 좀 생겼긴 생겼는데. 재수 없어.'

여인들은 첫 만남부터 경쟁 관계로 불타올라 있었다.

두 사람이 각기 한국과 중국을 대표하는 얼굴이라고 생각하는 것인지 그녀들의 얼굴에는 비장감이 서려 있었다.

'질 수 없어.'

'연기로 눌러주겠어!'

신은 두 여인의 감정 구체를 바라보면서 속으로 고개를 털레털레 내저었다.

'여자들이란 묘한 데서 경쟁심을 태우고 이해할 수가 없어.'

그러던 이때 전화를 끊은 투자사 여인이 오위썬 감독과 신에게 다가왔다.

"저 때문에 촬영일정에 차질이 빚어진 점 죄송하다는 말씀 하고 싶네요."

그녀가 이렇게 말한다는 건 그녀가 소속되어 있는 투자사 측이 이대로 쭉 나가보자고 결정을 내린 것일 테다.

오위썬 감독이 허허 웃음을 지으며 말했다.

"그런 말씀을 하실 거까지 없지요. 촬영은 이제 시작이니 촬영 시작한 것도 아닙니다. 그리고 이곳에 오실만도 하죠."

서로가 서로에게 한 걸음씩 양보하자 분위기가 다소 누그러졌다.

"이왕 여기까지 오신 거 배우들 연기하는 거 한번 보고 가세요."

그의 말에 여인의 눈동자가 빛났다.

"그래도 될까요?"

"당연하죠."

"작품이 어떻게 나오는지 한번 보고 싶기는 하네요."

차 홍루의 시선이 신에게 닿았다. 신을 한번 시험해보고 싶은 눈치다.

"배우분들 상관없으시죠?"

감독의 말에 다들 고개를 끄덕였다.

배우들 입장에서야 보는 사람이 하나 늘어나든 줄어들든 상관없었다.

그러나 신의 경우 남들과 달랐다. 그녀에게 다소 강렬한 인상을 줄 필요가 있었다. 그녀가 이곳까지 행차한 건 신 때문이었으니까. 신이 잘못했든 잘못하지 않았든, 신에게는 그녀의 기대를 충족해줄 의무가 있었다.

이렇다고 남들보다 좀 더 돋보이는 연기를 하려고 해서는 안 되었다. 이런 생각으로 연기하는 건 연기를 망치는 지름길이었으니까. 하지만 신은 프로다. 이런 아마추어 같은 실수는 하지 않는다.

'그나저나 일이 이렇게 꼬여버리네.'

나비의 조그마한 날갯짓이 태풍을 불러일으킨다더니 참으로 그 짝이다.

이어서 배우들끼리 잠시 간단한 대본 리딩을 하기로 했다.

대사가 중국어로 되어 있으나 신도 그렇고 예리 또한 대사를 내뱉는 데에 막힘이 없었다.

대사를 현지인이 말하는 것처럼 구사하기 위해 수십 번 수백 번도 내뱉어서 이제 잠을 자면서 술술 내뱉을 지경이다.

차 홍루는 신이 대사를 외우는 걸 주의 깊게 바라보았다. 신은 그녀가 어떤 생각을 하건 말건 대본 리딩에만 집중하고 있었다. 그녀가 봤을 때 기막힌 집중력이었다.

'저런 집중력이 배역에 대한 깊은 몰입을 낳는 것인 건가.'

그녀는 신이 짓는 표정 내뱉는 대사 하나하나 눈과 귀로 직접 보고 들었다.

'역시 다른 연기자와는 달라. 특별한 무언가가 사람들을 사로잡아.'

더더욱 놀라운 건 양운위와 기세 싸움을 벌여도 뒤지지 않는다는 거다. 대본 리딩이 삽시간에 끝났다.

'뭐야, 벌써 끝난 거야?'

대본 리딩을 하는 내내 흥미진진하여 지루할 틈이 없었다.

참으로 놀라운 흡입력이었다.

그녀는 신이 사람들과 함께 어떤 연기를 펼칠지 사뭇 기대되었다.

한편, 배우들은 옷을 갈아입으면 분장도 받았다.

신 일행이 곧 촬영할 장면은 황제 위, 승상 여운위, 황비를 자처하는 후궁, 서휘. 위지선 이렇게 다섯 사람이 만나 일상적인 담소를 나누는 상황이었다.

겉보기에는 오붓한 대화를 나누는 것이지만 실상 그렇지가 않다. 황궁이라는 곳 자체가 모략과 음모가 난무하는 장소니까. 이 장면에서 중요한 건 긴장감을 잘 살려내야 한다는 거다.

이야기 진행을 따진다면 서휘가 흥선을 정복하고 구르위를 수하로 거둔 직후다. 이때, 서휘가 구르위를 수하로 거둔 건 승상인 여운위조차 모른다. 이건 서휘와 위지선만이 아는 비밀이다.

그리고 서휘가 바보인 척 행동한다는 걸 아무도 모른다.

서휘의 비밀을 아는 이는 위지선과 승상 여운위 뿐.

서휘라는 인물의 시각만 해도 각 인물들과 이해관계가 복잡하게 얽혀 있다. 여기에 네 인물의 시각까지 더해지면 더 복잡해질 테다.

한편, 양운위와 유가비가 각각 맡은 배역은 황제 '위'와 후궁 '빈' 이었다.

각 인물에 관해 설명하자면 황제 위는 황제로서 능력도 출중하나 인품도 훌륭하나 단 한 가지 흠이 있다. 여자를 무척 좋아한다는 거다.

후궁 빈은 이런 점을 노리고 정실까지 넘보는 여인이었다. 그리고 웃긴 건 후궁 빈과 승상 여운위는 사랑하는 관계라는 거다. 그는 사랑하는 여인을 황제에다 바친 것이다.

〈광군〉에서 재밌는 점은 바로 각 인물이 나사가 하나씩은 빠져있다는 것이었다.

이 작품에서 평범한 인물은 없었다.

다 어딘가 하나씩은 뒤틀린 인물이다.

"구도 설명하겠습니다!"

오위썬 감독의 지시 아래 배우들이 자리 잡았다.

잠시 후, 감독의 큐 사인에 맞춰 카메라가 돌아가기 시작했다. 배우들은 감정을 진작부터 잡고 있었다.

"이렇게 두 사람을 보니 보기가 좋구나."

이때 유가비가 말문을 열었다.

"요새 부마와 재미를 보고 있다던데 그게 사실입니까?"

양운위의 입가에 미소가 그려진다.

"호오, 그게 정말인가? 그러고 보니 두 사람 많이 가까워진 듯하구나."

예라가 그녀를 노려보자 유가비는 흥하며 웃을 뿐이었다.

이때 승상 여운위의 역 쯔 위가 술잔을 입에 조용히 들이켰다. 신이 그와 시선을 부딪쳤다.

서로를 바라보는 눈치가 묘하다.

그러나 위 황제와 후궁 빈은 서휘의 비밀을 모른다.

후궁 빈 역의 유가비가 미소를 배시시 지었다.

"승상, 그보다 흉선을 물리치신 거 감축하옵니다. 이 일은 위 황가의 큰 축복이 아닐까 합니다."

이번에는 쯔 위와 유가비가 시선을 교환한다.

이제는 황제 위와 그의 딸 위지선과 서휘가 그들의 비밀을 모른다.

카메라 스크린에 배우들 간에 눈치 교환이 담겼다.

시선의 이동은 눈동자를 움직이는 게 다였다.

다른 동작은 없었다.

한데, 이 간결한 동작이 긴장감을 배가시키고 있었다.

그러던 이때 신의 귀에서 찡하는 소리가 울렸다.

신은 순간 미간을 좁힐 뻔했으나 아무렇지 않게 넘어갔다. 이윽고 눈앞이 빙글빙글 돌면서 서서히 흔들거리기 시작했다.

극의 상황과 실제 현실이 혼동되기 시작한 것이다.

'또 증상이 오는구나.'

마치 파도가 바닷가에 철썩철썩 부딪혀 오는 거처럼 다가왔다.

이윽고 백색소음이 신의 귀에서 울렸다.

삐이이이이이이-.

사람들이 내지르는 웃음이 사방팔방을 울렸다.

신은 눈을 깜빡 감았다가 떼었다.

'나 자신이 내가 아닌 거 같아.'

신 자신이 흐물흐물하다는 느낌이라고 해야 할까. 속이 울렁거렸다. 이에, 신은 직감할 수 있었다.

뭔가 잘못되어 가고 있다고.

한데, 이 직감과는 달리 신은 배역에 동화되어 잘만 연기하고 있었다. 신의 내부에서 인격분열이라도 일어난 거 같았다.

사람들은 서휘가 서휘를 연기하는 걸 보면서 만족스러운 표정을 짓고 있었다.

신이 정신을 퍼뜩 차리자 연기는 어느새 끝나있었다.

'이거 아무래도 한동안 광증에 시달리지도 모르겠다.'

신은 정말 당황하고 있었지만 아무렇지 않게 연기하면서 저 자신을 가다듬었다. 이런 신의 이상 현상을 예리만 알아차릴 뿐이었다.

'그러고 보니 전에도 그랬지. 아무래도 뭔가가 있는 게 분명해.'

예리가 신에 대해 의심을 키워가는 이때, 차 홍루는 만족스러운 표정을 지으며 사람들에게 말했다.

"역시 훌륭하네요. 감독님과 배우분들만 믿고 가겠습니다."

그녀는 뒤돌아서며 속으로 중얼거렸다.

'회장님께 내가 본 걸 보고해야겠어.'

신은 그녀의 감정 구체를 바라본 순간 그녀와의 만남이 재밌는 인연으로 이어지리라는 걸 직감할 수 있었다.

일단 다행이었다. 이걸로 일단락됐으니까.

☆　★　☆

신은 자신이 체험한 것을 박명우에게 이야기했다. 그러자 그는 이렇게 당부했다.

"드디어 때가 왔구나. 이전 〈노트르담 드 파리〉 공연 때도 말했지만 스스로 한계에 몰아붙여야 한다. 정신이 나가 미칠 정도로 말이야."

또, 박명우는 〈광군〉의 대본을 보면서 이런 의미심장한 말을 했다.

"네가 몰입하면서 극과 실제가 혼란스러워지는 때에 네가 배역과 완전히 하나가 되어 너 자신의 모든 걸 토해낼 때 혼절할지도 모른다. 넌 걱정할 거 없이 마음껏 쓰러져도 된다. 내게 뒷일을 맡기면 되니까."

신은 한 가지 사실을 상기해냈다.

'그가 나를 도와준다고 하면서 한 조건을 내걸었지.'

이 조건이란 그를 넘어서는 것이었다.

그의 경력과 재능을 생각한다면 그를 이긴다는 건 쉬운

일은 아닐 테다.

'난 지지 않아. 반드시 그를 뛰어넘을 거야.'

신은 벌써 그와 어떤 방식으로 자웅을 겨룰 것인지 기대되었다.

한편, 〈광군〉의 본격적인 촬영이 점점 가까워지고 있었다.

이 사이 이수연과 이강우로부터 연락이 왔다.

이들은 하나같이 신을 걱정해주었다.

그리고 신은 수연에게서 좋은 소식을 들을 수 있었다. 그녀가 쓴 소설이 영화화되는 게 최종결정되었으며 배우 캐스팅도 거의 이루어진 상태라는 것이었다.

신이 볼 때 조만간 촬영에 들어갈 거 같았다.

한편, 수연이 시나리오화 작업에도 참여한지라 엔딩 크레딧에 이수연이라는 이름이 올라갈 예정이었다.

이 정도면 화려한 등단이었다.

그녀는 신에게 이런 말을 했다.

– 신아, 잊지 않고 있지? 내가 작품 쓰면 네가 내 작품 연기하기로 한 거.

신은 공중파 드라마 〈바람의 공주〉로 데뷔하기 전 수연과 약속했었다. 이 약속 당연히 잊지 않고 있었다.

수연은 신에게 조금만 더 기다려달라 했다. 신은 흔쾌히 기다리기로 했다.

'과연 어떤 작품이 나올까.'

아무래도 훌륭한 작품이 나오지 않을까 싶었다.

이러던 차에 변호사와 일정이 잡혔다. 변호사와는 호텔 VIP 객실에서 만나기로 했다.

신이 그와 만나러 가는 길에 지원이 신을 잠시 불렀다.

"네 선생님께서 전화 왔다."

"광우 쌤이요?"

"어, 한번 받아봐."

신은 지원이 내미는 폰을 받아들고 반갑게 인사했다.

"선생님, 요새 강녕하시죠? 제가 진작 연락을 드리려고 했는데……."

— 괜찮아, 괜찮아. 나야 항상 잘 있지. 다름이 아니고 네 소식 때문에 전화했다. 너 괜찮은 건가 싶어서.

"그냥 뭐 그렇죠."

통화기 너머에서 아이들이 웃고 떠드는 소리가 났다.

— 그냥 뭐 그렇기는. 속이 부글부글 끓고 있을 게 분명한데.

과연 그답게 신의 속을 정확히 꿰뚫어 보고 있었다. 이에, 신은 하하 웃었다.

— 그래, 당분간 중국에 있을 거라며?

"네."

그러던 이때, 한 여자아이의 목소리가 났다.

— 아저씨, 누구랑 통화하는 중이에요?

— 그냥 아는 사람이야.

– 아는 사람 누구요?

– 아는 사람이야 뻔하지. 보나 마나 신이 형이겠지.

이때 폰 좀 줘보라는 말과 함께 목소리가 바뀌었다.

– 오빠, 오빠. 요새는 왜 안 와요?

신은 최근에도 복지원에 가고 있었다. 아이들과 맺은 소중한 인연을 도외시하고 싶지 않아서였다. 한편, 신은 복지원의 후견인이 되어 운영지원비를 지원해주는 등 아이들을 돌봐주고 있었다.

"정화야, 내가 말했잖아. 영화 촬영하느라 바쁘다고."

– 섭섭한 건 섭섭한 거잖아요.

정화는 비련의 여주인공이 되어 눈물을 뚝뚝 흘렸다.

– 지난날 저와 한 맹세 잊으신 거 아니죠? 우리 약속했잖아요. 이담에 결혼하기로요. 그때까지만 두 분 사귀는 거 허락할 거에요.

정화는 잘생기면 다 오빠라는 말을 하면서 신을 오빠라고 불렀다. 신은 중얼거렸다. 정말이지 요새 애들은 조숙한 편이라니까.

– 그나저나 저 너무 속상해요. TV에서 오빠 욕하던데 오빠가 그런 짓을 할 사람이 아니잖아요! 저 TV에 나가서 오빠가 얼마나 좋은 일 한 건지 알릴 거에요.

"정화야, 그러지 않아도 돼."

– 말리지 마세요! 우리가 생각 많이 해서 결정 내린 거에요. 사람들 진짜 너무해.

171

정화는 울음을 터뜨리며 울고 있었다. 신은 정화를 어르고 달랬다. 조광우가 통화를 이어받았다.

– 아이들도 그렇고 여기 사람들 의견도 그래. 네가 선행을 밝히지 않으려고 한 건 알지만, 오늘 내가 아는 기자들 불러 인터뷰할 예정이다. 네가 이곳에 어떤 선행을 베풀었는지 말이야. 적어도 네가 기부를 안 하거나 막사는 놈이 아니라는 걸 말해줄 수는 있겠지.

솔직히 말해 복지원만은 밝히고 싶지 않았다. 신에게는 이 복지원이 제2의 집 같은 곳이기 때문이었다.

'인생 헛살지는 않았구나.'

잠시 후.

신은 지원과 함께 호텔 VIP 객실에서 변호사와 만나기로 했다.

"엔솔 법무팀 변호사 권기준입니다."

"반갑습니다. 곧바로 본론으로 들어가기로 하죠."

신은 권기준에게 두툼한 봉투를 내밀었다.

권기준은 신이 내민 자료를 천천히 훑어보며 중얼거렸다.

"좋은 일 정말 많이 하셨네요. 대중이 환호할만할 일들이군요."

"솔직히 이런 거로 여론몰이하기 싫은데 저쪽에서 절 파렴치한으로 모니 움직이지 않을 수 없네요."

자료에는 여태껏 신이 남들 모르게 사람들을 도운 게

정리되어 있었다.

물론 지원도 이 사실을 모르고 있었다.

'언제 이런 선행을 베푼 거야.'

신은 지금 이 자리에 있는 게 저 자신이 잘나서라고 생각하지 않았다. 많은 사람에게 많은 사랑을 받은 만큼 신은 신 나름대로 이 사랑을 되돌려주고 싶었다.

이 사회에는 어려움 속에서 살아가는 소외자나 결손가정 많이 있었다. 신은 이들에게 희망을 주고 싶었고 힘이 되어주고 싶었다.

이제 신은 사람들을 도와준 걸 자랑이랍시고 떠들 생각은 없었다. 당연히 해야 할 의무였으니까.

"그런데 자료가 하루 이틀 준비하신 게 아닌 거 같은데⋯⋯. 이런 일이 오리라 예상하신 겁니까?"

"사람 일이란 게 어찌 될지 모르긴 하죠."

지원은 신의 말에 신이 왜 여유로운 태도를 보인 것인지 알 수 있었다.

'이건 처음부터 승리가 확정된 싸움일지도⋯⋯.'

불현듯 이런 생각이 들었다.

'어쩌면 지금 모두가 이 녀석에서 놀아나고 있는 건지도 모르지.'

만에 하나지만 이런 일이 일어나길 신이 기다린 것이라면?

'비가 온 뒤면 땅이 굳어진다고⋯⋯. 이 논란이 잠재워

지면 신이의 입지는 완전히 굳혀지게 되겠지.'

그림이 착착 맞아떨어진다.

'와, 이거 소름이 확 끼치네.'

신의 속에 능구렁이가 수백 마리가 들어있는 게 틀림없었다.

'전부터 느끼던 것이지만……. 신이는 적으로 만들어서는 안 되는 인물이야.'

신은 여태껏 많은 캐릭터를 연기했다. 이는 그들의 삶을 간접적으로 체험했다는 말과 같았다. 이런 점을 고려하면 세상을 바라보는 눈이나 사람을 이해하는 인문학적 고찰이 자연스레 깊어질 수밖에 없었다.

이때 신이 말했다.

"지금 당장 말고 적당한 때를 봐서 언론에 은근슬쩍 흘려주세요."

기사가 갑작스레 나면 신 쪽에서 언론 플레이를 한다고 욕먹을 수 있었다. 게다가 때가 무르익을 때 사태가 반전되어야 극적 효과가 큰 법이기도 했으니 시기를 조절할 필요가 있었다.

"이건 제가 아는 기자분 명함이거든요. 아, 그리고……."

변호사는 신의 이야기를 들으며 고개를 끄덕였다.

"그렇지 않아도 지금 강신 님의 친척들이 폭로전으로 가고 있어요."

"거기에 대해선 기자회견을 잡아주시면 좋겠습니다."

"알겠습니다. 강신 님이 건네주신 자료와 말씀해주신 거 법무부 팀에 전해드리도록 하겠습니다."

"그럼 잘 부탁하겠습니다."

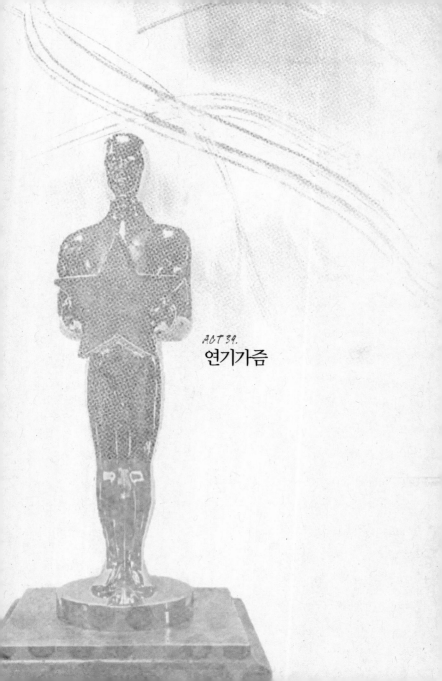

ACT 39.
연기가즘

ACT 39.
연기가즘

신은 본격적인 촬영에 들어가기로 했다.

촬영일정은 이랬다.

쯔 위와 유가비가 정사 장면을 찍고 위 황제의 축하연을 찍을 작정이었다.

이 정사 장면에서 후궁 빈이 지닌 팜므파탈 매력이 드러날 예정이었다.

이 팜므파탈 매력은 그녀의 두 얼굴에서 비롯되는 것이었다. 황제를 사랑하는 정숙하면서 청순한 여인 그러나 승상 여운위와 끈적끈적한 불륜을 즐기는 음탕한 여인.

이렇다고 이 정사를 19금 수준으로 촬영하는 건 아니었다. 〈광군〉은 어디까지나 15세 관람가였으니까.

그리고 축하연의 경우 위 황가에서 뜻깊은 자리였다.

179

후궁 빈이 위 황가의 '어머니'가 된 것을 축하하는 자리이기 때문이다.

그러나 모든 일에는 작용과 반작용이 있는 법이다. 그녀가 어머니가 된 것에 반기지 않는 세력이 있었고, 이 세력에서도 극단주의자가 있는 법이었다.

광군 촬영진은 〈정사〉 장면부터 찍기로 했다.

신도 남자다 보니 이 정사 촬영을 두 눈으로 직접 보고 싶은 마음이 들기는 들었지만, 임자가 있는 몸이다 보니 알아서 자제해야 했다.

이제 신은 이 촬영이 어땠는지 쯔 위로부터 직접 전해 들었다.

'벌겋게 달아오른 하얀 두 뺨이 맛있게 익은 복숭아 같았고 그녀가 토해내는 입김은 화산같이 뜨거웠으며 그녀의 육체는 장인이 깎아내린 것처럼 결이 살아있으면서도 풍성했다니.'

누가 촬영당사자 아니랄까 봐 비유도 상세하게 했다. 신은 추후 시사회 할 때 영화를 직접 보는 거로 아쉬운 마음을 달래기로 했다.

그리고 축하연 장면은 강가를 비슷하게 재현한 그린 스크린 세트장에서 촬영하기로 했다. 촬영이 실제 강가에서 이루어지면 조명 문제도 생길 수 있었고 안전사고도 일어날 수 있어서였다.

광군 촬영진은 이 장면에 만월이 떠오른 밤으로 CG

효과를 줄 예정이었다.

세트장 내부구조는 이랬다.

등불 여러 개가 매달린 대가 찰랑거리는 물 위에 자리 잡고 있었다. 이 대만 해도 12개나 되었다. 등불이 물결 위로 붉게 어른거렸다.

수심은 그리 깊지 않았다. 발등을 아슬아슬 덮는 수준 이었다.

이 물 위로 비단으로 만든 연꽃이 둥둥 떠다니고 있었 다.

중앙에는 나무 재질의 팔각형 형태 무대가 있었는데, 이 무대와 관람석이 연결되는 쪽에는 붉은 관문이 하나 서 있었다.

색감은 정말 화려하고 아름다워선지 전체적으로 야유 회 분위기가 물씬 났다.

"자, 이제 배우들 위치해주세요!"

감독의 말에 배우들과 무희들이 움직였다.

배우들은 관람석 쪽으로 움직이고 하늘하늘한 옷을 입 은 무희들은 무대로 이동했다. 신은 배우들과 함께 움직 였다.

"리허설 간단히 하겠습니다!"

잠시간의 리허설이 있고 난 후, 촬영이 시작되었다.

예리는 삼면 북 앞에 서서 고수가 되어 북을 두드리기 로 했다.

위지선은 악기를 다루는 것에도 뛰어난 재능을 지니고 있었다. 이를 위해 예리는 전문 고수에게서 북을 치는 법까지 배우기까지 했다.

예리는 북을 힘찬 동작으로 내리쳤다.

둥!

천둥 우레가 치는 거 같다.

둥!

이번에는 심장의 고동이 울리는 거 같다.

둥! 둥! 둥!

규칙적으로 울리는 북소리가 혈관에서 도는 피를 빠르게 하고 심장을 거칠게 뛰게 했다.

참으로 신명 났다.

예리는 주위의 모든 것을 잊고 몰아지경에 빠져 있었다.

신은 하얀 색을 띠고 있는 그녀의 감정 구체를 바라보면서 속으로 중얼거렸다.

'역시 내 여자라니까.'

여인들이 물 위에서 춤을 추기 시작했다. 그녀들의 손짓은 남자의 심장을 움켜쥘 정도로 관능적이고 발짓은 시선을 머무르게 할 정도로 퇴폐적이다.

춤추는 규모는 위지선이 서휘를 직접 찾아왔을 때를 찍는 것과 달랐다. 여자 무희들은 무려 오십 명이나 되었다.

여인들이 춤을 추자 물가에 동심원이 일어나며 파문이 일었다.

물방울이 위로 솟구쳤다. 물방울이 이리저리 후두두 튀었다.

옷이 물에 서서히 젖었다.

치마 옷자락이 물가 위로 길게 풀어졌다. 검은 천 하나가 물 위로 둥둥 떴다.

안무가가 냉철한 눈썰미로 춤동작을 바라보았다.

'실수는 없어.'

여인들이 몸에 휘두른 검은색 옷의 두께는 두껍지 않았다. 옷이 여인들의 굴곡진 육체에 달라붙으며 여인들의 살결이 내비쳤다.

남자 배우들이 이 모습을 보면서 즐거워했다.

북소리가 절정으로 치닫기 시작했다.

둥! 둥! 둥! 둥! 둥!

그러던 이때!

특술 기술팀이 상 쪽에 내장된 화약을 터뜨렸다. 상이 폭발했다.

쾅!

사람들이 혼비백산하면서 비명을 내질렀다.

광군 촬영진은 일단 여기서 촬영을 끊기로 하고, 장면을 한 번 더 찍기로 했다. 이번에는 자객들이 화살을 쏘는 장면이었다.

이 사건 이후로 승상 여운위의 입지가 곤란해지게 된다.

즐거운 축하연을 엉망으로 만들어버린 자객을 잡는 데 성공하지만, 배후를 완전히 밝혀내지 못한 것이다.

황제 위나 황궁 사람들은 이 소행이 사실 여운위가 벌인 짓이 아닐까 하고 짐작한다. 그는 위 황가에서 강력한 힘을 지니고 있으니 이 정도의 일을 벌일 수 있는 저력이 되기 때문이었다.

이에 여운위는 제 결백을 증명하고자 한다. 자기 휘하에 있는 사람 장군 '여홍'을 죽임으로써 말이다.

그를 죽인다고 해도 여운위가 타격을 입는 건 아니었다. 이제 그를 죽이는 건 여운위가 그런 치졸한 짓을 하는 사람이 아니란 걸 보여주기 위한 본보기였다.

한편으로 자신은 이렇게 무서운 사람이니 함부로 건드리지 말라는 경고를 하는 것이기도 했다. 어쨌건 여운위에게 있어 여홍을 죽이는 건 제갈량이 울면서 마속을 베는 것과도 같았다.

광군 촬영진은 이 장면을 촬영하기로 했다.

방 안에서 한 남자가 경건한 태도로 먹을 벼루에 갈고

있었다. 그가 입고 있는 옷이 백의라는 것도 인상적이면 인상적일 테다.

남자는 붓에다 먹을 듬뿍 바르고는 화선지에 그림을 쓱 쓱 그리기 시작했다. 붓의 기세는 웅장하고 힘찼다. 그의 붓은 거침이 없이 종이 위를 쭉쭉 뻗어 나갔다.

일필휘지 과도 같은 기세.

남자는 그림 한 점을 금세 완성하고는 만족스러운 표정으로 그림을 바라보았다. 그림은 여의주를 쥐고 하늘로 오르는 용이었다.

그의 눈길은 묘했다.

이때 검은 옷을 입고 있는 한 사람이 내부로 조용히 들어섰다.

신이었다.

그의 시선이 신 쪽으로 이동했다. 카메라의 시선도 서서히 이동했다.

"이무기는 천 년 동안 도를 닦고 여의주를 토해내어 하늘로 승천하지. 이때 이 여의주를 탐내는 것들이 많아. 만약 여의주를 빼앗기면 이무기는 깊은 굴로 들어가 또다시 천 년 동안 도를 닦아야 하지."

그의 대사가 끝나자 신은 검집에서 검을 꺼냈다.

여흥 역 장위안은 담담한 표정을 지으며 중얼거렸다.

"승상께서 날 죽이라고 하셨군."

신은 대답하지 않자 장위안은 코웃음을 차갑게 치면서

말했다.

"난 네놈이 처음부터 싫었다."

신은 그가 말하는 걸 담담한 태도로 듣고 있었다.

"무슨 꿍꿍이를 지닌 것인지 모르기 때문이다. 승상은 너를 좋아서 기용한 것이 아니다. 너를 대단히 예의주시하고 있다. 어쩌면 네가 적이기에 당신 곁에 두는 것인지도 모르지."

카메라가 투 샷으로 두 사람을 담아냈다.

이때 장위안은 눈을 슬며시 감았다.

어서 죽이라는 것이다.

신은 그의 귓가에 조용히 속삭였다.

"난 그대의 혜안이 싫어."

장위안은 눈을 슬며시 떠 신을 바라보았다. 이때, 카메라가 두 사람의 얼굴을 클로즈업으로 담아냈다.

두 사람은 서로의 시선을 응시했다. 한편, 그가 차고 있던 피 주머니에서 피가 흘러나오며 하얀 옷이 피로 물들어간다.

더불어 서휘의 기분도 좋아진다.

서휘가 기쁠 만도 하다.

여운위는 여홍을 죽이게 된 걸 언젠가는 후회하게 될 테니까.

서휘의 기분이 좋아지니 신의 기분도 좋아진다.

장위안은 입에서 피가 줄줄 흘러나오고 있었다.

입안에 든 캡슐을 깨문 것이다.

두 사람이 시선을 부딪쳤다.

'바라보는 게 짜증 나네.'

검으로 눈동자를 파내고 싶다.

얼굴도 아예 짓뭉개버리고 싶다.

신이 그의 코와 입을 뭉개버리면 사람들이 무어라고 할까 싶었다. 아마도 재밌는 일이 벌어지겠지만 참아야 한다. 이런 건 충분히 자제할 수 있었다. 다만 신은 이를 상상하면서 배역에 좀 더 집중할 필요가 있었다.

'문득 칼춤이 추고 싶다.'

신은 그의 목을 붙잡고 난도질하면 어떨까 싶었다.

신의 표정과 어투에서 신이 생각하고 품는 감정이 그대로 묻어나오고 있었다.

신과 직접 대면하고 있는 장위안은 이를 느낄 수 있었다.

'이거 완전 미친놈 아냐?'

하나, 그는 신의 기세에 완전히 휘말려버린 상황이다. 그의 숨이 거칠어진다.

한편.

'이걸로 부족해. 여전히 부족해.'

신은 자신을 서휘라는 인물에 완전히 내몰고 있었다. 신의 정신이 미쳐 돌아가고 있었다.

'모자래. 이래도 더 모자래.'

여기서 폭죽이 펑하고 터지는 것처럼 내부에서 폭발이 이루어져야 했다. 신은 신의 내부에 있는 광기를 끄집어 올리기로 했다. 억지로 끌어올리는 게 아니었다.

"이 서휘가……."

이때, 신은 눈앞이 컴컴해지고 숨이 막히는 걸 느꼈다.

정신이 아득해지기도 하였으나 이는 중요한 게 아니었다.

'미친다. 여기서 더 미친다.'

한편, 신은 연기에 순수하게 미칠 수 있는 지금 이 순간이 그저 즐겁기만 했다. 광기에 미쳐가듯, 가랑비에 젖어가듯 신의 몰입은 최고조를 향해 달려가고 있었다.

심장이 쿵쾅쿵쾅 뛰고 몸 구석구석으로 아드레날린을 뿜어내고 있었다.

이때, 신의 입가에 선명한 미소가 떠올랐다.

신이 의도한 웃음은 아니었다.

그리고 이 미소는……

"여운위를 잡아 먹을 거다."

포식자 그 자체만이 지을 수 있는 미소였다.

한편, 오위썬 감독은 카메라 스크린으로 신이 보여주는 연기를 속으로 품평하고 있었다.

'왜 이렇게 연기를 하지?'

혹자는 신이 펼친 연기를 메소드 연기라고 엄지를 척 내세울지 모르겠지만, 오위썬 감독은 그렇지 않았다.

'이건 배우 본인을 잡아먹는 연기다.'

그런데 기묘한 점이 있다.

'이 정도로 배역에 깊게 몰입하면 감정 과잉이 이뤄질 텐데 감정이 과하지도 않아……. 작위적이지 않고 자연스럽다.'

오위썬 감독은 촬영을 끝내고서 신에게 다가가 물었다.

"괜찮습니까?"

신과 함께 연기하던 장위안도 촬영 스태프들도 근심스러운 표정으로 신을 바라보았다.

사람들이 이럴 만도 했다. 촬영에 임하면 임할수록 신만큼 서휘에 어울리는 인물도 없다고 생각하고 있으니까.

행여나 신이 잘못되기라도 하면…….

한데, 신은 어느새 평소의 모습으로 돌아와 있었다.

"네, 갑자기 왜 괜찮으시냐고 물어보는……?"

'생각보다 괜찮다?'

오위썬 감독은 이상하다고 생각하며 신에게 말문을 열었다.

"이런 말 하기 좀 그렇지만 조금 전에 연기하시면서 배역에 먹히는 게 아닌가 싶더라고요. 강신 씨를 위해서도 배역에 너무 빠지지 않으시면 좋겠는데……."

신은 이렇게 되묻고 싶었다. 너 따위가 뭘 알길래 입을 함부로 놀리느냐고 말이다.

189

"아, 그렇게 보이셨구나. 감독님이 우려하시는 건 아니에요. 배역에 너무 빠지지 않게 잘 조절하고 있어요."

"그럼 다행이기는 하지만……."

지금 신의 상태는 속에서 짜증이 확 솟구치고 화가 나고 있었지만, 평소의 자신을 연기하면서 사람들을 속아넘기고 있는 것이었다.

그러나 오위썬 감독은 달랐다. 그는 예리한 눈썰미로 지금 신의 눈빛이 연기하던 순간과 비슷한 것임을 알아차렸다.

"불편하신 거 있으시면 언제든 말해 주세요."

지금으로는 어느 정도 여지를 두는 게 좋을 거 같았다.

'당분간 강신 씨 상태를 주의 깊게 봐야겠어.'

뭔가 분위기가 심상치가 않은 게 사고라도 터질 거 같았다.

'이 걱정이 괜한 기우면 좋으련만.'

이어서 광군 촬영진은 다음 장면을 촬영하기로 했다. 이 장면은 여운위가 장군 여홍이 죽은 걸 알게 되면서 진심으로 슬퍼하는 대목이었다.

저 자신 손으로 제 부하를 죽음으로 내몰아 넣고서 슬퍼하는 걸 보면, 여운위도 참으로 모순적인 인물이었다.

이때 승상 여운위는 이런 대사를 내뱉는다.

"내가 용이 되어 하늘에 올라 그대의 넋을 기리리다."

이 대목에서 장엄함과 숙연함이 잘 나타나야 하는 게 관건이었다. 이는, 쯔 위가 알아서 해결할 과업이었다.

신은 개인 대기실로 이동하여 휴식을 취하기로 했다. 잠시 후, 대기실로 들어선 신은 화부터 냈다.

"아, 진짜 열 받네."

배역에 너무 깊게 몰입한 것인지 사소한 것에도 화가 나고 짜증이 난다.

어디 이것만일까.

지나가는 사람을 붙잡고 패버리고 싶다. 이것이 서휘가 지닌 파괴적인 본성이었다.

신은 손에 잡히는 종이를 닥치는 대로 잡아 쭉쭉 찢어 버리기 시작했다. 이렇게 해야 속에 찬 울분이 풀릴 거 같았다. 마음 같아서는 뭔가를 부숴버리고 싶다.

'내가 아닌 거 같이 느껴지는 거 진짜 싫다.'

신은 소리를 질렀다.

"빌어먹을. 빌어먹을."

거울을 문득 바라보니 신의 얼굴은 일그러져 있었다.

"넌 뭐가 좋다고 쳐다보는 거야?"

신은 거울에 다가갔다. 거울에 비친 얼굴이 제 얼굴이 아닌 거 같다. 가면을 쓰고 있는 거 같이 느껴진다.

'너 서휘냐, 강신이냐?'

거울 속 신은 아무 대답도 하지 않는다.

"대답해보라니까!"

신은 숨을 헐떡이며 거울 속에 있는 신을 향해 씩씩거리다 숨을 골랐다.

"아, 이제 좀 풀리네."

신은 자리에 누워 쉬기로 했다.

그러던 이때, 박명우가 신이 있는 대기실 안으로 들어섰다.

"이거 먹어라."

신은 박명우가 내미는 음료병을 받아들고는 내용물을 들이켰다.

"아, 쓰다."

"어때 정신이 좀 드나?"

"아뇨."

신은 미간을 좁히며 볼멘소리를 내뱉었다.

"여기서 담금질을 더 해야 하죠?"

"그래, 아직 더 부족하다. 페이스를 이대로 쭉 유지하면서 더 끌어올려야 한다."

"하아……."

몰입에서 오는 부작용을 최소화하는 건 쉬운 일이 아니었다. 이런 거 보면 세상 쉬운 거 하나도 없었다.

"지금 제 상황 즐기고 있으신 거 아니죠?"

"그럴 리가 있나."

'왠지 그런 거 같은데…….'

정확하게 말한다면 박명우는 신을 도와줄 수 있다는

사실에 즐거워하는 거 같았다.

곧이어, 박명우는 신이 어질러놓은 걸 치우기 시작했다.

"놔두세요. 제가 이따 치우면 되니까요."

"아니다. 금방 치우니까."

"음, 그런데요. 아."

신이 무어라 중얼거리려고 하던 이때 예리가 대기실 안으로 들어섰다.

"두 사람 오붓하게 대화 중이셨네요."

그녀는 두 사람을 바라보며 후후 웃었다. 그녀가 볼 때 두 사람은 이전보다 친해진 거 같았다. 참으로 다행이었다.

'처음에 아버님이 신을 따라올 때만 해도 참 의아스러웠는데…….'

더군다나 두 사람의 사이가 좋지 않은 편이기도 했으니 두 사람이 함께 다니는 건 정말 뜻밖의 일이었다.

'역시 두 사람 화해하려고 중국에 같이 온 거야.'

이때, 예리가 신에게 다가가 신의 머리를 짚었다.

"근데 너 아픈 거야? 너 또 지난번처럼……."

이 지난번이란 바람의 공주 때를 일컫는 것이었다.

"괜찮아. 무리하고 그러는 건 아냐."

박명우는 두 사람이 보이는 애정행각에 허허 웃으며 말했다.

"그럼 난 이만 일어서겠다."

그가 자리에서 일어나 바깥으로 나서자 예리는 눈을 가늘게 뜨며 신에게 물었다.

"너 나한테 뭐 숨기는 거 없어?"

"아니, 없는데."

"야, 강신. 이러기야? 내가 너 모를 거 같아?"

'감 빠르네.'

"너 연기 때문에 그러는 거지?"

그녀의 추궁에 신은 기분이 나빠졌다. 어디서 여자가 바락바락 대드느냐고 말하고 싶다. 그녀의 뺨도 때리고 싶고 그녀의 눈에서 눈물 나오게 하고 싶다. 이 모습을 보면 즐거워질 거 같았다.

속에서 치켜드는 악한 생각에 신은 쓴 표정을 지으며 입을 열었다.

"그런 것도 있고 요새 여러 일이 있었잖아."

신이 지금 싸우고 있는 것에 그녀에게 말해줄 수 없었다. 그녀가 걱정하는 건 둘째치고 당분간 연기를 쉬라고 할지 몰랐다.

'이대로 주저앉을 수 없어.'

예리는 신의 등을 안으며 신의 볼에 입을 맞췄다.

"힘든 거 있으면 나한테도 말해줘. 난 네 여자잖아."

그녀의 말에 화가 씻은 듯이 녹아내렸다.

확실히 사랑이라는 건 위대한 힘이었다. 과몰입에서

오는 부작용을 이기는 원동력이 되고 있었다.

"내가 우리 신이 스트레스 이완해줄게."

예리는 신을 그녀의 무릎에 눕히고는 신의 뒷목을 꾹꾹
눌러주었다.

신은 예리의 손길을 느끼다 그녀의 배와 다리 사이 쪽
에 얼굴을 파묻었다.

"뭐, 뭐하는 거야."

"누나한테서 좋은 향이 나."

그녀의 체취를 맡고 있으니 심신이 평온해진다.

"자, 잠시만 이러면 안 돼."

"여기 우리 둘밖에 없잖아."

"누가 여기에 들어오면 어떡해."

말과는 달리 예리는 일어서서 어느새 문을 잠그고 있었
고, 신을 향해 미소까지 배시시 짓고 있었다.

신은 그녀를 안으며 그녀의 귓가에 속삭였다.

"왜 스릴 넘치고 좋잖아."

"나쁜 놈. 넌 나를 너무 잘 알아."

두 사람은 방 안에서 사랑을 속삭이기 시작했다.

☆　★　☆

신은 어두컴컴한 대실 세트장 내부에서 대본을 훑어보
고 있었다.

'서휘 측 시각에서 〈광군〉 이야기는 이렇게 흘러가지.'

승상 여운위는 여홍을 죽이도록 내몰아 세운 게 서휘 측이 꾸민 게 아니었을까 하고 의심한다.

사실 이 둘의 만남은 처음부터가 이상했다.

멧돼지 사냥에서 딱 마주치다니…….

여운위가 서휘의 의도적인 접근을 묵인하는 건 서휘가 꽤 쓸만하다고 생각하고 있기 때문이었다.

두 사람의 관계는 어디까지나 서로를 이용하는 관계다. 수가 틀리면 서로가 서로에게 언제든지 등을 돌릴 수 있었다.

이렇다고 여운위가 서휘를 의심하는 건 아니다. 서휘보다 더 의심되는 인물이 있었다.

바로 위지선!

그녀는 빈을 싫어하는 편인데다 그녀를 따르는 세력도 황가 보수파 쪽이었으니…….

'더군다나 여운위는 위지선이 서휘를 움직이는 배후가 아닐까 하고 생각하고 있고. 여러 맥락을 따져 보았을 때 그녀가 일을 꾸민 것이 분명하다고 그는 생각하게 돼.'

이에, 여운위는 서휘를 납치하는 것으로써 위지선을 건드려 볼 작정이었다.

'내가 촬영할 부분은 여운위와 대면하는 장면.'

이 장면을 위해 광군 촬영진은 신의 몸 상태를 꾸준히

점검하고 있었다. 서휘와 여운위가 마주 보며 심리 싸움을 벌일 때 예리한 것이 번뜩여야 했기 때문이었다.

그렇지 않아도 신은 이 장면을 위해 전문가의 도움을 받으며 몸을 만들고 있었다. 아침저녁으로 달리고 사우나에서 땀을 쫙 뺐다.

'배역 과몰입 때문에 힘들어 죽겠는데 여기에 몸까지 관리해야 한다니……'

정말로 고된 강행군이었다.

솔직한 심정으로는 다 때려치우고 싶었다.

한데, 이럴수록 박명우는 신을 재촉했었다.

- 쉬지 마라! 한계로 달려가라!

'정말이지 악마가 따로 없었어.'

신은 몸을 살짝 떨었다.

이때, 메이크업 당당 스태프가 신에게 물었다.

"왜 그러시죠?"

"아, 아무것도 아니에요."

신은 메이크업 받은 얼굴을 거울로 바라보았다.

메이크업으로 안색을 새파랗게 보이게 해서 상태가 안 좋아 보인다.

'후우……'

신은 한숨을 되뇌며 중얼거렸다.

'이거 참 점점 막막해지네.'

리허설을 한 후.

감독의 싸인에 맞춰 촬영이 시작되었다. 신은 고문의자 위에 앉고는 몸을 축 늘어뜨렸다.

고문관 단역이 신에게 물을 뿌렸다.

신은 숨을 헐떡이며 주변을 둘러보았다.

그러던 이때, 고문관 단역이 화로에 있는 쇠꼬챙이 하나를 집어 들었다.

그는 음흉한 미소를 짓고는 신에게 다가갔다. 잠시 후, 차가운 쇠가 신의 몸에 닿자 신은 비명을 내질렀다.

"으으으⋯⋯!"

신은 이를 꽉 깨물며 고통을 표현해냈다. 눈도 까뒤집혀지고 있었다.

지금 이 순간 신은 실제로 고통을 느끼는 듯했다.

"커헉⋯. 커헉⋯!"

그가 숨을 헐떡이는 신을 바라보며 슬며시 웃었다.

"어때? 정신이 좀 들지?"

고문관을 바라보던 신은 웃음을 쿡쿡 터뜨린 뒤 그에게 침을 퉤 내뱉었다. 그는 화를 내지도 않고 제 얼굴에 묻은 침을 닦아내고는 화로로 이동했다.

신은 지금 이 순간 망망대해에 빠져있다고 상상하기로 했다. 이 상황에서 살려달라고 외치면 절망적인 한이 묻어 날 테니까.

또다시 쇠가 신의 몸에 닿았다.

"끄으으윽!"

신이 내지르는 포효는 짐승의 포효와 닮아있었다.

'날 더 몰아붙이자. 좀 더!'

신은 이 상황을 좀 더 생생히 받아들이기로 했다. 정말로 고문을 받는 거 같았다. 몸이 진짜 아픈 거 같았다.

이 순간!

신은 머릿속이 하얗게 텅 비워지는 걸 느꼈다.

'끔찍하다 진짜.'

눈가도 덜덜 떨리고 입가도 파르르 떨렸다.

지금 이 순간 신은 연기를 위해 자기 자신을 희생하고 있었다.

사람들이 볼 때 신은 경기를 일으키기라도 한 거 같았다.

'귀신에 씐 거 같군.'

신은 숨을 내쉬는 것도 제대로 못 하고 있었다. 꺽꺽거리는 숨소리를 내뱉다 입을 뻐끔거렸다.

신의 고통 연기는 참으로 생생했다. 장내에 있는 사람들은 극의 상황에 점점 몰입되는 걸 느꼈다.

이때 쯔 위가 신의 눈앞에 나타났다. 흐리멍덩하게 변한 신의 초점이 뚜렷해지기 시작했다.

신은 새파래진 입술로 대사를 내뱉었다.

"아니…. 이게 누구시오. 승상이 아니시오?"

"난 그대를 믿었다."

쯔 위는 이 말을 하고는 아무 말도 하지 않았다.

신은 웃음을 터뜨렸다.

"하······?"

서휘로서는 지금 상황이 어이가 없었다.

"내가 그대를 왜 배신해."

신의 대사가 끝나기도 전에 쯔위가 신의 목을 꽉 잡아쥐었다.

"말이 짧군."

"커헉··· 커헉···!"

신은 숨을 억지로 참아냈다. 신의 얼굴이 붉어지기 시작했다.

쯔위는 과거의 기억을 떠올렸다.

'오디션 때가 떠올라.'

신과 쯔위가 오디션을 할 때 신은 대본에 없던 행동을 하면서 사람들에게 깊은 인상을 주었다.

그 애드립은 바로 지금이었다.

신은 쯔위의 손을 깨물었다.

손에 덧댄 게 있어서 아프지 않았다. 손 쪽에 장치된 모조 혈액이 터지자 핏물이 흘렀다.

"끄으으으!"

쯔위가 고통을 호소하며 신을 뿌리치려고 했지만 신은 쯔위를 악착같이 놓치지 않았다.

지금 이 순간 신은 짐승 같았다. 신의 두 눈은 붉게 충혈되어 있었다.

쯔 위는 모골이 송연해지는 걸 느꼈다.

'미친…!'

그가 신의 뺨을 강렬하게 후려치자 신의 고개가 반대로 젖혀졌다. 신의 볼이 벌겋게 달아올랐다.

쯔 위가 신의 얼굴에 침을 퉤 뱉었다. 신은 쯔 위를 노려보았다. 신의 눈빛은 생생했다.

신은 분노에 몸을 부들부들 떨며 고함을 토해냈다.

"승사아아아앙!"

이때 신은 돌연히 웃음을 쿡 터뜨렸다. 표정도 단숨에 변했다.

"크…!"

신은 붉게 물든 이까지 드러내며 활짝 웃고 있었다. 사람들은 생각했다. 지금 이 순간 강신은 연기에 완전히 미쳐있다고!

"내가…! 이 내가…! 순순히 당할 줄 알았소?"

"드디어 본색을 드러내는구나."

두 사람이 시선을 부딪쳤다.

두 사람의 기세 싸움은 참으로 치열했다.

쯔 위가 코웃음을 치던 순간이었다. 심부름꾼이 무언가를 들고왔다.

쯔 위는 단역이 내미는 서찰을 받아들고는 쭉 훑어보았다.

"이게 정말이냐?"

심부름꾼 단역이 고개를 끄덕였다.

"네, 사실이옵니다."

"그랬던가."

쯔 위는 신에게 다가가 말했다.

"우리 사이에 잠시 오해가 있었던 거 같소."

지금 이 순간의 위기는 서휘를 날게 해줄 도약판이었
다. 사실 위기라고 할 것도 없었다. 일종의 시련인 셈이었
다.

"이 빚 꽤 비싸게 치러야 할 거요."

"덕분에 친구가 됐잖소."

쯔 위가 이 말을 끝으로 뒤돌아섰다. 신의 입가에 미소
가 맺혔다.

"모든 건 내 계획대로."

신의 대사대로였다. 사실 이 모든 건 서휘의 계획이었
다.

☆　★　☆

〈광군〉 촬영진은 트레일러 영상에 들어갈 장면을 찍기
로 했다.

이 때문에 신은 극중 후반부에서 마지막 후반부로 인도
하는 하이라이트에 해당하는 부분을 앞당겨서 촬영하기
로 했다.

이 '대목'에 해당하는 〈광군〉의 이야기를 해보자면 이렇다.

어느 날, 전장에 있던 서휘는 한에 있는 수하 이립이 보낸 전보를 받게 된다. 바로 아버지 서양이 언제 죽을지 모를 정도로 위급하다는 것.

한편, 한 나라 상황도 안 좋게 돌아가고 있었다. 탐관오리가 득세하고 있었으며 조정에는 간신배가 가득했다. 왕가의 인물들은 자기의 이익을 탐하기 바빴으며 백성들의 원성은 하늘을 찌르고 있었다.

이것만이 아니었다. 북쪽에 있는 야 족이 침입하기도 하니, 나라 안팎이 시끄러웠다. 절망에 빠진 민초들은 이런 말을 한다.

"왕의 운명이 오락가락해선지 나라의 기도 쇠하고 있다!"

"나라에 망조가 들었다!"

"나라의 운명이 풍전등화 앞에 놓인 것 같나니 누가 이 난세를 떨쳐줄 수 있겠는가!"

즉, 사람들은 영웅이 나타나 자기들을 이끌어주길 바라고 있었다.

이런 상황 속에서 서휘는 한에 있는 군세와 합류도 할 겸 한으로 한번 가보기로 한다. 이 방문에는 복수하고 싶다는 일념이 담겨있기도 했다. 서휘가 용서할 수 없는 사람들이 한에는 즐비했으니까.

서휘는 기세등등했다. 자신을 뒤받쳐 주는 세력도 있고 명령을 내리면 아무런 주저함도 없이 불 속에 뛰어드는 용감무쌍한 군사도 있었으니까. 지금의 서휘는 왕가의 인물들과 비교해도 꿀릴 게 전혀 없었다. 아니, 그 이상이다.

한에 돌아온 서휘는 나라가 막장처럼 돌아가는 걸 보고는 검을 빼 들기로 한다. 내부를 시원하게 휩쓸어버리려는 건 나라를 생각하고 걱정하는 마음에서 비롯된 건 아니었다.

여하튼 이 대목이 서휘의 광기가 폭발하는 부분이었다.

신은 직감할 수 있었다.

이제 모든 것을 내뿜을 때가 왔구나!

그런데 한 가지 문제가 있었다.

이 장면을 전남 완도 촬영지에서 촬영해야 한다는 거다.

중국에서도 특파원들이 찾아오기도 했는데, 신이 국내로 들어가면 이보다 더 많은 기자가 찾아올 게 분명했다.

한편, 로만 엔터테인먼트에서 신이 국내로 들어와도 된다고 했다.

신이 기부한 것 등 각종 좋은 일들을 한 게 발표가 나면서 여론이 서서히 반전되고 있어서다.

광군 촬영진은 세 무리 팀으로 인원을 나누어 한국에 입국하기로 했다. 신은 이 연막작전을 통해 인천 공항에 몰래 도착할 수 있었다.

문제는 촬영장이었다.

기자들이 촬영지 앞까지 주둔하고 있었다.

신이 촬영지에 도착하자 기자들이 플래시를 터뜨리고 신에게 각종 질문을 퍼붓기 시작했다. 현장을 통제하는 사람들이 기자들을 제지했다.

"갑질 논란에 대해 어떻게 생각하고 계십니까? 지금 심정은 어떠시죠?"

"어머니가 교통사고로 돌아가고 나신 후 친척들이 강신 씨를 제 가족처럼 길렀다던데 이에 대해 하실 말씀은 없으십니까?"

"자세한 건 차후 기자회견을 통해 밝히기로 하셨는데 어떤 내용인가요?"

신은 이에 대해 단 한 마디도 내뱉지 않았다. 기자회견을 통해 부정적이던 여론을 초전박살 낼 작정이었기 때문이었다.

기자들이 자기들을 무시한다고 자극적인 기사를 낼지 모르지만 신은 이에 신경 쓸 생각이 없었다. 어차피 짖어대다가 조용해질 테니까.

'난 나만의 길을 걷는다.'

서휘도 자신만의 길을 걷는 삶의 개척자였다. 신은 서휘의 이런 점 때문에 서휘라는 인물에 점점 더 깊이 동화되어 가고 있었다.

　　ENG 카메라가 병상에 누워있는 한 중년 배우를 담아내고 있었다. 한韓 왕 서양의 얼굴에는 검버섯이 피어 있었고, 피부는 쭈글쭈글했다.

　　내쉬는 숨은 불규칙적이고 숨소리가 금방 꺼질 거 같았다.

　　죽음이란 게 그에게 서서히 다가오고 있었다.

　　이때 누군가의 발걸음 소리가 났다.

　　뚜벅.

　　뚜벅. 뚜벅.

　　누군가가 왕의 거처에 오는 데도 누구 말하는 이가 없다. 이것이 힘이 다 빠진 왕의 말로인 것인지도 모른다.

　　아니, 무슨 일이 생겼다. 대전 바깥에서 많은 이들이 비명을 내질렀으니까. 사람들이 내지른 비명이 그의 귓가에 선하기만 하다.

　　잠시 후, 문이 끽 열렸다. 중년 남자 배우는 소리가 나는 곳으로 응시했다. 카메라가 문을 담아낸다.

　　내부로 들어선 남자는 병상에 누워 있는 왕 단역을 3초 동안 바라보았다. 카메라는 피사체의 얼굴 쪽을 비추지 않았다.

　　잠시간의 정적이 있고 난 후, 남자는 자리에 조용히 앉았다.

인상적이라면 '그'가 입고 있는 의복은 붉은 액체로 온통 물들어 있다는 거다. 얼굴에도 붉은 액체가 좀 튀어 있었다. 신은 얼굴에 묻은 피를 소매로 닦아냈다.

"아버지. 그간 강녕하셨습니까. 본의 아니게 집에 나간 탕아가 이제야 돌아왔습니다."

신이 그에게 인사하자 그가 숨소리를 내뱉었다.

"흐어……."

폐에서 바람이 새어나오는 모양새가 풍선에서 바람이 빠지는 거 같다.

그가 입술을 벙긋거렸다. 무어라 말하는 데 목소리가 나오지 않아 뭘 말하고 싶은 것인지 알 수 없었다. 아들 서휘의 등장이 반갑다는 뜻일까. 반갑지 않다는 뜻일까.

신은 중견 배우의 손을 꼭 붙잡았다. 서양을 맡은 배역은 눈을 끔뻑 떴다. 고개를 미약하게 끄덕이며 신의 손을 꽉 붙잡는 게 서휘의 등장을 반기는 거 같았다.

"아바마마가 이렇게 누워 계시니 갑자기 어릴 적 일이 생각납니다. 낙마했을 때 말이죠."

신은 눈을 감으며 옛일을 회상하며 말했다. 과거에 대한 그리움이 묻어나오고 있었다.

"어마마마가 누워있는 제 손을 꼭 잡으며 말씀하셨지요. 넌 평생 바보로 살라고. 네가 살아남기 위해서는 너를 숨겨야 한다고. 그리고 이 어미가 아무것도 해 줄 수 없는 게 미안하다며 우시더군요. 이것이 어마마마의 마지막 유언이었지요."

서휘의 어머니는 서휘에게 이런 말을 당부하고는 다음 날 목을 매달고 자살한다.

지난날의 설움이 욱하고 북받쳐 오른다.

"네, 저는 수라와 아귀가 있는 속에서 살아야 했습니다. 살아남아야 했어요. 살기 위해서! 뭐든지 해야 했단 말입니다! 이게 얼마나 비참하신 건지 아바마마께서는 알고 계시옵니까?"

그러나 답은 없다.

숨소리만 있을 뿐.

서휘가 살았던 구구절절한 삶에 서양의 눈가에서 눈물이 흘러나왔다. 신은 숨을 골라 내쉬었다.

"아바마마께서는 언제나 그러셨습니다. 제가 형제에게 괴롭힘을 받을 때도 조정의 대신들에게 손가락질을 받을 때도 별말을 안 하셨지요."

'왕이란 자리가 그렇다. 모두를 견제해야 하고 모두를 이끌어야 한다.'

이 서양의 대사는 나레이션 형태로 등장할 예정이었다.

"왕이요? 제가 아바마마께서 바랐던 건 별거 없었습니다. 그저 따뜻하게 안아주고 그저 따뜻한 말 한마디면 되었습니다. 그게 그렇게 어려웠단 말입니까."

'내가 너를 감싸주면 너를 공격할 터인데 내 어찌 그리 할 수 있단 말이냐. 내가 한 행동은 너를 지켜주기 위함이었다.'

신은 고개를 미약하게 끄덕이며 말했다.

"예, 그렇게 생각하시겠지요. 그런데 그런 값싼 동정이 정말 싫었습니다. 전 그저, 그저! 따뜻한 손길이었으면 되었단 말입니다. 전 이거 하나만 바랬습니다."

두 사람 간에 이미 깊은 오해가 있었다.

이는 해소될 수 없는 갈등이었다.

'아니다. 아니야. 뭔가 오해하고 있구나, 오해하고 있어…….'

그가 무어라 외치는 게 귀에 들리는 거 같다.

신의 입가 한쪽이 올라갔다.

그를 비웃는 거 같기도 하고 불우하게 보낸 유년시절에 쓰게 웃는 거 같기도 하다.

"네가 강인하게 자라나길 바랐다는 말은 하시는 건 아니시겠지요?"

신의 대사에 중년 배우가 눈을 끔뻑였다.

서양은 서휘가 한 말이 그게 맞는 말이라고 말하는 것이었다.

"노인네가 아주 웃긴 소리 하고 있으시네."

신은 낄낄 웃고는 그의 귓가에 입을 대고 조용히 속삭였다.

"그냥 당신은 듣기나 해, 알겠어? 나에게 그랬던 거처럼 아무것도 하지 말고 이 자리에서 앞으로 어떤 일어나는지 가만히 지켜보라고. 늙은이 당신이 여태껏 잘해온 거 또 하면 되는 거잖아."

신의 말이 비수가 되어 그의 가슴을 쿡쿡 찌른다.

"……그렇지 않습니까? 당신에게는 어차피 어렵지 않은 일이잖습니까."

그를 원망하는 말에 서양의 눈가가 파르르 떨렸다.

이것이 누구에게도 털어놓지 않은 서휘의 솔직한 속내였다.

서양은 이 대목에서 이렇게 생각한다. 도대체 어떻게 하다가 이런 사태까지 온 것일까 하고. 어디서부터 첫 단추부터가 잘못 꿰매진 것일까 하고. 지난날에 대해 후회를 해도 소용없다. 일은 이렇게 흘러갔으니까.

'어쩌면 이것이 너와 나의 운명 그리고 한의 예견된 운명인지도 모르겠구나.'

"왕이란 자리가 그렇다고 하지 않았습니다. 모두를 견제해야 하고 모두를 이끌어야 한다면서요. 전 아버님의 뜻에 충실히 따를 작정입니다."

신은 이 말을 하면서 실성하듯이 쿡쿡 웃었다.

이 모습이 정말 정신이 돌아버린 미친놈 같았다.

그리고 신은 눈웃음을 그리며 그의 볼을 툭툭 쳤다.

"소자 그럼 이만 물러나 보겠사옵니다."

신의 연기를 바라보던 스태프들은 앞으로 어떤 전개가 펼쳐질지 기대감을 지니기 시작했다.

'전개를 아는데도 지금 과정 진짜 재밌네.'

'이거 상영되면 무조건 통한다.'

사람들은 어느새 극의 상황에 푹 빠져있다는 걸 알 수 있었다.

신은 자리에서 일어났다. 서양은 서서히 멀어져가는 신의 뒷모습을 바라보았다.

'아아, 안 돼, 안 돼.'

그는 손을 뻗으려고 하지만 손을 뻗을 수 없다. "아……. 으……."라고 의미 모를 소리를 내쉬는 게 고작일 뿐.

이윽고 신은 대전 내부로 향하기로 했다. 카메라가 움직이는 신의 정면을 담아냈다.

신은 무표정을 짓고 있었다. 피로 물든 의복을 입은 채로 이런 표정 연기를 하니 섬뜩하고 무서웠다.

한편, 신은 속으로 중얼거리고 있었다.

'집중한다. 피어오른다. 내 모든 것을 쏟아 붓는다.'

대전 내부에는 서 왕가의 사람들이 잡혀 있었는데, 사람들은 불안한 기색으로 주변을 둘러보고 있었다.

서휘가 이들을 진압하는 건 쉬운 일이었다.

이들을 지키는 군대도 그야말로 엉망이었고 목숨을 바쳐 서휘를 막아야 하는 대신들은 순순히 길을 열어주기까지

했으니까.

더군다나 서휘는 위 황가에서 강력한 힘을 발휘하고 있었으니 고작 한 왕가 따위가 서휘를 막아설 수는 없었다.

한편, 대전 바깥에는 꽤 많은 사람이 쓰러져 있었다.

서휘가 부정부패한 관리들을 모아 대대로 숙청한 것이다.

서휘가 공포의 왕으로 군림하기 위한 본보기였다.

사람들이 내질렀던 원성과 절규가 신의 귀에 들리고 있었다.

이 음악은 신의 가슴을 들뜨게 하는 즐거운 연주였다.

신은 심장이 거칠게 뛰는 걸 느끼고 있었다.

'정신이 고양된다.'

신은 사람들을 바라보았다.

이들의 반응은 다양했다.

어떤 이들은 이런 놈에게 굴욕당했다는 모멸감과 패배감, 다른 이들은 죽을지도 모른다는 불안감을 내비치고 있었다.

이곳에 있는 일 왕자 서효와 사 왕자 서율의 경우 전자였다.

사람들이 신을 향해 울부짖기 시작했다.

"제, 제발 살려줘."

"형님…! 형님…! 제발 살려주십시오."

이때 사 왕자 서율 역 이준이 외쳤다.

"왕가 사람이라면 떳떳해야지. 부끄러워하지 마라!"

그의 일갈에 사람들이 입을 꾹 다물었다. 그러나 두려움은 숨길 수 없었다.

이준은 신을 바라보며 말했다.

"넌 그보다 형제와 왕가 사람들을 죽이는 살인마가 될 것이냐!"

납작 엎드려 손을 싹 비비며 목숨을 빌어야 할 판국에 소리를 치다니……. 신은 속으로 이렇게 생각했다.

이 미친놈은 진심인가?

'이곳에 있는 모두가 미쳐가 돌아가는구나.'

신은 미소를 지었다.

"호오, 살인마라 하였소이까?"

신은 무릎을 꿇고 있는 그에게 다가가 그의 턱을 쥐며 말했다.

"형님은 내가 몇 명이나 죽였는지 아시오?"

신이 그를 신랄하게 쏘아붙이자 그는 신의 기세에 억눌렸다. 사 왕자 서율 역 이준은 신의 시선을 피하며 말했다.

"아…. 아니."

"이 자리에서 당장 죽여주면 좋겠소?"

"그, 그건……."

"좋소. 도망쳐보시오."

신은 그를 묶은 줄을 풀기 시작했다. 순간 이게 무슨 영문인가 싶었다.

"지금 당장 도망쳐보라니까! 도망쳐! 어서! 나에게서 도망쳐 보란 말이오! 그럼 살 수 있을지도 몰라! 살고 싶지 않소? 난 형님이 죽기 싫어하는 게 보이는데?"

"살려준다는 게 정말이냐?"

그는 비열했다. 아까 전까지만 해도 신에게 보였던 떳떳한 태도는 온 데 간대도 없었다.

어쩌면 사람이란 게 가식적인 존재인지도 몰랐다.

신이 고개를 끄덕이자 이준은 자리에서 일어나 대전 바깥으로 달아나기 시작했다. 그는 죽기 살기로 내달렸다.

"으아아아아아!"

신은 눈을 감고 중얼거렸다.

"꼭꼭 숨어라. 꼭꼭 숨어라. 죽고 싶지 않으면 꼭꼭 숨어야지."

이때, 스크립터는 대본을 바라보고 있었다.

'놀라워. 여기까지 오는 데 실수가 하나도 없어.'

어디 이뿐일까.

신은 신만의 존재감을 확연하게 발산하고 있는데다 배우들의 호흡도 이끌어 주고 있었다.

그리고.

지금 젖 먹는 힘까지 다 짜내어 달리는 이준은 두려움에 정말 질려 있었다.

'날 진짜 죽일 거 같았어!'

이때, 신이 눈을 떴다.

"거기 있었구나!"

대전 바깥을 바라보는 눈동자는 매의 눈빛같이 매섭고 입가에 맺힌 서늘한 미소는 제왕의 미소다.

신은 웃음을 호탕하게 터뜨렸다.

"누가 활을 줘봐라!"

신은 부하가 내미는 활을 받고는 활시위를 당겼다. 그리고 활을 쏘아냈다. 화살은 아무것도 없는 곳에 떨어졌다.

사람이 화살에 맞지는 않았지만, 비명이 울렸다.

"으아아아아악!"

그러나 신은 피 냄새를 맡을 수 있었다. 신의 상상이 후각을 자극하고 있었다.

'코가 문드러질 거 같아.'

순간 신은 눈앞이 노랗게 아찔해지는 걸 느꼈다. 정신이 그만 돌아버릴 거 같았다. 여기서 한 발자국을 움직이면 헛발질을 할 거 같았다.

'아……'

신은 속에서 차오르는 욕지기를 억누르며 미간을 좁혔다.

"이립."

신 뒤쪽에 서 있던 이립 역의 이윤이 고개를 끄덕였다.

장내에서 대기하고 있던 군사들이 척척 움직였다.

신은 두통을 억누르며 싸늘한 눈빛으로 장내에 있는 사람들을 바라보았다.

"후대는 나를 이렇게 기록할 것이다. 미친 광기를 지닌 군이라고. 피의 군이라고. 형제를 죽이고 대신들을 죽이고 왕의 위에 오른 천하의 망나니라고."

그러나 사람들은 그가 영웅이라고 떠들 것이다.

난세를 구한 성웅이라고.

이것이 선과 악의 오묘한 단면이었다.

"하지만 나는 이 길을 후회하지 않는다. 이 길은 내가 선택한 길이기 때문이다."

신은 고개를 미약하게 끄덕이며 읊조렸다.

"이것이 내가 걸어야 할 피의 길이라면……."

이때 강렬한 두통이 일어났다. 바늘이 뇌를 쿡쿡 쑤시는 거 같다.

'윽.'

그러나 신은 주먹을 꽉 쥐며 강렬하게 외쳤다.

"난 피의 길을 걸을 것이다!"

순간 신 주위에서 광기의 소용돌이가 휘몰아치는 거 같았다.

사람들은 심장이 고양되는 걸 느꼈다.

그리고 이때!

서휘를 따르는 부하들이 검을 일제히 빼 들었다.

사람들의 비명이 울렸다.

사람들의 절규가 울렸다.

"끄아아아악!"

"으아아아아!"

'피 냄새가 정말로 강렬해.'

머리가 정말 어질어질했다.

이제 눈앞이 흐릿흐릿하게 보인다.

'조금만 더.'

신은 용좌에 다가갔다.

한 발자국.

그리고 또 한 발자국.

'더.'

거리는 가까웠지만, 신에게는 멀게만 느껴졌다.

'할 수 있어.'

신은 자리에 앉아 깍지를 꼈다.

이때, 신 주위로 쓸쓸하면서 고독한 아우라가 풍겨 나왔다.

지금 이 순간 아무도 신을 이해해 줄 수 없다.

'감히 누가 이 서휘를 이해할 수 있단 말인가.'

신은 고뇌에 찬 표정으로 중얼거렸다.

"천하에 있는 어떤 이도 나를 이해할 수 없다. 아니, 나조차도."

이윽고 신은 아득한 절망의 도상 위로 추락했다.

'아⋯⋯.'

신은 아득한 고독과 슬픔이 무엇인지 느꼈다.

그리고 이 비통한 마음을 대사에 담아내기로 했다.

"나는 피를 먹고 자라나는 괴물, '혈군'이니까."

이 자조적인 읊조림에 사람들은 뒤통수가 얼얼해지는 걸 느꼈다.

'와, 진짜 무슨⋯⋯.'

'말이 필요 없다.'

사람들은 지금 이 순간 신에게 '경외감'을 느끼고 있었다. 신 주위에서 범접할 수 없는 아우라가 맴돈다고 해야할까.

이한빈 감독은 속으로 중얼거렸다.

'그로토프스키가 말한 〈성스러운 배우〉가 이런 것이겠지.'

여기서 성스러운 의미란 종교적인 의미는 아니었다. 자기 자신을 희생하는 것이었다. 이 말처럼 지금 신은 배역으로 살아 숨쉬기 위해 자기 자신을 제물로 바친 상태였다.

'그러나 저 자신을 내던진다는 건 쉬운 일이 아닐뿐더러 누구나 할 수 있는 일이 아니기도 하지.'

한편, 이한빈 감독의 경우 신이 서휘라는 존재가 어떤 존재인지 몸소 내비칠 때 숨이 턱 막히는 걸 느꼈다.

'선과 악은 떼래야 뗄 수 없는 불가분의 관계.'

누군가는 서휘를 왕이 되기 위해 피의 역사를 쓴 미친 왕이라고 부를 것이고, 누군가는 난세를 평정한 영웅이라 부를 테다. 극명하게 대비되는 모순은 서휘라는 인물을 강렬하게 강조해주고 있었다.

'또, 이 부분에서 무엇보다 중요한 건 서휘의 고독함을 잘 드러내는 것인데, 표현하기 어려운 부분을 잘 나타냈어.'

그가 신에게 감탄한 건 표현력도 표현력이지만 신의 연기에서 이제는 세월의 풍미마저 느껴진다는 거다.

아무리 천재라고 하여도 세월이란 것을 뛰어넘는다는 건 참으로 어려운 일이었다. 한데, 이런 깊이가 느껴진다는 건⋯⋯.

'강신 씨가 "나는 피를 먹고 자라는 괴물, 혈군이니까."라는 대사를 외치는 대목에서 인생을 다산 고독한 절대자를 바라보는 거 같았고.'

신이 만들어낸 쓸쓸하면서 퇴폐적인 분위기와 인물의 대사 그리고 작중의 상황이 어우러지는 건 정말 환상적이었다.

'자신이 의도해낸 것인지 여러 상황이 만들어 낸 우연인지 잘 모르겠지만, 강신 씨 연기 인생은 이 〈광군〉 이전과 이후로 나뉜다고 해도 과언이 아닐 거야.'

이때, 그의 머릿속에서는 이와 비슷한 인상적인 연기를 보여준 한 배우가 떠올랐다.

'〈대부〉의 말론 브란도.'

그는 부와 권력을 가졌지만 지독한 회의감에 휩싸인 마피아 보스(돈 코르네오네)를 연기했다.

돈 코르네오네가 회의감에 휩싸여 있는 이유?

그는 제 고충을 함부로 털어놓을 수 없는 위치, 남들이 그를 이해해주지 못하는 위치에 있기 때문이었다.

서휘와 돈 코르네오네가 살아온 환경과 삶은 달랐으나 정상에 우뚝 선 인물이라는 점에서 보면 두 인물은 닮아 있었다.

또, 이 두 배역을 연기한 두 연기자 간에도 묘하게 공유되는 공통점이 있었다. 배역 인물에 깊이 빠져든다는 점이나 배우로서가 아닌 배역 그 자체 인물로 살아나는 것과 같은 것 말이다.

'이는 메소드 연기를 하는 연기자들의 특징이라 할 수 있겠지.'

이렇다고 신이 그의 연기를 베낀 건 아니었다. 신은 신만의 독자적인 연기를 하고 있었다. 다만, 신의 연기에는 '그'를 떠올리게 하는 구석이 있었다. 일종의 향기라고 해야 할까.

'그와 비교해도 부족함이 없을 정도로 지금 강신 씨의 연기는 완벽에 가깝다.'

물론 그의 생각이 이렇다는 거다. 다른 사람은 이에 대해서 다르게 생각할 수 있었다. 그러나 한 가지 확실한 건 신의 연기가 나쁜 연기인 건 아니라는 거다.

이한빈 감독은 문득 입안이 까끌까끌해지는 걸 느꼈다. 담배를 피우고 난 뒤의 텁텁한 맛이라고 해야 할까. 오늘따라 끊은 담배가 무척 댕긴다.

그는 허허 웃으며 중얼거렸다.

'대단하다는 말도 이제 나오지도 않는군.'

신이 연기를 정말 잘하다 보니 칭찬하기에는 이제 지쳤다. 그만큼 신이 이 광군을 통해 보여준 연기력은 정말 독보적이었다.

이한빈 감독이 생각했을 때 이제 국내 연기자 중에서는 신을 대체할 수 있는 연기자는 거의 없을 거 같았다.

'강신 씨가 이제부터 이뤄야 할 과제는 대가를 향한 위대한 발걸음을 내딛는 것이지.'

아마 쉽지 않은 길이 될 테다. 하지만 신은 앞날이 창창한 젊은이였다. 그가 볼 때 신은 잘해낼 수 있을 거 같았다.

'앞으로 향후가 기대된다.'

한편, 사람들은 무언가에 홀린 표정으로 신을 여전히 바라보고 있었다. 신이 보여준 황홀한 순간을 머릿속으로 상기하면서 음미하고 있는 것이었다.

이때 이한빈 감독이 말했다.

"컷!"

사람들은 정신을 뒤늦게 차렸다.

"자! 조금만 쉬고 촬영 다시 가봅시다!"

서휘가 왕가의 인물들을 도륙할 때 마네킹의 목을 베어야 했고, 사 왕자 서율이 화살에 꿰뚫리는 등 CG로 촬영할 게 또 있었다.

'흠⋯⋯.'

이한빈 감독에게 한편으로 드는 생각이 있었다. 지금 이 장면을 흑백으로 담아내면 어떨까 하고 말이다. 또 이런 생각도 들었다. 이 영화가 남자 향기가 물씬 나는 조폭 느와르였다면 어땠을까 하고. 어쩌면 말이 안 되는 작품이 탄생했을지도 모르는 일이지만, 그냥 만약이라는 가정에 두고 생각하는 것이었다.

'〈광군〉에서 명장면으로 불릴 장면이 탄생한 것만으로도 감독 입장에서는 고마워해야 하지만 아쉬운 건 아쉽군. 음, 일단 이전의 순간을 되살릴 수 있을지 모르겠지만, 당시의 감정 상태와 몰입을 주문해서 다시 한 번 더 찍어야겠어.'

그는 흐뭇한 표정을 지으며 신을 불러보았다.

"강신 씨."

한데, 신은 아무 대답도 하지 않았다.

신이 그가 부르는 걸 못들은 게 아닌가 싶어 이한빈 감독은 신을 또 불러보았다. 그러나 답이 없는 건 매한가지였다.

"하하. 배역에 몰입을 너무 하신 건가."

이한빈 감독이 신에게 다가갔다. 스태프 사이에서 대기하고 있던 박명우가 슬슬 나서기로 했다.

한편, 신은 지금 이 순간이 혼란스럽기만 했다.

'난 어디에 있는 거지?'

머리도 빙글빙글 돌고 눈앞도 어질어질하다.

'난 여기에 있지 않았어. 내가 지금 느끼고 있는 건 허구야. 가짜야. 상상이야.'

신은 배역에 헤어 나오면서 엄청난 상실감을 느끼고 있었다. 아까 배역과 하나가 되었었다. 그런데 여기서 벗어나니 우울해지기 시작했다. 너무 슬퍼서 가슴이 콱 막힌다.

신은 몸을 비틀거리며 중얼거렸다.

"난 해냈어. 난 다 터뜨렸어."

신은 무어가 그리 좋은지 히죽히죽 웃고 있었다.

"해냈다고!"

사람들이 보기에 신은 지금 미친 거 같았다. 이때 신의 눈동자가 강렬하게 번뜩였다.

이 눈빛에 마주한 사람들은 소름이 돋아 침을 꿀꺽 삼켰다. 지금 이 순간 신은 광기에 휩싸인 거 같았다.

이때, 이한빈 감독이 신에게 다가와서 말문을 열었다.

"가, 강신 씨! 괜찮으세요?"

신은 눈물을 뚝뚝 흘리며 그를 바라보았다. 신의 급작스러운 감정변화에 이한빈 감독은 물론 스태프 모두가 당황했다.

"강신 씨!"

신의 눈에는 피를 뒤집어쓴 인물이 보였다. 몸 전체로 피가 뚝뚝 흘러내리고 있었다.

이한빈 감독이 볼 때 신은 어딘가 멍한 표정을 짓고 있었다.

신이 고개를 저으며 중얼거렸다.

"저리 가…."

"네? 강신 씨?"

"나에게서 떨어져. 떨어지라고. 괴물."

이한빈 감독이 신에게 손을 내뻗자 신은 발악했다.

"이거 놔! 이거 놓으라고!"

이윽고 신이 소리를 내지르기 시작하자?사람들이 웅성거리기 시작했다.

"이게 무슨 일이야."

"혹시 미친 건가?"

"강신 씨. 강신 씨!"

"저리 가! 저리 가라니까! 나에게 오지 마! 이 빌어먹을 것들!"

신은 이를 부득부득 갈았다.

"일단 진정하시고 우리 침착하게 얘기해봅시다."

"이야기할 거 없어요. 이야기할 거 없다고!"

이때 박명우가 신에게 소리를 내질렀다.

"강신!"

신이 소리 나는 쪽을 바라보며 발악하는 걸 멈췄다.

"너무 어질어질해요. 미칠 거 같아요."

"그래, 안다. 내가 뭐라고 했지?"

"뒷일을 맡기라고 했죠."

"지금이 그때다."

박명우가 신에게 다가가자 신은 다른 사람과 달리 반항하지 않았다.

그리고 이때 신은 긴장이 풀린 것인지 자리에 쓰러졌다.

'고생 많았다, 녀석.'

박명우는 안쓰러운 눈빛으로 신을 바라보고는 어수선한 장내를 정리하기 시작했다.

"일단 119부터 부르시기 바랍니다."

"아……."

사람들이 우물쭈물하자 이한빈 감독이 장내를 향해 호통쳤다.

"지금 뭣들하고 있는 거야!"

그는 곧이어 신이 보인 행동에 대해서 단단히 입막음을 하라고 일렀다.

"혹여나 강신 씨에 대해 안 좋은 말이 돌면 안 됩니다. 우리 다 죽는 겁니다. 우린 한 배를 탄 공동쳅니다. 아시겠죠?"

그는 특히 공동체를 강조했다. 사람들이 겁을 먹은 표정으로 고개를 끄덕였다.

이때 박명우가 빙긋 웃으며 사람들 앞에 나섰다.

"여러분, 놀라지 마세요. 강신 씨는 저에게 이전부터 배역 몰입에 관한 후유증으로 상담해오고 있었습니다. 아실 분들은 아시겠지만, 배역에 깊게 몰입하면 할수록 정서적으로나 인격적으로 혼란을 많이 겪습니다. 이는 연기력이 뛰어난 배우에게서 많이 보이는 증상입니다. 할리우드에서도 이런 몇몇 사례가 있었습니다."

박명우가 찬찬히 설명하자 사람들은 신이 보인 반응에 대해 침착하게 수긍하기 시작했다.

"맞아, 그렇지."

"얼마나 연기를 열심히 했으면……."

"게다가 요즘 여러 일이 있었지 않았잖습니까. 정신적으로 힘든 것도 있을 테고요. 이런 것들이 강신 씨의 무의식에 작동한 기제가 된 게 아닐까 생각합니다."

박명우는 중간마다 어려운 용어를 섞어가며 전문의처럼 보이게 했다.

사람들은 그의 유창한 언변과 능숙한 행동에 깜빡 속아 넘어가 신이 그럴 수 있겠다 생각했다.

'불쌍해라.'

'그러고 보면 나이도 어린 편인데…… 고생도 많이 하고.'

사람들은 안타깝다는 눈빛으로 신을 바라보았다.

'이로써 잘 정리되었군.'

박명우는 이한빈 감독을 따로 불러내어 몇 가지를 당부하기로 했다.

"여기 주위에 있는 기자들이 강신이 쓰러졌다는 걸 알게 될 겁니다. 그들이 인터뷰하자고 하면 말을 아끼시다가 '요새 이런저런 일로 마음고생이 심했다.' 라고 넌지시 말씀하시면 됩니다."

박명우가 이 말을 하는 건 신에 대한 긍정적인 여론을 조성하기 위해서였다.

"그리고 신이에 대해 걱정하실 거 없습니다. 안심하시기 바랍니다."

"그나저나 당신은 누구시죠?"

박명우가 그의 귀에 조그맣게 말했다.

"신이의 못난 애비입니다."

이한빈 감독은 깜짝 놀란 표정을 지었다.

'강신 씨에게 친부가 있었어?'

친척들이 신의 가정사에 대해 까발리면서 신이 고아라는 게 외부에 공표된 상태였다. 그런데 친부가 있다는 건 정말 빅뉴스였다.

'강신 씨가 기자회견 때 발표할 게 아버지가 있다는 것인가?'

사실 이보다 더 커다란 게 있었다.

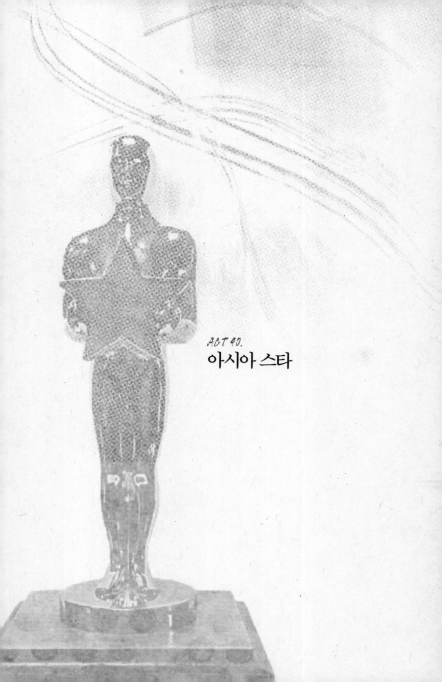

ACT 40.
아시아 스타

아시아 스타

신은 촬영지 근처에 있는 병원으로 후송되었다. 신이 혼절했다는 소식에 이강우, 이수연, 조광우가 한걸음에 달려와 신을 걱정해주기도 했지만, 이 소식을 듣고서 누구보다 한걸음에 달려온 여인이 있었다.

예리였다.

그녀는 박명우와 만나자마자 일이 어떻게 된 것인지 자초지종 물었다.

"어떻게 된 거예요? 아버님?"

"과로 좀 한 거다."

이윽고 그는 신이 연기하면서 겪은 고충과 배역을 소화해내면서 체험했던 정체성 혼란에 관해 이야기를 해주기 시작했다. 예리는 신이 지닌 문제에 대해 알 자격이 있었다.

예리는 박명우의 이야기를 듣고는 속상하다는 표정으로 말했다.

"전 신이가 그런 걸 겪는 줄 몰랐어요. 저한테 티 내지 않았으니까요."

"다 이유가 있었다. 깨어나면 화내지 말고 안아주렴. 신이에게는 그게 가장 필요할 테니까."

예리는 훌쩍훌쩍 울며 대답했다.

"네… 큰 문제가 있는 건 아니겠죠?"

"걱정하지 마라. 곧바로 퇴원할 수 있을 거니까."

다행히 신은 진정된 상태로 깨어날 수 있었고, 당분간 휴식을 취하기로 했다. 이는 〈광군〉 촬영진의 심사숙고가 담긴 결정이기도 했다.

신은 추후 이강우에게서 정신과 상담을 받기로 하고 퇴원 절차부터 밟기로 했다. 그리고 주변 사람에게는 공기 좋고 물 좋은 곳으로 당분간 요양한다는 핑계로 둘러대고는 지리산 근처에 있는 별장으로 이동했다.

"이제 준비되었다."

박명우는 신의 입에 부드러운 재갈을 물렸다. 이는 신이 발작을 하다가 혀를 깨무는 걸 방지하기 위해서였다.

그리고 박명우는 신의 손과 발을 꼼꼼히 묶었다. 자해할지 몰라서였다.

"지난번보다 고통스러울 거다. 아마 죽고 싶어질지도 모른다."

이후, 신은 며칠 밤낮 동안 환각과 환청에 내리 시달렸다. 박명우의 말 대로? 정말이지 죽을 거 같았다.

그리고.

신이 정신을 차릴 즈음이었다.

박명우는 꾀죄죄한 몰골로 신에게 미소를 지으며 말했다.

"축하한다."

신의 입가에 희미한 미소가 맺혔다.

'…이제 이걸로 된 건가.'

"이제는 이전 때처럼 공황에 휩싸이지는 않을 거다."

배역에 몰입하면서 감정적으로 영향받는 건 연기자로서 겪어야 하는 필연적인 숙명이다. 이전에는 이런 문제가 심각하게 다가왔지만, 광기에 휩싸인 이후로는 이 정도 고충은 애교 수준처럼 느껴졌다. 어떤 의미에서 정신적으로 성숙해지는 계기가 되었다고 해야 할까?

'으으, 그래도 그건 정말 두 번 다시 겪어보고 싶지 않은 경험이었어.'

생각만 해도 몸이 부르르 떨린다. 배역에 격정적으로 몰입했을 때 눈앞에는 피를 흘리는 사람들의 잔상이 아른거렸고 피 냄새가 코를 찔러댔다. 지금도 피 냄새가 어렴풋이 날 정도니 말 다했다.

솔직히 말해 이런 강렬한 경험을 해보는 건 〈양과 늑대〉 남민수 이후로 처음이었다. 이는, 서휘라는 캐릭터가 정말로 강렬한 개성을 지닌 인물이라는 걸 뜻하기도 했다.

한편, 신은 제 몸에서 쿰쿰한 냄새가 나는 걸 맡고는 미간을 좁혔다.

"그보다 냄새 장난이 아니네요."

"몸 안에 있는 독소도 바깥으로 빠져나온 거다."

이전보다 몸이 가벼워지고 머리가 맑아진 거 같다.

"좀 상쾌한 거 같기도 하고. 아, 그리고 제가 먹을게요."

"그러려무나."

박명우가 신에게 미음이 담긴 그릇을 내밀었다. 신은 그릇을 받아들고 미음을 먹기 시작했다. 박명우는 흐뭇한 시선으로 신을 바라보았다.

'녀석….'

박명우는 신을 붙잡고 탕약을 억지로 먹이는 등 끼니때와 상관없이 밥을 계속해서 떠먹여 주었다.

신은 이를 꾸역꾸역 먹기는 했지만, 자꾸 토해냈다. 그러나 박명우는 이에 굴하지 않았다. 체력을 계속해서 보강해주지 않으면 부작용을 이겨내도 몸이 크게 상할지도 몰랐기 때문이었다.

신도 박명우가 지극정성을 다하며 자신을 보살폈다는 걸 모를 리 없었다. 이따금 신이 제정신이 들 때 박명우가 신을 보살피는 걸 똑똑히 바라볼 수 있었으니까.

신도 사람인 이상 고마운 감정이 자연스레 들기 마련이었다.

'미워할 것과 고마워할 건 구분해야겠지.'

다만 이 고마움을 말로 티를 내는 건 좀 그랬다.

박명우도 마찬가지였다. 그의 입장에서는 당연히 해야할 의무를 한 셈이었으니 생색내고 싶지 않았다.

감정 표현이 서툰 두 사람 사이로 침묵이 흘렀다. 그러나 이 정적은 백 마디의 대사보다 강렬했다.

사실 이 두 사람에게는 말은 필요 없었다. 서로의 감정 구체를 바라보며 어떤 감정을 품는지 알 수 있으니까.

일단 이번 사건을 계기로 확실해지게 된 건 두 사람 사이는 이전보다 더 가까워지게 되었다는 거다.

한편, 박명우는 이제 때가 서서히 다가오고 있음을 직감했다.

'신이의 곁을 떠날 때가 슬슬 왔구나.'

신은 하늘을 날 본격적인 준비가 된 새였다. 어른이 된 자식 새는 부모 새 곁을 떠나기 마련이었다.

뭐, 박명우의 경우 일반적인 부모 새들과는 달랐다. 신에게 이렇다 할 무언가를 가르쳐준 게 없었으니까.

그가 이런 도움을 줬다고 해서 신에게서나 용서받을 생각도 없고 아버지 구실을 받고 싶은 것도 아니고 마음이 편해지려는 것도 아니었다.

박명우가 신에게 바라는 건 이거 하나다. 그와 같은

삶을 살게 하지 않는 것.

'그래, 단지 이뿐이다. 이제 도움을 줬으니 나는 이제 떠나면 된다.'

비극적인 삶을 사는 건 그 혼자면 되었다.

'떠나기 전에 이제 '대결'을 준비해야겠지.'

박명우는 재밌는 '대결'을 구상하는 중이었다.

천하의 신이라고 하더라도 곤욕에 빠트릴 '시련'이었다.

'네가 이 내기의 핵심을 과연 깨달을 수 있을까.'

박명우는 이 대결에서 신이 어떤 연기를 보여줄지 기대되었다. 여하튼 신은 생각보다 몸을 빨리 추스를 수 있었다. 박명우의 보살핌으로 몸이 상한 것도 없었고 말이다.

이후 신은 기자회견을 열기로 했다. 지금 시점에서 기자회견을 여는 게 느리다고 할지 모르겠지만. 중국에 있을 당시 국내로 곧바로 들어와 기자회견을 열어 사태에 직접적인 대응을 했다면 역풍을 맞거나 진흙탕에 빠질 수도 있었다.

그렇기에 신은 때가 무르익기만을 기다렸다.

'이제 반전의 서막이 찾아왔구나.'

신은 기자회견 당일 이런 내용을 발표했다.

첫 번째, 아버지 박명우에 대한 대체적인 언급이었다.

이 발표는 그의 존재를 인정하는 것이기도 하지만 어머니 강한아를 위한 것이기도 했다. 그녀는 평생 그를 추억

했으니까.

박명우를 인정하지 않는다는 건 누워서 침 뱉기였다. 그와 그녀의 사랑을 부정하는 것이기도 했고 신 자신을 부정하는 것이기도 했다.

이 깜짝 발표에 기자회견장이 발칵 뒤집혔다.

신에게 아버지가 존재한다는 건 여태껏 공표되지 않은 사실이었기 때문이었다.

이보다 더 놀랄 게 있었다.

녹음 파일 공개였다.

이 녹음 파일은 강한아가 신 앞으로 유산을 남긴 이후 친척들과 이강우가 벌였던 다툼을 신이 녹음한 것이었다. 신은 이 날을 결코 잊고 싶지 않았고 계속해서 되새기고 싶었다.

그리고 신이 첫째 내용과 둘째 내용을 이어 제 가정사에 대해 담담히 말하자 기자회견장에서는 안타까움이 깃든 탄성이 흘러나왔다.

이때, 한 기자가 신에게 이렇게 물었다. "어머니가 돌아가신 거 같은 가정사를 왜 진작 공개하지 않았습니까?"라고. 이에, 신은 "지금에 와서 말하는 것이지만 제가 데뷔하고 나서 예능 프로그램에 나와 이런 가슴 아픈 이야기를 할 수 있었을 겁니다."라고 대답했다.

솔직히 신의 말이 맞았다. 이런 감성 코드는 사람들의 가슴을 적시는 데 아주 적격이었으니까. 지난날 신이 이리하지 않은 것에는 이유가 있었다.

"저는 배우가 지향해야 할 건 연기 외적인 것으로가 아닌 오로지 연기로 말하는 것으로 생각하기 때문입니다. 또, 이것이 배우의 본질이 아닐까 싶기도 하고요. 전 이런 이야기를 함으로써 사람들에게서 박수를 받기보다 무쏘의 뿔처럼 묵묵히 다가가고 싶었습니다."

신은 이렇게 입장을 일축했다. 이 말에 기자들은 신이 참으로 개념 차다고 생각했다.

셋째는 '갑질' 논란에 대한 입장이다.

건물주인 신이 세입자들에게 곧바로 나가라고 한 것이 아닌 것이 사실관계로 통해 이미 밝혀진 상황(이 사실이 밝혀지면서 사람들은 세입자들이 신을 물고 늘어지는 게 돈 때문이 아니냐는 말을 하며 세입자들을 비판하기 시작했다.)에서 악의적인 루머를 퍼뜨리고 명예를 실추한 데에 신 측에서는 명예훼손 소송을 제기하겠다는 것이었다.

넷째, '악플러'에 대한 강경한 대처였다.

신은 이 고소를 통해 얻는 합의금은 사회에 모조리 기부한다고 했다. 이때 기부단체를 통해 기부하기보다 도움이 직접 필요한 사람들을 찾아가서 기부하기로 했다. 이것만이 아니었다. 투명성을 위해 명세서를 전부 공개하기로 했다.

신의 의도는 이랬다. 푼돈 벌려고 악플러를 고소하는

게 아니니 저 자신이 내는 돈이 기부금으로 쓰이는 게 싫다면 자신을 건드리지 말라는 것이었다.

그리고 이 기자회견이 발표되면서 신에 대한 여론은 순식간에 반전되었다. 신에 대한 호감도가 이전보다 상승하게 되는 건 당연했다. 이렇게 신은 '국민 오빠'라는 아이콘으로 굳어지게 되었다.

한데, 난관이 있었다. 봉사 활동 규모가 신 혼자서 해낼 수 있는 차원이 아니라는 거다.

예리와 지원이 도와준다고 해도 일손이 모자랐다.

'내 개인적인 일을 벌이는 건데 회사에 손을 뻗을 수도 없고……'

이에, 신의 팬클럽 '신화'가 '우리 강신 오빠 우리가 도우죠.' 하면서 발 벗고 나서기로 했다.

신화 팬클럽 회원들은 그동안 사람들이 신을 욕하는 게 속상하기만 했다. 제 동생을 때려도 자신이 때려야 하듯, 신을 욕을 하더라도 자신들이어야 했다. 생판 남이 제 동생을 때리는 건 용납할 수 없는 일이었다.

어쨌건 스타가 욕먹는 건 팬에게도 책임이 있는 법!

이들은 이번 기회에 신과 신의 팬덤이 얼마나 좋은 일을 하는지 사람들에게 널리 알려 주고 싶었다. 팬클럽 회원들은 봉사활동에 적극적으로 나서기로 했다.

이왕 이렇게 된 거 신은 게릴라 팬 미팅도 하기로 했다. 그리고 팬들에게 '역조공'이라는 것을 하기도 했다.

이후 신은 팬클럽과 함께 사랑의 연탄 봉사도 하고 '사랑의 집짓기'라는 걸 해보기도 했다.

사랑의 집짓기란 비닐하우스나 컨테이너와 같이 열악한 환경에 거주하는 사람들에게 집을 새롭게 지어주는 것이었다. 조립식 건물이라서 그렇게 큰 비용이 드는 건 아니었다.

신에게서 도움받은 사람들은 신의 손을 꼭 붙잡고서 신에게 깊은 감사를 표했다.

이에, 신은 어떻게 하면 사람들을 좀 더 도울 수 있을까, 이 사회가 좀 더 따뜻해질 수 있을까 고민했다.

'역시 재단이라도 설립해야 하나.'

기관을 하나 설립하여 이런 활동을 장기적으로 해나가는 것도 나쁘지 않을 거 같았다.

'앞으로 돈 더 많이 벌어야겠네.'

휴식 시간 동안 이런저런 일을 하니 몸이 고되고 지치기도 했지만 나쁘지 않았다.

'기쁨을 나누면 나눌수록 기쁨이 배가 된다더니 그 말이 딱 맞아.'

한편, 사람들은 신이 좋은 일을 한다는 소식을 전해 듣고는 신이 활동하는 곳에 찾아와 자원봉사자를 자처하기도 했다. 신은 사람들의 참여에 마음이 따뜻해지는 걸 느꼈다.

'세상 아무리 삭막하다고 해도 세상 아직 살만하구나.'

신은 중얼거렸다. 법 없이도 잘 사는 사람들이 있기에 사회가 잘 돌아가는 것이겠지.

뭐, 일부 사람들의 경우 신이 하는 봉사 활동을 선인 코스프레를 한다고 까기도 했지만 신은 이런 반응에 크게 신경 쓰지 않기로 했다.

이러는 한편, 기자단이 찾아와 신을 인터뷰하기도 했다. 이 인터뷰가 방송을 타게 되면서 신은 유니세프로부터 홍보대사 제의를 받게 되었다.

신은 이 제의를 고심하다 이를 수락하기로 하고 아무런 출연료를 받지 않고 유니세프 홍보 영상에 출연하기도 했다. 목소리 기부라는 것도 하기도 했는데 참으로 보람 있었다.

거센 폭풍이 한차례 지나가선지 좋은 일을 해선지 모르겠지만 신은 마음에 평온이 찾아오는 걸 느꼈다.

또, 신은 뭔가 어른이 된 거 같기도 했다. 사람이란 어떤 존재인지, 인생이란 무엇인지, 세상을 이전보다 좀 더 넓게 보게 된 거 같다고 해야 할까.

'혹시 과몰입에 인한 부작용에서 벗어나서 이렇게 된 걸까.'

신은 사경을 헤매게 되면서 삶과 죽음이란 것에 깊게 고찰했고 겸허해지는 부분이 있었다.

'나는 결국 인간이지. 하지만 무한한 가능성을 지닌 인간.'

세상에 대한 새로운 사고가 트이는 건 당연한 걸지도 몰랐다.

이런 깨달음도 잠시, 신은 〈광군〉을 촬영에 돌입하기로 했다. 신이 출연하는 부분에서 막바지를 가하기로 한 것이다.

이러던 차에 〈광군〉의 첫 번째 트레일러 영상이 공개되었다.

SNS에서 꽤 좋은 반응이 나왔다. 페이지 북에서 LIKE 개수만 해도 10만 개가 넘어가고 있었다. 사람들의 호응도 그렇고 'W튜브'에서도 그렇고 기세가 심상치 않았다.

트레일러 영상을 본 페이지북 유저들의 반응은 이랬다.

이민희 이 영화 오지는 각이구연ㅋㅋㅋㅋ 강신 연기 완전히 물올랐고요. 정말 지리는 부분이구연. 형님들 〈광군〉 천만 관객 돌파 인정하시죠? IJ : 인정합니다!

ㄴ 조민석 뭐냐 이 초딩은?

ㄴ 이제운 요새 유행하는 휴먼 급식체임.

조진우 강신 연기 완전히 농익은 거 같다. 광기에 미친 거 같다.

이연희 @임지수 이거 완전 기대중 ㅋㅋㅋ

ㄴ 임지수 기대하지 말고 보러 가자. 기대 크게 하고 가면 눈높아짐.

이 밖에도 의견은 '영화 배급사가 하필 문화 깡패 IJ라니 또 상영관 밀어주기 시작되겠다.', '견적 보니 천만 관객 찍을 거 같다.', '방대한 스케일의 이야기인데 영화에다 녹았을지 걱정이다.' 등등 다양한 편이었다.

☆　★　☆

신의 촬영 일정은 이랬다. 중국에서 한번 촬영하고 한국에서 또 촬영해야 했다. 그리고 지금 신이 촬영할 장면은 서휘와 여운위가 강렬하게 부딪히는 장면이었다.

이 부분이 〈광군〉에서 화려한 꽃봉오리를 터뜨리는 부분이기도 했다.

〈광군〉의 시기상으로는 이렇다.

서휘가 중에서 한으로 군대를 이끌고 한 왕가의 인물을 몰살하고 왕위에 오르기 전이었다.

〈광군〉의 촬영장소는 중국 우한.

신은 새까만 군마를 타고 대규모 결투 리허설을 하고 있었다.

'이게 뭐지……?'

신은 새로운 경험을 하고 있었다.

'이전보다 감각이 더 예민해지게 된 건가?'

배역에 몰입하고 있으니 감각적으로 꿈틀거리는 날 것을 느낀다고 해야 할까.

이 추상적인 묘사에서 좀 더 구체적인 묘사를 해본다면…….

'지금 극의 흐름이 보다 감각적으로 느껴지는데. 아니, 감각 자체가 확 깨어난 건가……?'

신은 속으로 혀를 내둘렀다.

'허…….'

본디 극의 상황 속 분위기란 게 극의 상황에 따라 변하기 마련이다.

이제 배우는 연기를 하다가도 극적 분위기를 느끼게 되면서 배역에 좀 더 몰입할 수 있게 되는 것이기도 했다.

그리고 연기자들은 이 일련의 과정에서 제 내면에 있는 감각 다발들을 일깨운다.

이 감각이라는 건 어느 정도 타고나야 하는 부분이 있었다. 그러나 이 감각적인 부분은 모두가 타고나는 건 아니었다.

이에 관해 스타니슬랍스키는 상황연습을 반복하면서 상황에 따른 감각을 몸으로 느끼고 기억해야 한다고 했으며, 연기를 펼칠 때 이 감각적인 재료를 능수능란하게 끄집어내어 다룰 수 있어야 한다고 말했다.

아무튼, 극의 분위기나 상황 같은 걸 느끼는 '감각' 자체가 깨어나면 어떻게 될까. 극의 상황이나 분위기 자체를 감각적으로 좀 더 느낄 수 있을 터였다.

그리고 신은 극적 상황에 따라 이렇게 느꼈다.

'즐거울 분위기일 때 탄산 같이 톡 쏘는 거 같이 느껴지고 진중한 분위기일 때 몸 위에 바위를 누른 듯 무겁게 가라앉는 거 같이 느껴지고……'

이때 신은 문득 의문이 들었다.

'아버지는 내가 이런 걸 체감하게 될 걸 알았을 텐데 왜 이거 진작 말해주지 않았을까?'

그는 신이 알아서 깨우치면서 잘해낼 거로 생각한 것일까.

'흠, 혹시 말해주지 않은 건 연기 대결과 관련된 내용이라서 그런 걸까?'

신은 제 생각이 맞는 건가도 싶었지만 긴가민가했다.

'나중에 가보면 알 수 있겠지.'

신은 말을 스태프가 가리키는 방향으로 몰며 땅 위를 내달렸다. 땅 위는 아무것도 존재하지 않는 허허벌판이었다. 여기에 땅이 좌우로 시원하게 쫙 펼쳐져 있기도 하니 신은 가슴이 확 트이는 걸 느꼈다.

'땅덩어리도 넓은 게 확실히 대륙답다 싶네.'

신이 느끼는 걸, 신이 타고 있는 흑색 군마도 느끼고 있었다.

땅 위를 힘차게 달리던 말이 투레질을 내뱉었다.

히이이이이잉!

그리고 이때, 오위썬 감독은 손으로 사각 틀 형태를 만들어내며 신이 말 타는 모습을 담아냈다.

"아, 미치겠네, 정말. 그림이 딱 나와."

카메라로 신의 모습을 어서 담아내고 싶었다.

그가 이렇게 생각하는 건 신에게 콩깍지가 쓰인 것도 있을 테지만, 갈기가 번지르르한 군마를 타고 창을 들고 있는 남자의 모습은 누가 봐도 멋진 장면이었다.

'크.'

여기에 신이 웬만한 액션 연기는 대역 없이 소화하겠다는 열의까지 내보였으니 오위썬 감독이 신을 예쁘게 볼만도 했다.

한편, 사람들은 신이 말을 이렇게나 능숙하게 다루는 것에 놀라워했다. 말을 잘 다루는 게 뜻밖이라기보다 신이 타고 있는 말이 다루기에 사나운 말이었기 때문이었다.

사람을 제 등에 함부로 태우지 않던 그 고고한 말이 신 앞에서는 얌전하게 구는 건 뜨악할 만할 장면이었다.

이건 약과였다.

신과 군마는 서로 얼굴을 부대끼며 교감을 나누는 듯싶더니 말은 신이 제 몸 위에 타는 걸 허락하기까지 하는 대목에서는 정말…….

'거참, 감독한 지 어언 몇십 여년인데 말까지 능숙하게 조련할 줄 배우는 처음 보는군.'

한편, 배우들이 일차 리허설을 끝마치는 사이 촬영준비가 완료되었다.

〈광군〉 촬영진은 여운위와 서휘간의 격돌이 일어나기 전 부분을 촬영하기로 했다. 이에, 촬영 스태프와 배우가 촬영장 막사 내부로 이동하기로 했다.

신 같은 경우에는 지금 당장 촬영이 없으니 이한빈 감독을 비롯한 배우들과 함께 연습을 계속하기로 했다. 장면이 장면이니만큼 손발을 맞춰야 할 부분이 많았다.

그리고 막사 안.

"레디! 액션!"

슬레이트가 탁 부딪쳤다.

카메라가 막사 내부를 담아내며 쯔 위의 상반신을 중점적으로 담아냈다. 쯔 위는 상위에 있는 종이들을 바라보며 무언가 마음에 들지 않는 것인지 미간을 좁히고는 책상 위를 툭툭 쳤다.

그리고 이때!

부하 단역이 막사 안으로 들어왔다.

"승상…! 승상!"

표정도 딱딱히 굳고 행동이 크고 호흡이 거칠어 보이는 것이 심상치 않은 대사를 내뱉을 거 같았다.

그는 숨을 골라 내쉬며 바닥에 무릎을 구부리고는 왼쪽 주먹을 오른쪽 바닥에 갖다 대며 말했다.

"부사령관이 위 황가의 명령을 불복종하고. 회군하였다고 합니다!"

지금 중의 상황은 전쟁이 발발하게 되면서 좋지 않았다.

이 전쟁의 시초는 중이 인근 나라들과 갈등이 일어나던 순간이었다. 이에, 중은 외교단을 인근 나라에 보내기도 하였지만, 어찌 된 게 관계에 있어 발전된 것이 없었다.

한번 나빠지기 시작한 관계는 어느 순간부터 급속도로 나빠지기 시작하더니 나중에는 걷잡을 수 없게 될 지경까지 되었다.

이런 난세 속에서 영웅이 등장하는 법이었다.

안정의 시대는 저물어버리고 각각의 지방에서 영웅들이 기지개를 켜고 일어나는 군웅할거의 시대가 시작되었다. 이 때문에 대륙 전체는 더더욱 혼란스러워지게 되었다.

천하의 중심무게가 급속도로 무너지는 지금이야말로 여운위를 잡아먹을 최고의 기회. 때문에, 서휘는 여운위의 목덜미에 이빨을 들이밀 작정이었다.

한편, 쯔 위는 화를 내지 않고 담담한 표정으로 입을 열었다.

"어떻게 된 것인지 자초지종 말해 보아라."

쯔 위는 단역이 말해주는 말을 듣고 평정을 애써 유지하려고 했다. 그러나 입가가 파들파들 떨렸다.

"후우……."

승상 여운위가 여기서 화를 크게 내지 않는 이유가 있었다.

그 또한 서휘가 범 새끼라는 걸 잘 알고 있었기에 그의 마음속에서는 서휘라면 언젠가는 이런 짓을 벌일지 모른다고 막연하게 생각하고 있었기 때문이었다.

사실 그는 기미가 보이면 싹을 밟아버리는 성격이었다.

그동안 서휘를 살려둔 건 글쎄 뭐라고 해야 할까.

자기 자신을 보는 거 같다고 해서라고 해야 할까.

아니면…….

쯔 위는 여운위에 대한 인물이 처한 상황에 몰입하면서 여운위가 생각하고 느낄 것들을 속에서 떠올려냈다.

'배신을 막연하게 생각하는 것과 배신을 직접 맞이하는 것에는 큰 차이가 있지.'

그는 여운위가 느낄 미묘한 심리와 생각을 표정 연기로 잘 드러냈다. 이를 바라보던 오위썬 감독은 만족스러운 표정을 지었다.

'역시 쯔 위는 여운위 그 자체다. 인물에 대해 깊이 이해하고 있으니 인물이 어떻게 잘 드러낼지 알고 있어.'

그는 여운위를 이해하기 위해 여운위가 입는 옷을 입고서 잘 정도였다. 신도 신이지만 배우들도 최고의 영화를 만들기 위해 정말로 노력하고 있었다.

그러던 이때 장내에 정적이 멎었다.

쯔 위가 말문을 조용히 열었다.

"그보다 자네……."

어투는 조용하지만. 인상은 일그러져 있었다.

심상치 않은 일이 벌어질 게 분명했다.

"자네가 들고온 전보가 내 귀가 부정을 탄 거 같으이."

이때 엑스트라 단역 두 병사가 막사 내부로 들어섰다.

남자가 손바닥을 비비며 말했다.

"스, 승상! 부디 목숨 사, 살려주십시오! 제발… 저에게 병든 노모와 여우 같은 마누라가 있습니다!"

남자의 애원에 쯔 위는 코웃음을 칠 뿐이었다. 두 병사도 이에 아랑곳하지 않고 남자를 끌고 바깥으로 데려갔다. 남자는 거세게 발버둥 쳤으나 이는 헛된 발악에 불과했다.

"이 나쁜 놈! 천하에 얼어 죽을 뒈져버릴 놈!"

쯔 위는 싸늘한 눈초리로 남자를 바라보고는 먹을 벼루에 갈았다.

슥. 슥.

먹이 갈리는 소리가 심신을 가라앉게 한다. 쯔 위는 입가에 미소를 띠며 붓을 들고는 먹에 푹 찍었다. 그리고 화선지 위에 그림을 그리기 시작했다.

천천히 이어지던 손놀림이 격정적으로 변했다.

그림의 형체는 용을 슬슬 갖춰갔다.

잠시 후, 남자 비명이 울렸다.

"으아아악!"

쯔 위의 붓놀림이 멎었다.

그림의 내용은 여의주를 지니고 하늘 위로 날아오르는

용이었다.

"내 그대의 넋을 위로하는 걸 아직도 잊지 않고 있나
니……."

그는 자리에서 일어나 검집을 바라보았다. 카메라도 그
의 움직임을 따라갔다.

쯔 위가 검집에서 검을 꺼냈다.

이윽고 그는 중앙 쪽에 위라는 한자가 적힌 붉은 천을
힘있게 잘라내었다.

"…내 그놈의 목을 친히 베고 황제 자리에도 오르고 말
리라!"

거친 고함과 함께 반으로 갈라진 붉은 천이 거칠게 펄
럭였다.

카메라가 천이 반으로 갈라지는 걸 담아냈다.

여기서 컷은 디졸브라는 기법과 함께 다음 장면으로 자
연스레 전환될 예정이었다.

"컷! 다음 장면으로 곧바로 가봅시다!"

서휘 군대와 여운위 군대 간에서 벌어지는 전투 신은
장장 이십여 분이나 되었다. 이렇기에 전투 규모는 꽤 컸
고 웅장했다.

광군 촬영진은 촬영에 들어가기 전부터 이 부분을 '건
곤일척'이라고 불렀다. 이 대목을 '건곤일척'이라 부르는
이유는 하늘과 땅, 천지를 두고서 거나한 한판을 벌이는
싸움판이었기 때문이었다.

하늘이 울리고 땅도 뒤집힐 정도의 전투. 장면도 장면인지라 광군 촬영진은 이 부분에 총력을 기울이기로 했다. 이 장면의 구체적인 그림을 잡는 데만 해도 며칠이 걸렸다.

리허설을 하고, 또 하고…….

주조연 배우와 단역 배우들 그리고 촬영진까지 포함하여 수백 명 되는 인원이 드넓은 황야에 구르는 건 쉬운 일이 아니었다.

육체적으로 정신적으로 고되기는 했지만 계속해서 부딪혀야 했다. 최고의 장면을 만들기 위해서 말이다.

〈광군〉에 참여하는 사람들 모두가 한마음 한뜻이 되었다.

신은 수십 명의 인원과 함께 뒤엉키고 또 뒤엉켰다.

그러나 이 '대결'에서 가장 중요한 대목은 여운위와 서휘가 일대일로 한판 붙는 부분이었다.

이 부분이 살아나지 않으면 서휘가 후반부에 광기를 터뜨리는 부분도 살아나지 못했다.

어떻게 본다면 이 부분이야말로 극의 클라이막스에 해당하는 부분이라 할 수 있었다.

그리고 지금 이 순간.

쯔 위와 신은 마지막 컷을 남겨 두고서 서로 바라보고 있었다.

두 사람 얼굴은 그동안의 고된 강행군 때문에 꾀죄죄한 건 물론 표정에는 지친 기색이 역력했다.

영화 설정상 이 둘은 밤낮 할 거 없이 며칠을 지새우며 싸운 상황이다. 한데, 얼굴이 깨끗하고 생동감이 넘치면 이상할 터였다.

이제 이 정도의 사실성은 있어야 극의 현장감이 살아나는 법이기는 하지만 현장에 서 있는 두 사람으로서는 지금 상황이 죽을 맛이었다.

'쉬고 싶다.'

'아……'

한데, 촬영장 스태프들의 눈에는 이 두 사람은 배역으로서 찬란히 빛나고 있었다. 아이러니한 사실이었다.

'어서 끝나면 좋겠다.'

'아, 이거 끝나면 한국으로 돌아가서 돼지국밥에 고춧가루 팍팍 뿌려서 김치 얹어서 먹어야겠다.'

어서 쉬고 싶다는 생각과는 달리 연기를 대하는 두 사람의 태도는 진지하기만 했다.

'조금만 더!'

오위썬 감독은 덥수룩하게 난 턱수염을 매만지며 속으로 중얼거렸다.

'여기서 조금만 더!'

이때 쯔 위의 말문이 열렸다.

"드디어 네놈을 잡았구나."

그는 입가에 미소를 지으며 신의 목젖에 검을 겨누었다. 검을 쥔 그의 손은 떨리고 있었다. 지금 여운위는 체력적으로 한계에 다다른 상태. 지금 쯔 위의 체력도 이런 상태다.

한데, 신은 여유만만하기만 했다.

쯔 위의 눈에는 이 모습이 거슬렸다.

"왜 내가 이때까지 시간을 끌었다고 생각하나?"

신의 시건방진 대사에 쯔 위는 고개를 갸웃했다.

"허장성세!"

신은 후후 웃을 뿐이었다.

"함정이다. 너를 이곳에 잡아끌어 놓기 위한 함정."

"서…. 설마?"

그러던 이때, 한 무리의 집단이 함성을 내지르며 한 집단의 옆구리 쪽을 파고들었다. 이에 서휘의 군세가 힘을 보태니 여운위의 군단은 속절없이 무너지기 시작했다.

쯔 위가 이를 부득 갈았다.

"놈! 구르위와 손을 잡았구나!"

"승상, 영리한 여우는 굴을 여러 개 파두는 법이 아니겠소?"

"나를 기가 막히게도 속였군."

"속은 놈이 바보가 아닌가."

이렇게 여운위의 군대는 대패하고 만다.

쯔 위는 믿을 수 없다는 표정으로 황야 주변을 바라보았다.

"이, 이 천하의 여운위가……."

"그대의 목숨은……."

신은 미소를 씩 그렸다.

"이제 나의 것이다."

신의 입에서 서휘의 묵직한 대사가 떨어질 때 감독의 입에서 OK 사인이 떨어졌다. 사람들 모두가 환호성을 내질렀다.

☆　★　☆

신이 광군에서 촬영할 파트도 슬슬 마무리될 즈음 한 여인이 촬영장에 찾아왔다. 일전에 신의 문제로 인하여 광군 촬영장에 찾아온 차 홍루라는 여인이었다.

"오랜만에 만나 뵙습니다, 강신 씨."

신은 그녀와 인사를 나눴다.

"아, 이거 오래간만에 뵙네요."

"영화 촬영하시느라 고생도 많이 하셨다 들었습니다."

그녀의 말에 신은 하하 웃을 뿐이었다.

"다름이 아니고 강신 씨를 이렇게 찾아온 건 소개하고 싶은 사람이 있어섭니다."

그녀는 신에게 명함을 내밀었다.

"회장님이 강신 씨와 만나보고 싶어 하시는 데 한번 만나볼 수 있을까요?"

그녀가 말하는 회장님은 왕제원.

그는 쉔다 그룹의 회장이었다.

이 쉔다 그룹으로 말할 거 같으면 부동산 재벌로 중국에서 유명한 부자 그룹이었다. 이들은 단순히 부동산 재벌이 아니다.

쉔다 그룹은 "문화 산업을 이용하여 창출하는 쉔다의 영향력에는 천장이 없다."고 말할 정도로 문화 사업에도 관심이 있었다.

이 쉔다 그룹에서는 2014년에 '상하이러브스토리', '비밀경찰 2014'에 1억 3000만 위안을 투자했는데 10억 위안 가량의 성적을 얻었다.

이들은 문화 산업에 관심이 많은 편이었다.

신은 쉔다 그룹의 회장과 한 번 만나보기로 했다

'그를 만나보는 것도 나쁘지 않을 거 같네.'

☆　★　☆

'왕제원, 그는 어떤 인물일까.'

한편, 신은 왕제원이 신과 개인적으로 만나고 싶어한다는 걸 한이만에 알려주었다. 왕제원과의 만남은 동네 친구를 만나는 수준의 만남이 아니었으니 그 또한 알 필요 있었다.

그리고 한이만은 그와 만나보는 걸 적극적으로 추천하며 신에게 이런 말을 했다. 대화가 잘 통하기라도 하면 전략적인 제휴를 맺을 수 있을지 모른다고 말이다.

'말이야 쉽지…….'

사실, 로만 엔터테인먼트 입장에서는 사절단 비슷한 걸 파견하여 왕제원과 접촉하고 싶었지만, 괜히 나섰다가 일을 망칠 수도 있어서 별다른 움직임을 취하기로 하지 않았다.

한 마디로 막중한 임무가 신에게 부과되는 것이었다.

'후, 긴장되네.'

신은 대륙에서 내로라하는 부호와 만나서 긴장되기 보다 이 만남이 그저 그런 만남으로 끝날 수도 있다는 것에 긴장되었다.

'내가 어떻게 하느냐에 따라 당락이 갈리겠지.'

신은 잘해낼 수 있을 거라면서 자기 최면을 걸며 긴장을 이완했다.

이때 여비서가 신을 불렀다.

"이리로 들어오시면 됩니다."

신은 비장한 표정을 지었다.

'올 것이 왔다.'

신은 여비서의 안내를 받으며 전문통역사와 함께 내부로 들어섰다. 이때 왕제원이 자리에서 일어나 신을 반겨주었다.

"반갑습니다, 강신 씨. 한번 만나 보고 싶었습니다."

그는 중후한 매력을 지닌 미중년이었는데 머리에 포마드

를 바르고 옷차림도 꽤 말끔한 것이 외양에 정말 신경 쓰는 편인 듯했다.

신은 기분 좋게 웃으며 그에게 인사말을 건넸다.

"저 또한 만나보고 싶었습니다."

두 사람은 악수를 가볍게 하고는 자리에 앉기로 했다. 이때 신은 그의 감정 구체를 한번 바라보았다.

'호감을 내비치는 걸 보면 그는 나에게 적대적이지 않아.'

그가 신을 언제 봤다고 호감을 이렇게 표하는 것인지는 모르겠지만, 지금으로서는 이런 반응이 좋았으면 좋았지 나쁘지는 않았다.

"그래요, 이제 촬영 막바지에 돌입했다고 아는데…….
바쁜 사람 무작정 이렇게 붙잡을 수 없겠죠."

그는 부드러운 미소를 지었다. 신은 사람 좋아 보이는 미소에 넘어가지 않았다. 그의 눈은 신의 구석구석을 예리하게 살펴보고 있기 때문이었다.

'역시 높은 자리에는 아무나 앉는 게 아니야.'

신 또한 지금보다 더 높은 자리로 가기 위해서는 사람을 살피는 안목을 좀 더 배워야 할 필요가 있을 듯했다.

이때 왕제원이 입을 열었다.

"저 또한 바쁩니다. 강신 씨와의 미팅을 끝내고 곧바로 다른 회의에 참석해야 하거든요. 그래도 티타임은 가볍게 즐길 수 있을 거 같습니다. 차는 뭐로 하시고 싶으십니까?"

"룽징 차로 하겠습니다."

중국인들은 용정을 좋아하는 편이지만 왕제원은 이 용정에 열광하는 수준이었다.

"차를 아시는 분이군요."

신은 여비서가 내미는 찻잔을 받아들었다.

"본의 아니게 본론부터 들어가는 게 아쉽기는 하지만 어쩔 수 없네요. 언제고 한번 식사 꼭 같이하면 좋겠습니다."

"시간 꼭 내는 거로 하겠습니다."

"이제, 한 가지 묻겠습니다. 강신 씨가 보기에 왜 제가 강신 씨와 만나려고 했던 거 같습니까?"

시작부터 질문이 날카로웠다.

'대답을 잘해야 한다.'

신은 태연자약한 표정으로 말했다.

"제가 어떤 사람인지 두 눈으로 직접 판단하고 싶어 이 자리에 부른 것으로 생각합니다."

신의 말을 통역사가 유창한 중국어로 번역해주었다. 그는 신의 의견에 관심을 표하며 고개를 끄덕였다. 어디 계속 말해보라는 뜻이다.

"정확히는 저의 가능성을 파악하고 싶은 것이겠죠. 지금 회장님은 제가 필요하신 게 아닐까 합니다."

"그것이 뭐 때문이라 생각하십니까?"

"해외 진출."

신은 이 단어를 힘주며 말하고는 잠시 뜸을 들였다.

"회장님을 만나기 전에 쉔다 그룹이 문화산업에 투자하신 걸 읽어보았습니다. 쉔다 브랜드의 영향력에 천장이 없다는 말씀을 하시더군요."

"그렇습니다."

"이런 내용을 봤을 때 회장님은 이곳을 넘어선 외국 진출도 염두에 둔 것이 아니신가 합니다."

신은 그를 바라보며 말했다.

"그리고 제 추측이지만 이 외국 무대는 할리우드가 아닐까 합니다."

신의 말이 끝나자 왕제원은 박수를 짝짝 쳤다.

"맞습니다."

할리우드 영화 시장의 경우 중국 측 자본이 많이 투입되는 상황이다. 영화가 제대로 터져준다면 많은 돈을 벌어들이니 중국 측 투자사들이 할리우드에 눈을 돌리는 것도 당연했다.

"단도직입적으로 말해 저와 쉔다 그룹은 강신 씨의 후원인이 되어드리고 싶습니다. 그러니까 강신 씨가 차후에 할리우드 영화에 출연하게 되면 우리 그룹은 강신 씨의 영화에 투자하겠다는 겁니다."

신은 그가 보이는 선의를 이해할 수 없었다.

"저는 강신 씨에게 바라는 건 아무것도 없습니다. 자본을 통해 압박할 생각도 없고요. 대가를 요구하는 것도 없을 겁니다."

'기업가는 결코 자선가가 아닌데.'

왕제원은 이런 신의 의중을 눈치챈 것인지 이에 대해 말했다.

"투자자는 가능성이 없어 보이는 곳에 투자하지 않습니다. 그리고 저희도 바보가 아니고 돈을 허공에다 날리는 일을 하겠습니까?"

'하기야······.'

왕제원이 하는 말을 쉽게 하자면 이런 거다. 우리는 네가 나올 작품에 투자할 테니 돈 좀 만질게. 그리고 넌 연기나 열심히 해라!

'기브 앤 테이크.'

"아카데미 상은 할리우드 배우들만의 전유물이 아니라고 생각합니다. 솔직히 말해 전 우리나라 배우도 그렇고 일본도 그렇고 한국 배우도 그렇고 할리우드 배우들과 비교해도 실력 면에서 뒤진다고 생각하지 않습니다."

그는 신을 바라보며 말했다.

"어쨌건 강신 씨는 부담을 가질 건 없습니다. 혹여나 강신 씨가 실패하셔도 우리가 부담할 것이니 아무런 위험부담이 없으시죠."

솔직히 말해 이들 입장으로서는 문화 산업은 주력 산업과 비교하면 취미에 불과한 수준이다.

'석유재벌이 구단을 구매해서 취미 삼아 구단 경영한다

는 느낌이 드네.'

신은 그의 제안에 심사숙고하고 있었다.

제안은 확실히 나쁘지 않았다.

그는 신 측을 정말로 많이 고려하고 있었다.

"저는 연극을 사랑하고 배우들을 사랑하는 애호가입니다. 이제 제가 바라는 건 이겁니다. 아시아에서 위대한 배우가 탄생하는 걸 바라보는 것."

희망 사항을 토해내는 그의 눈은 밤하늘의 별처럼 빛나고 있었고, 붉은색을 내뿜는 감정 구체는 불꽃의 결정처럼 순수하게 타오르고 있었다.

신은 그가 진심이라는 걸 느낄 수 있었다.

"그리고 저는 그를 도운 후원자로 역사에 기록되길 원합니다. 이 명예는 돈으로 살 수 있는 게 아니죠. 어떻게 보면 제가 지출할 돈은 푼돈에 불과합니다. 고작 몇 푼으로 세상 최고의 명예를 사는 것이니까요."

미래가 그의 생각처럼 풀릴 것으로 생각한다면 그가 밑지는 장사를 하는 건 아니었다. 다만 실패할 확률이 정말로 높을 뿐이지. 물론, 그 또한 이런 위험부담을 인지하고 투자를 하는 것이겠지.

이때, 그는 손가락 하나를 내밀었다.

"그리고 한 가지 더, 전 강신 씨에게만 투자하는 게 아닙니다."

어찌 이야기가 재밌게 돌아간다.

"물론 그룹이 후원하고 있는 아시아 배우들에 관해 말할 생각은 없습니다. 알면 재미없는 일이니까요."

"서로가 모르고 경쟁하라는 것이군요?"

"그렇습니다. 멋진 일이 아닙니까? 최고를 향해 달려가는 아시아 배우들, 아카데미 상을 놓고 경쟁하다."

그는 미소를 지으며 말했다.

"제 제안에 대해 한번 생각해보시기 바랍니다. 어차피 밑져야 본전 아닙니까?"

신이 무어라고 말하려고 하자 왕제원은 손사래를 쳤다.

"생각할 말미는 원하시는 만큼 드리도록 하겠습니다. 천천히 생각해보시기 바랍니다."

신은 이 제안에 대해 좀 더 고민해보기로 했다.

이로부터 며칠 뒤, 로만 엔터테인먼트와 쉔다 그룹이 전략적인 제휴를 맺었다는 기사가 발표 났다. 매스컴 소식을 접한 사람들은 호랑이가 날개를 달게 되었다고 떠들어댔다.

그리고 이 일 이후로 회사 내에서 신의 입지가 더더욱 뛰어오르게 되는 건 당연한 일이었다.

여하튼 중국에 불 한류의 바람은 더 거세질 게 분명했으며 한류를 이끄는 배우들의 인기는 이전보다 더 높아질 게 틀림없었다. 그리고 이 주역들을 이끄는 핵심에는 신이 있었다.

〈광군〉이 개봉되고 나면 중국 내에서 신에 대한 열기는 한층 더 끓어오를 터였다.

중국 사람들은 신이 아시아 프린스가 아닌 아시아 스타라고 부르기도 했다.

☆　★　☆

신은 한국으로 돌아와 〈광군〉을 마저 촬영하기로 했다. 〈광군〉의 이야기는 이렇게 흘러간다.

위 황제는 여운위가 서휘에게 대패한 것에 진노하며 여운위에게 책임을 물으려고 하지만 여운위는 어디론가 사라지고 만다.

이에, 황제 위는 자신이 직접 군대를 이끌기로 한다.

이렇게 중의 군대와 한의 군대가 부딪히게 되면서 대륙 전체는 혼란에 휩싸이게 된다.

원래라면 한은 중에게 상대가 안 되겠지만, 인근 국가들과 거듭된 전쟁으로 중 군대는 많이 약해진 상태였다.

황제 위는 배로 이동하여 한을 공격하려고 하지만, 서휘가 짠 작전에 말려들게 되면서 군대는 바닷물에 휩쓸리게 된다. (이 방식은 을지문덕의 살수대첩과 비슷했다.)

위 황제의 상황은 최악으로 흘러간다. 배는 화공으로 인하여 타오르게 되고, 죽을 뻔한 위기까지 겪게 된다. 황제 위는 목숨만을 겨우 건지고 제 나라로 도망치게 된다.

이후, 서휘가 대륙 전체의 황제가 되는지 아닌지는 나오지 않는다.

여기에 여운위의 행방불명과 위 황제가 도망치기까지 하니 이야기에 완전한 방점이 찍히지 않아 영화가 열린 결말로 마무리되는 것도 같으나 이는 속편 제작을 위한 떡밥이기도 했다.

흥행성적이 좋으면 영화 후속편을 종종 찍기도 했다. 추후 광군 2부가 나오면, 시퀄sequel(*시리즈로 이어지는 영화의 다음 이야기) 형태로 나오거나 프리퀄prequel(*영화 속 이야기에서 선행하는 사건을 담은 이야기)로 나오거나 스핀오프spinoff(*본 영화 이야기에서 새롭게 파생되어 나온 작품)로 나올 수도 있었다.

후속편이 어떤 방식으로 제작될지는 〈광군〉의 원작 작가와 〈광군〉 촬영진이 영화가 얻어 들이는 성적을 보아가며 결정할 문제였다.

그리고 신은 대망의 '피날레' 장면을 촬영하기로 했다. 이 장면은 서휘가 검무를 추는 부분이었다.

이 서휘의 검무가 마무리 장면으로 쓰이게 되는 것에는 신이 광군 촬영진 측에 정말로 강력하게 주장한 것에 있었다. 신으로서는 남다른 의미를 지니는 장면을 남기고 싶었다.

신은 투자사 사람들과 오위썬 감독을 설득하기로 했다.

그리고 이 검무를 본 사람들은 하나같이 OK를 했다.

　영화 〈광군〉의 개봉은 2019년 9월 개봉 예정이었다.

　이 9월에는 한국도 그렇고 중국도 그렇고 추석 연휴가 끼어 있어서 추석 특수를 노릴 수 있었다.

　그리고.

　수많은 사람의 관심 속에서 영화가 개봉되었다.

　영화 개봉 첫날부터 말들이 많았다.

　사람들은 영화 상영 시각이 십분 간격으로 있는 게 버스 배차간격 같다면서 배급사 IJ의 스크린 독과점을 비판하기도 했다.

　이런 논란 속에서 영화 광군은 개봉 첫날 100만 스코어를 기록했다.

　폭발적인 반응답게 사람들의 반응은 정말로 뜨거웠다. 〈광군〉이라는 단어가 SNS를 비롯한 인터넷 포털 사이트 전체를 달굴 정도였으니 말이다.

　사람들의 반응은 실시간으로 올라왔다.

　csj4570 - '작품성과 대중성 두 마리의 토끼를 모두 잡았다!'

　zunsuk12 - '후반부에서 서휘가 광기를 터뜨리는 대목에서 지릴 뻔했다'

　panteon13 - '영화 결말이 다소 아쉽기는 하지만,

영화 속편이 제작되길 희망해본다.'

이런 뜨거운 기세에 덧입어 〈광군〉이 실시간 검색어 1
위에 오르는 기염을 토해냈다.

그리고 영화를 전문으로 비평하는 평론가들의 의견은
이랬다.

김윤식 별점 8.4 〈씨네 23〉 - '삼국지를 보는듯한 전쟁
전략 영화.'

박일문 별점 5.3 〈씨네 23〉 - '배우들의 연기와 자극적
인 연출이 밋밋한 이야기를 살렸다.'

윤정화 별점 6.7 〈무비 톡톡〉 - '대중이 좋아할 만할
것들을 잘 조합해 낸 클리셰 범벅.'

조인성 별점 7.2 〈씨네 & 드라마〉 - '인물과 세력의 갈
등으로 긴장감을 잘 살린 듯했으나 엉성한 마무리가 아쉬
움. 그러나 작품 내에서 꿈틀거리는 열기와 광기는 인상
적.'

이들은 영화에 관해서 이런 비판적인 의견을 개진하기
도 했지만, 신의 연기에 관해서는 '강렬하고 전율적인 연
기!', '때로는 잔잔하게! 때로는 격정적이게!' 라고 표현하
며 엄지를 척 내세웠다.

그리고 영화 〈양과 늑대〉를 사이코패스 미화 영화라고

신랄하게 비평했던 하일권 평론가는 제 페이지 북 계정에
이런 의견을 남겼다.

[하일권]

[서휘가 왕위에 오르고 읊조리는 장면에서 나는 〈대부〉
가 떠올랐다. 돈 코르네오네가 앉아있는 자리처럼 왕은
만인 위에 있으나 만인에게 버림받은 존재다. 인류과 인
정을 버려서 왕위에 오른 서휘. 그는 고독한 우리 인간이
란 존재의 쓸쓸한 자화상일지도 모른다는 생각이 든다.

그리고 영화를 보는 내내 이런 생각이 들었다. 배우 강
신이 보여준 연기는 그의 나잇대를 넘어서는 것이라고.
단언컨대 강신은 앞으로 연기 역사에 있어서 새로운 역사
를 쓸 인물이 될 것이다.]

그의 페이지를 팔로우 하는 페이지 북 유저들은 그가
말한 마지막 부분에 격렬하게 공감하며 이런 댓글들을 남
겼다.

이승화 하일권 평론가님이 웬일로 바른말을 다 하시네
요?

김민지 영화 〈광군〉은 강신을 위한 인생영화라는 생각
이 들더라고요. 그 누구보다 배역에 집중한 것이겠지만.
아무튼, 중국과 한국 양국 오가느라 영화 촬영하느라 고

생했을 강신과 주예리 그리고 이한빈 감독과 촬영제작진 일동에게 박수를 보내고 싶네요.

└ 조지훈 공감222222 앞으로 강신 더 유명해질 듯. 할리우드 진출 코앞일지도 모름.

└ 김민지 전 윗분과는 다르게 할리우드는 지금 좀 무리이지 않을까 싶은데요? 동양인 배역도 적은 데다가…… 미국 말로는 인종차별 안 한다지만 동양인 차별 진짜 심하잖아요. 아시아에서만큼 성공을 거둘 수 있을지는 좀 회의적이네요.

└ 이상은 우리가 이렇게 왈가왈부하는 건 좀 아닌 거 같네요. 저는 배우 강신과 같은 나라에 사는 게 자랑스러울 뿐입니다.

한편, 관람객 네티즌 몇몇은 〈광군〉에서 놓치지 말아야 할 부분을 언급하기도 했다.

angel123 "영화가 끝나면 상영관 곧바로 나가지 말고 숨겨진 에필로그 영상 반드시 보고 가세요!"

이 말에 아차 하여 영화를 재관람한 이들이 꽤 있었다. 그리고 영상을 본 이들은 엔딩 크레딧이 올라갈 때까지 자리를 끝까지 수사했다. 사람들은 이 추가 영상에 대해 하나같이 이렇게 말했다.

rnfkwmf "보너스 영상 꼭 봐야 합니다!"

sanguk "상영시간이 2시간 30분인데, 영화가 이 1분 30초를 위해 존재한다고 해도 과언이 아니에요!"

영화를 보지 않은 네티즌들은 사람들이 왜 이런 말을 하는지 의아해했지만, 사람들은 영화를 끝까지 보면 알게 될 거라는 말을 할 뿐이었다.

도대체 무어 때문에 이렇게 말하는지 궁금해서 〈광군〉을 보는 사람도 꽤 되었다.

이들도 하나같이 〈광군〉에 뜨거운 환호를 보냈다.

그리고 관객들을 떠들썩하게 한 〈광군〉 엔딩 장면이 SNS로 공개되었다.

화면구성(*미장센)은 이랬다.

아무것도 없이 끝없이 펼쳐진 황량한 들판.

이 들판 위로 기다란 대에 걸린 하얀 천이 바람에 따라 이리저리 나부꼈는데, 이 펄럭거리는 하얀 천이 수십 개나 되었다.

이 하얀 천들은 이상향으로 향해 제 마음대로 움직이고 싶어 하지만 제 자리에 박제를 당해 움직일 수 없는 '깃발' 들, 이 깃발들은 '자유'를 갈망하나 자유가 꺾이게 된 존재를 나타내는 상징이기도 했다.

신은 이 하얀 천들이 휘둘린 황무지 위에 서서 검무를 췄다. 별 감흥이 없는 표정으로 어깨를 살짝 들썩이는 게 어딘가 시큰둥하게 보이기도 하나 신의 무표정은 많은 것을 연기하고 있었다.

눈가의 미묘한 떨림, 콧잔등의 근육, 입가의 표정, 그리고 숨결까지도…….

신이 나타내는 모든 거 하나하나가 의미를 지니는 몸짓의 언어였다.

툭 건드리면 꽃봉오리처럼 터질듯한 미세한 떨림과 첫사랑을 떠올리기만 해도 가슴 떨리는 흥분 그리고 비 오는 날의 묵묵한 수채화 같은 먹먹함이 떠올랐다가 재빠르게 사라졌다.

이때 신의 표정은 묘했다.

웃는 거 같기도 하고 우는 거 같기도 하고…….

이 몸짓은 서휘라는 인간 그 자체, 아니, 인간 내면의 고독함을 드러내 주는 것이기도 했다.

가슴 속 깊이 내재 된 한과 얼이 하나의 몸짓으로 승화되는 것이기도 했다.

신은 입가를 한쪽 손으로 가리며 웃는지 우는지 모를듯한 이중적인 표정을 지으며 몸을 덩실덩실 움직였다.

신은 자신의 감정에 따라 몸을 연주하는 거 같기도 했고 자신의 동작에 따라 감정을 연주하는 거 같기도 했다. 동작에 따라 감정이 움직이고 감정이 움직이니 동작도 움직였다.

이 모두가 소리 없이 이어지는 정적의 '선율' 이었다.

한데, 신의 춤에는 묘한 것이 있었다.

신의 춤은 무언가에 빙의한 무당의 춤처럼, 자신이라는 존재를 망각하고 그 인물에 몰입하여 신명이 난 굿판 자체를 추는 거 같았다.

사람들은 고작 이십 대밖에 되지 않는 배우가 이런 감각적이면서도 농밀한 감정이 담긴 연기를 보여주는 것에 놀라워했다.

그리고 신이 덩실덩실 움직이며 춤을 추는 모양새는 때로는 나비같이 잔잔하기도 했고 또 어떤 때로는 톡 쏘며 날아오르는 벌같이 격정적이기도 했다.

잔잔하게 이어지는 신의 율동은 프레스티시모(*가능한 한 빠르게)로 이어지다 격정으로 이어져갔고, 이에 덩달아 찰랑거리던 감정의 물결도 휘몰아치는 거센 격랑이 되어 사람들의 마음을 거세게 흔들거리게 했다.

그리고 검무가 끝났을 때 신의 유난히 까만 눈동자가 카메라 쪽을 응시하는 데 이 의도적인 연출이 엔딩 장면 주요 감상 포인트였다.

이때 신의 눈빛 연기는 정말로 강렬하여 사람들의 뇌리에 선명하게 기억될 정도였다.

이 장면은 2분도 채 되지 않는 짧은 길이였으나 사람들은 한국 특유의 감성이 그대로 묻어난다면서 정말로 좋아했다.

그리고 〈광군〉은 사람들의 열띤 성원과 함께 폭발적인

신의
연기5

성적을 이어나갔다.

주말의 경우 125만 관객을 찍기도 했는데, 추석 특수 때는 하루에 135만 관객을 거뜬히 동원하기도 했다.

〈광군〉은 〈충무공〉의 125만 기록을 깨고 '일일 관객 수'에서 역대 1위를 기록했다.

〈광군〉이 한국 전체로 휘몰아치는 광풍은 장난이 아니었다.

극장가는 〈광군〉을 보러오는 어마어마한 인산인해로 붐볐다.

심지어 '대통령'이 영화를 직접 관람하면서 화제를 낳기도 했으며, 매스컴에서는 한국 배우가 출연했다는 이유만으로 애국심 마케팅을 활용하여 영화를 적극적으로 홍보하기도 했다.

이 추세라면 천만 관객 돌파는 확정적이었다.

이제 사람들의 관심사는 천만 관객 돌파 여부보다는 여기에 있었다.

영화 〈광군〉이 〈충무공〉을 제치고 역대 최고의 흥행 성적을 거둘 수 있을까?

그리고 〈광군〉은 개봉된 지 10일이 된 지 한 시간 만에 천만 관객을 넘어섰다.

이는 이순신 영화 〈충무공〉이 세운 기록보다 무려 이틀이나 앞선 기록이었다.

12일 만에 천만 관객을 돌파한 것도 무시무시한 성적

인데, 이 난공불락의 아성이 깨어진 것이다.

한데, 천만 관객을 달성하면 기세가 한풀 꺾일 만도 한데, 〈광군〉은 기록을 연일 이어나가며 각종 신기록을 갈아치우며 역대 1위를 향해 달려갔다.

중국에서의 반응도 심상치 않았다.

개봉 4일 만에 10억 위안(*한화 기준 약 1,889억 6,000만 원)을 달성한 것이다.

땅덩어리도 워낙 넓고 인구도 워낙 많다 보니 중국에서 벌어들이는 돈만 해도 정말 장난이 아니었다.

한국과 중국, 두 양국에서 엄청난 대박을 터뜨리면서 배우들과 촬영진 사람들은 촬영과 제작을 포함한 1년 6개월이라는 시간을 보상받을 수 있었다.

이후 신은 팬클럽과 함께 영화를 같이 감상하는 이벤트를 하기도 하고 명동에서 프리허그를 하기도 했다.

이것만이 아니었다.

신은 웬만한 연예인이 아니면 출연할 수 없다는 〈뉴스 데스크〉 스튜디오에 출연하여 인터뷰하기도 했다.

☆　★　☆

"……개봉 첫날부터 성적 안 좋게 나오면 어떨까 하고 진짜 긴장했어요. 폰 보지도 않고 인터넷 같은 거 보지도 않았거든요. 8, 900만 찍어도 정말 대박이라고 생각하고

274 신은 연기5

있었는데 딱 열흘 만에 천만 관객을 찍었을 때 진짜 놀랐어요. 솔직히 지금도 얼떨떨하네요."

뉴스데스크 앵커 이석희는 신의 말에 대답했다.

"하하, 말씀 듣고 보니 정말 두려워지네요. 사람들이 강신 씨에게 거는 기대도 클 테고 이 압박감을 이겨내기도 쉽지 않으셨으리라 생각합니다."

이제는 신이 연기를 잘해도 사람들은 당연하다는 반응을 보이는 정도다. 신이 조금이라도 못하면 사람들은 신을 곧바로 비판한다.

"저도 때로는 그런 점이 부담스럽게 다가오기도 하는데요. 이제는 사람들의 관심이 고맙기만 합니다."

"대단하십니다. 어린 나이에 그런 압박감을 감당하는 건 쉬운 일이 아닐 텐데 말이죠."

"연예인이라면 익숙하게 받아들여야죠."

이어서 두 사람은 신이 광군 촬영에 있었던 일에 관해 이야기하기도 했다.

"영화를 촬영하시면서 도중에 쓰러지셨다고 했는데 이게 어떻게 되신 건지 말해주실 수 있을까요?

"배역에 너무 집중하다 보니 그랬던 거 같아요. 서휘를 연기하면서 느낀 건 제가 연기를 잘 못 하는 거였거든요. 그래서 제 한계를 경험해보면서 이를 극복해 보고 싶었죠."

"이거 너무 겸손하신 거 아닌가요?"

신은 그의 질문에 하하 웃었다.

"그런가요? 저는 연기를 잘한다고 생각하지 않아요. 중국에도 잘하는 사람도 많고 세계를 놓고 봐도 대단한 사람이 워낙 많잖아요."

"이거 사람들이 망언이라고 할지 모르겠네요?"

스튜디오 분위기는 화기애애했다. 한편, 구르위 역의 쑨 원과 승상 여운위 역으로 출현한 쯔 위가 깜짝 손님으로 출연하기도 했다.

그리고 쑨 원은 이 말을 함으로써 스튜디오 내부를 폭소에 빠트리게 했다.

"두 유 노 우 강신?"

이후 신은 예리와 함께 중국 상해로 가서 상해국제영화제(*동아시아에서 도쿄 국제 영화제와 함께 공권력 있는 영화제)에 참석하여 각종 부문에서 상을 거의 휩쓸다시피 했다.

국내로 돌아와서는 신은 대통령과 일대일로 만나 담화를 나누기도 하고 대통령 표창장을 받기도 했다.

그리고 〈광군〉의 최종 성적은 이랬다.

1,891만 5천 41명!

〈충무공〉보다 130만이나 앞선 기록이었다.

역대 1위였다.

영화 〈광군〉이 동아시아권에서 선풍적인 인기를 끌자 할리우드에서 관심을 가지기 시작했다.

이 광풍을 긴장하며 바라보는 수준은 아니었다.

이런 영화가 인기가 많네? 왜 많지 이런 수준이었다.

할리우드에는 이런 의식이 있다.

자신들이야말로 세계 영화의 탑이고 영화 시장을 이끄는 주류라고 말이다.

이 말은 틀린 말이 아니었다.

할리우드에 세계의 모든 이가 모인다고 해도 과언이 아니었으니까.

한편, LA 영화비평가협회의 일원들은 〈광군〉에서의 신의 연기에 대해 품평했다.

"그의 연기 인상적이긴 하네요."

이들은 할리우드를 배후에서 움직이는 권력 세력이라고 말할 수는 없지만. 어느 정도 영향력을 발휘하는 세력이었다. 그리고 이들은 예술이라는 건 언어와 인종 그리고 사상을 뛰어넘는 게 가능하다고 믿는 사람들이었다.

"주목할만할 아시아 배우로 뽑아 남우주연상을 주고 싶기는 한데……."

"나이가 너무 어리죠."

여인의 말에 사람들이 고개를 끄덕였다.

"40대만 되었어도……."

이때 한 남자가 입을 열었다.

"나이는 중요한 요소가 아닙니다."

그는 조셉 필립이라는 사람이었다.

"나이의 적고 많음이 연기를 잘하고 못한다는 판가름의 기준이 된다는 겁니까?"

그의 날카로운 질문에 사람들은 입을 꾹 다물었다.

"그렇다고 여러분의 의견이 이해되지 않는 건 아닙니다. 다만 이 청년의 연기에는 가능성이 있지 않습니까?"

이때, 남자가 씩 웃었다.

"아실지 모르겠지만. 이 젊은 한국인이 마에스트로 박의 아들이라더군요."

"호오, 그거 재밌는 소식이군요."

"일단 지켜볼 후보로 올려둬 보죠."

조셉은 사람들의 의견에 만족스러운 표정을 지었다.

ACT 91.
연기 배틀

연기 배틀

신은 〈광군〉과 관련된 일정을 모두 마무리하고 휴식기에 돌입하기로 했다. 영화를 찍느라 소모한 정신력과 체력을 보충하기 위해서였다.

그리고 신은 충분한 휴식을 취하며 그동안 미뤄두었던 일을 하기로 했다.

바로 박명우와의 연기 대결!

'아버지와 부딪히는 거 언제까지고 미룰 수 없겠지.'

솔직히 말해 신과 박명우의 사이는 일반적인 부자 관계는 아니다. 이 때문인지 박명우를 바라볼 때마다 이상한 감정부터 든다고 해야 할까.

물론 두 사람은 이런저런 일을 겪게 되면서 이전보다 많이 가까워졌다.

신은 친해진 것에 대해 부정할 생각은 없다.

'정말로 친해졌으니까.'

그래도 미묘하게 거슬리는 '벽'이 있다고 해야 할까.

이 '벽'은 두 사람을 갈라놓은 과거의 나날들이기도 하면서 두 사람 사이를 가로막는 장애물이기도 했다.

솔직히 신은 그를 볼 때마다 '과거'와 마주한다는 생각이 들었다. 어떻게 생각해본다면 박명우는 신이 앞으로 나아가게 막는 '둑'일지도 몰랐다.

'그와 부딪히는 건 내 과거와 부딪히는 거지.'

과거와 부딪히는 건 외면하고 피할 수도 있다.

그러나 사람은 자기가 좋아하는 일만 할 수 있는 게 아니었다.

부딪치기 싫어도 때로는 부딪쳐야 하는 경우도 있었다.

그리고 지금이 바로 부딪쳐야 하는 때였다.

'그를 넘어서는 것이야말로 나를 더더욱 성장하게 할 계기가 될 수 있을지도…….'

또, 신은 그와 한판 붙으면서 지난날 해묵은 체증을 시원하게 날려버리고 싶었다.

'그래, 난 그를 뛰어넘는다.'

신은 박명우와 로만 엔터테인먼트에서 한번 만나기로 하면서 그가 어떤 내기를 하자고 할지 내심 생각했다.

'연극이나 뮤지컬 같은 작품을 하나 고른 다음 각 인물 배역을 맡아 누가 배역을 잘 소화하고 연기를 잘한 것인

지 우열을 가리는 방식으로 가는 걸까?'

그리고 신은 박명우가 제안하는 내기의 내용을 듣고서 뜻밖이라고 생각했다.

'그보다 페이크 다큐멘터리라……'

이 페이크 다큐를 '모큐멘터리mocumentary'라고도 하는데, 다큐멘터리가 실제 있었던 사건을 최대한 사실적으로 전개해나가는 형식이라면 이 모큐멘터리는 허구의 상황이 실제처럼 보이게 하는 다큐멘터리 형식이다.

모큐멘터리에 관해 예를 들자면 히틀러가 21C 현실에 나타나 지금의 현실을 바라보고 비판하는 등 사람들이 그가 나타난 것을 실존상황인양 받아들이는 것도 모큐멘터리의 한 갈래라 볼 수 있다.

이를 봐도 알 수 있듯 모큐멘터리 형식은 풍자극이나 패러디에 주로 쓰이는 편이다.

'모큐멘터리의 묘미는 허구와 사실 이 사이에 있는 것이라 정리할 수 있지.'

한편, 신은 박명우의 제안에 한 방 먹었다는 생각이 들었다.

'허를 찌르시네.'

역시 박명우의 사고방식은 남달랐다.

이때 박명우가 신에게 말했다.

"난 언제고 한번 이런 생각을 해본 적 있다. 연기자라고 해서 꼭 무대에서 연기해야 할까?"

연극에는 3요소라는 말이 있다. 이 3요소는 배우, 희곡 (대본), 관객이다.

배우가 없으면 희곡을 펼쳐낼 사람이 없고, 희곡이 없으면 배우는 연기를 해내지 못하고, 관객이 없으면 배우는 제 연기를 보여줄 사람이 없게 된다. 이래서 이 요소들을 연극의 3요소라고 하는 것이다.

한데, 박명우는 이 요소가 절대적인 것인지 의문을 제기하고 있었다.

"애초에 무대라는 것이 뭘까?"

'무대'라는 건 극장 무대와 같이 규격화되고 특정하면서 한정적인 공간이 아니다.

사람들이 산책하는 공원도, 각종 사람이 모여드는 재래시장판도, 시끄러운 음악이 울리는 저잣거리도 '무대'가 될 수 있었다.

"희극이 꼭 있어야 연기를 할 수 있는 것일까?"

'희곡'이 꼭 있어야만 연기할 수 있는 건 아니었다.

애초에 '배우'라는 게 무엇이란 말인가.

제 느끼는 바를 표정과 행동 그리고 말을 전달함으로써 관객에게 감동과 흥분을 선사하는 것이다.

비록 '희곡'이 없더라도 사람들을 웃고 즐겁게 하는 것도 연기라 할 수 있지 않을까?

이런 의미에서 본다면 박명우의 질문은 일리 있는 말이었다.

"또, 희극에 충실한 연기만이 연기라고 부를 수 있는 것일까?"

사람이 기계같이 딱딱 맞아떨어지는 존재가 아니듯 배우의 연기도 그렇다. 같은 연기를 해도 그 순간의 느낌이 다르다.

이 미묘한 느낌 때문에 같은 연기를 해도 시시각각 달라진다.

이처럼 배우는 살아있는 존재다.

오로지 희극에만 충실한 연기는 맹목적이고 기계적인 움직임이다.

"물론 너도 이런 것을 느끼고 있을 테지."

그의 말처럼 신도 그가 말하는 부분에 대해서 깊이 통감하고 있었다.

"무대라는 개념을 허물고, 관객과의 거리를 좀 더 좁혀보는 거."

포스트모더니즘 이전의 경우 무대와 객석이 확연하게 구분되었다면, 포스트모더니즘 이후 현대연극에서는 배우들이 무대에서 객석으로 종종 뛰쳐나온다. 무대와 관객석의 경계가 무너진 것이다.

이러한 벽을 무너트리려는 시도들은 어제오늘 하루의 일이 아니었다. 지금도 이 순간에도 계속해서 시험 되는 것이기도 했다.

"래퍼들은 랩 배틀을 할 때 프리스타일 랩으로 랩 배틀을 하지. 이들이 랩 배틀하는 걸 보면 자유로운 영혼인 게 느껴지지. 배우들도 이 랩 배틀처럼 연기 배틀을 할 수 있지 않을까?"

신이 그의 말이 꽤 재밌다고 생각하는 부분이 바로 이 실험적인 정신이었다.

"그래서 이런 걸 생각하신 거군요?"

박명우는 신의 말에 후후 웃었다.

확실히 구미가 당기는 내기다.

그가 신을 바라보자 신은 고개를 끄덕였다.

"한번 해보죠."

프리스타일 연기 주제는 이랬다.

명동 지하철역에서 '노숙자'가 되어보는 것.

'지난 복지원에서 연극 할 때와 비슷한데……'

그때와 비교하면 다르다.

아이들이라는 관객이 한정되어 있었다.

이번에는 정해진 희곡도 없고, 정해진 무대도 없고, 정해진 관객도 없다.

"단, 조건이 있다. 너나 나나 누군지 알아볼 수 없도록 특수분장하는 거다."

신은 박명우가 이렇게 말한 이유를 단박에 알아차렸다.

배우 강신 배우 박명우인 걸, 떠나 본연의 연기를 펼쳐보자는 거다.

'그로토프스키도 〈가난한 연극〉이라는 걸 이야기했지…….'

그가 말한 가난한 연극이란 기술적인 보조수단들, 그러니까 무대장치나 조명, 음악이나 의상 같은 소품을 제거하고 연기 본연에 집중하는 것이다.

박명우의 제안도 이 〈가난한 연극〉과 맞닿는 부분이 있었다.

'흠, 사람들 삶 자체로 들어가 보자는 것이라……. 가난하면서 위대한 연극을 하는 건가?'

어이가 없는 방식이기도 하지만 뭔가 기존과는 다른 색다름이 있었다.

신은 속으로 중얼거렸다.

'이거 아무래도 재밌겠는데…….'

이 경연에서 한 가지 더 필요한 게 있었다.

바로 카메라 맨이었다.

신과 박명우는 이 연기 시합을 하면서 되도록 마주치지 않기로 약속했다.

이 내기 연기의 묘미는 서로가 어떤 모습을 보여주고 연기하는지 모르는 것에 있기 때문이었다.

이런 이유로 두 사람이 연기하는 걸 '영상기록'으로 남길 필요성이 있었다.

"아무래도 촬영 전문 인력을 고용해야겠죠?"

"그러는 게 좋겠다."

두 사람에서 벌이는 연기 대결이 규모가 점점 복잡해지고 커지는 거 같지만, 이 내기가 재밌을 거 같아 크게 상관없었다.

'결과물이 어떻게 나오느냐에 따라 극장개봉도 할 수 있을 테고.'

뭔가 새로운 걸 시도하려는 실험 정신이 담겨 있으니 다양성 영화에 가까울 테다.

'또, 모큐멘터리 형식이다 보니 현대인의 삶을 풍자한다거나 삶이란 게 어떤 것인지 솔직담백하게 그려낼 수도 있을 거 같고. 그리고 연기자들이 프리스타일 랩 경연같이 연기 경연을 벌인다는 게 대중에게 신선하게 다가갈 수도 있을 거 같은데…….'

신이 생각할 때는 극장 몇몇 개를 대관하여 이 모큐멘터리를 상영하는 것도 괜찮을 거 같았다.

'발생하는 수익은 기부하는 방식으로 갈까.'

한편, 지원이 신과 박명우가 연기 경연 겸 모큐멘터리를 촬영한다는 걸 듣고는 신의 카메라 맨 역할을 자처하기로 했다.

"형 괜찮겠어요?"

"이런 거라면 당연히 내가 해야 하는 거 아니야?"

"이제 형 바쁘시잖아요."

"에이, 그래도 해 줄 사람이 나밖에 없지 않겠어?"

지원은 로만 엔터테인먼트 내에서 매니지먼트 사업부

에서 출세가도를 달리는 중이었다. 조만간에는 싹 수 있
는 배우들을 도맡아 키울 작정이기도 했으니 매니저로서
는 성공한 것이라 할 수 있었다.

지원이 신에게 고마워해야 할 건 이것만이 아니다.
가수 신유비와 소리소문없이 끝나게 되면서 지원이 힘
들어할 때 곁에 있어 준 사람이 바로 신이었기 때문이
다.

지원이 그녀와 헤어지게 된 건 그녀의 일정 관계로 만
나기 힘든 것도 있었거니와 서로가 다른 세상에 산다는
것에 있었다.

이러다 어느 순간부터 소원해지게 되니 자연스레 결별
하게 되었다. 이상할 건 없었다. 잘 사귀다가 어느 순간
헤어지게 되는 그런 일상적인 이별이었으니까.

'형이 아무렇지 않게 잘 이겨내서 다행이네.'

지원은 그녀와 헤어진 날 펑펑 울었고 신은 말없이 그
의 곁에 있어 주며 소주를 따라주기만 했다. 이런 신의 위
로는 지원에게 큰 힘이 되었다.

"그럼 잘 부탁해요, 형."

신의 말에 지원은 찡긋 웃으며 거수경례를 했다.

"저에게 잘 맡겨 주시죠, 이사님."

연기 경연을 하려고 해도 곧바로 시작할 수 있는 건 아
니었다. 일단 신과 박명우는 촬영 인력을 고용하고 계획
도 서서히 잡기로 했다.

그리고 촬영을 시작하기로 한 날, 신은 특수분장팀을 불렀다.

신과 박명우는 특수분장을 받으며 다른 사람으로 변해 갔다.

지원도 적당하게 변장하기로 했다. 지원의 얼굴도 많이 알려진 상황이니 사람들이 지원을 알아볼 가능성도 꽤 컸다. 사람들이 지원을 알아보게 되면 모큐멘터리는 실패할 수도 있었다.

"오, 이거 몰라보게 달라지네."

지원이 제 얼굴을 감상하던 이때, 예리가 개인실 안으로 들어와서는 신이 특수분장을 받는 걸 물끄러미 바라보았다.

그녀도 신이 어떤 일을 하려는지 자초지종 들어서 아는 상황이었다.

"누나, 왜 웃어?"

한편, 예리는 〈광군〉 이후 소속사와의 계약이 끝나게 되었고 로만 엔터테인먼트와 계약을 맺기로 했다. 이로써 그녀도 신과 한솥밥을 먹게 되었다.

신도 그녀가 온 게 좋기만 했다. 안에서는 사람들 눈치도 보지도 않고 대놓고 알콩달콩하게 연애할 수 있으니까.

이때, 예리가 배시시 웃었다.

"그냥, 너 이렇게 늙으려나 싶기도 하고. 몇십 년 뒤면 나도 늙나 싶어서."

지금 신이 한 모습은 몇십 년 뒤의 신의 모습을 컴퓨터 시뮬레이션으로 돌린 걸 바탕으로 분장한 모습이었다.

"누나도 받아볼래?"

"그래 볼까."

잠시 후.

두 사람은 서로를 말없이 바라보았다.

예리가 오묘한 표정을 짓자, 신은 예리를 말없이 안아 주었다.

'이렇게 같이 늙어가는 것도 나쁘지 않겠지.'

그녀가 신과의 미래를 생각하듯 신도 그녀와의 미래를 생각하고 있었다.

그녀에게 프러포즈하고 싶은 마음이 굴뚝같기는 했다. 그러나 지금 당장으로는 군대가 달려있으니…….

강한아가 죽으면서 신이 고아가 되기는 했지만, 친척이 있기에 군대 면제에서 해당 사항이 없었다. 또, 강한아가 신 앞으로 남겨준 재산도 있고, 신이 경제적으로 부양해야 할 가족도 있는 것도 아닌 데다 아버지까지 존재하니…….

솔직히 다른 나라로 귀화하거나 이중국적을 취하는 방식으로 병역 면제를 할 수 있으나 신은 이런 꼼수는 부리고 싶지 않았다.

어엿한 대한민국 남성으로서 병역문제에 관해 당당해 지고 싶었다.

'가수 이승준처럼 잘못된 선택을 해서 욕먹고 손가락질을 받으며 평생 고생할 바에야 2년 동안 고생하는 게 낫지.'

그나마 다행으로 삼아야 할 건 국방부에서 신의 편의를 많이 고려해주겠다고 한 것이랄까.

'군대에 다녀오는 것도 나쁘지 않을지도……'

이전 같으면 전전긍긍했을지도 모르지만 이제 신은 이렇다 할 욕심이 없었다.

드라마가 해외로 수출되면서 꽤 큰 목돈도 만졌고, 〈광군〉을 통해 게런티도 두둑이 챙겼고 로만 엔터테인먼트에서 스톡옵션까지 받으면서 평생 놀고먹고 살 돈은 다 벌어놓았으니 말이다.

'영화 〈광군〉이 천만 관객을 돌파했으니 이제 내가 달성하고 싶은 목표는 두 가지만 남았네.'

할리우드 그리고 드라마 연기대상.

드라마 연기대상?

상이 어디 도망가는 것도 아니니 급할 건 없다.

할리우드 진출?

이는 하루 이틀 만에 할 수 있는 게 아니었다.

많은 준비를 해야 했다.

'중국과 합작 작품을 해봐서 그런가, 마음에 여유가 생긴 거 같기도 하고.'

이래서 사람은 큰물에서 많은 걸 경험해야 하는 모양이었다. 신은 이내 결심했다.

'이 연기 경연 끝내고 나면……'

캠코더로 애정행각을 벌이고 있는 두 사람을 찍어대던 지원이 말문을 열었다.

"아, 그런데요."

예리가 지원을 째려보았다. 좋은 분위기였는데 왜 산통을 깨냐는 뜻이다. 지원은 몸을 움찔 떨며 하하 웃었다.

"이왕 하는 프로젝튼데 불러야 할 이름이 있어야 하지 않을까요?"

"〈프리스타일〉은 어떨까요?"

"좀 구리다."

"예리 씨 말대로 신이의 의견은 좀 아닌 거 같은데."

박명우는 이에 대해 말이 딱히 없었다.

예리가 생각을 골똘히 하다가 좌중을 둘러보며 말했다.

"〈LIFE〉 어때요?

안방마님이 될 사람에게 토를 다는 사람은 없었다.

프로젝트 제목은 라이프로 단숨에 결정되었다.

"자, 그럼 이동해보죠."

사람들은 슬슬 이동하기로 했다.

그리고 신은 예리와 헤어지기 전에 포옹을 잠시 나눴다.

"누나, 근데 다음 주 주말에 시간 있어?"

신과 박명우는 이 프로젝트를 단기로 할 생각이었다.

"당연히 있지. 근데 왜?"

"아, 그게 누나한테 할 말이 있어서 그래."

신이 살짝 쑥스러운 듯 말하자 예리는 속으로 설마설마 싶었다.

"그날 단단히 각오하고 와. 이삼일 정도 놓아줄 생각이 없거든."

"호오, 너 세게 나온다. 너 나 감당할 수 있어?"

신은 그녀의 허리를 붙잡으며 그녀의 귓가에 말했다.

"누나가 나 감당하지 못할걸?"

신의 도발에 예리의 얼굴이 벌게졌다.

"이, 이게 뭐라는 거야. 어, 어서 가기나 해. 그보다 갈수록 음흉해져 너."

"누나가 나 이렇게 만들었잖아."

두 사람은 시선을 마주치고는 쿡쿡 웃고는 입맞춤을 짧게 했다.

잠시 후, 예리는 신과 헤어지고는 소리를 꺅 질렀다.

'나 설마 프러포즈 받게 되는 건가?'

그보다 이러고 있을 때가 아니었다.

'예쁘게 보여야지!'

☆　★　☆

신과 지원은 박명우 일행과 떨어져 이동하기로 했다.

이들이 이동하기로 한 시간대는 한산한 오후였다.

출근 시각이나 퇴근 시각같이 사람들이 많이 붐비는 러시아워는 피할 필요가 있었다. 신은 걸인과도 같은 행색을 하고는 지하철에 탑승했다.

사람들은 신을 힐끔힐끔 바라보다 신 주위를 슬금슬금 피했다. 신은 자리에 앉고는 눈을 슬며시 감했다. 신 옆에 앉아있던 아이가 신을 캠코더로 찍고 있는 지원을 가리키며 말했다.

"그런데 저 아저씨는 할아버지 왜 찍는 거에요?"

아이의 질문은 천진난만했다. 그러나 날카롭기도 했다.

신은 노인네같이 허허 웃으며 대답해주었다.

"그런 거 있잖으냐. 인생극장 같은 거."

"아, 저도 그거 알아요. 인생극장! 그런데 왜 할아버지 찍어요?"

"나도 그걸 모르겠다. 저놈이 그냥 찍고 싶다고 졸졸 따라붙는데 귀찮아 죽겠네, 그려."

그러던 이때, 아이의 어머니가 아이를 말렸다.

"뭐하는 거야. 이상한 사람에게 말 걸지 마."

신은 기침을 일부러 하며 모자가 장내에서 벗어나도록 했다. 사람들은 신이 변장한 인물인지 몰라보았다. 신의 특수변장과 천연덕스러운 연기에 깜빡 속아 넘어간 것이다.

'아무도 나를 못 알아보네.'

신은 사람들을 온전히 속이고 있는 것에 묘한 해방감을 느꼈다.

'이게 얼마 만에 맛보는 자유인지.'

이 일상적인 일탈은 둘째치고 연기로 통해 사람들의 삶에 이렇게 녹아드는 건 독특한 경험이었다.

'난 지금 희곡 없는 연기를 하는 연기자가 되어 있는 것이고, 이곳 내부에 있는 승객들은 내 연기를 지켜보는 관객이 된 거야.'

그리고 지하철 내부는 독특한 무대가 되어 있었다. 지금 이 순간 신과 승객들의 거리는 떨어져 있지 않았다. 숨 쉬면 닿는 거리, 지척에 있었다.

신은 배우와 관객이 이런 식으로 서로의 경계를 허물 수 있다는 것에 신선함을 느꼈다.

'길거리에서 공연하는 버스커들도 이런 매력을 느껴서 하는 것이겠지.'

한편, 신은 길거리 연기가 지닌 새로운 매력을 알게 되어 기쁘기만 했다.

'연기라는 건 틀에만 얽매이지 않을 필요가 있어.'

역에 도착한 신은 노숙자 무리에 자연스레 합류하기로 했다.

신은 특유의 친화력을 발휘하며 이들과 금세 친해질 수 있었다.

이제 지원은 신을 계속 찍어야 하니 자신에 대해 이렇게 소개했다.

"저 한국대학교에서 나온 영상영화학과 학생인데 촬영

하는 게 있어서 그러거든요."

노숙자들은 자신들을 찍는다는 것에 꺼렸지만, 출연비 명목으로 소주를 사겠다고 하니 그들의 동의를 쉽게 얻어낼 수 있었다.

"그냥 우리만 찍으면 되는 것이지?"

"네, 그래요."

이들의 삶은 다양했다. 왕년에 잘 나가던 사업가도 있었고, 번듯한 직장을 다니던 회사원도 있었고, 주식을 하다가 패가망신한 사람도 있었다. 이 중에는 모든 것을 포기하고 달관하는 사람도 있었고 새로운 기회가 주어지면 열심히 살아가려는 사람도 있었다.

'이들의 삶을 머릿속으로 막연하게 생각하다가 이렇게 직접 체험해보니 뭔가 색다르네.'

한편, 지원은 노숙자들이 지닌 애환과 일반인들이 이들에게 보내는 모멸감과 혐오에 찬 시선들을 아무런 여과 없이 담아내기도 했다.

대본 없이 촬영이 이루어지니 사실적이고 거친 감이 있었다.

그리고 신은 신문지를 바닥에 깔고 종이상자로 몸을 덮고 자보기도 했다.

'이게 땅을 안방으로 삼고 하늘을 지붕으로 삼는 삶인가.'

바닥에 누워 밤하늘에 반짝반짝 떠 있는 별들을 바라보는 것도 나쁘지 않았다.

물론 잠에서 깰 때 새벽의 찬 이슬에 벌벌 떨어야 했지만 말이다.

'이래서 노숙자들이 잠을 청할 때 소주를 찾는구나.'

사흘째 되던 날, 지원이 신을 불렀다.

"네 아버지가 남산 공원에서 잠시 만나자고 하시네."

일단 신은 지원이 알려 준 대로 박명우와 일대일로 만나보기로 했다.

'갑자기 왜 만나자고 하지?'

신이 남산 공원에 도착해보니 박명우는 벤치에 누워 신문지를 덮고 잠에 곯아떨어져 있었다. 사람들은 박명우에게 눈길도 주지 않고 제 갈 길을 가고 있었다.

'역시 장난이 아니야.'

박명우의 잠든 모양새가 아주 노련해 보이는 게 프로 노숙자라 봐도 무방했다.

이때 박명우는 인기척을 느끼고는 잠에서 깨어나는가 싶더니 새 울음 비슷한 소리를 내뱉었다.

'뭐하는 거지?'

신이 박명우를 기이하게 바라보는 이때, 종달새 한 마리가 날아와 박명우의 어깨 쪽에 앉았다.

짹짹.

박명우가 무어라 지저귀자 종달새도 재잘거렸다.

새와 교감을 나누는 박명우는 새와 대화하는 것처럼 보였다.

'이거 내적 동화와 비슷하잖아?'

종달새는 박명우의 어깨를 타고 가슴 쪽으로 이동하더
니 머리를 그의 가슴에 비볐다.

"그동안 느낀 게 있을 거다."

박명우는 종달새를 바라보며 손을 내밀자 종달새는 노
랫말을 지저귀며 박명우의 손 위에 올라탔다.

"자유분방함."

박명우가 손을 하늘 쪽으로 향하자 종달새는 날갯짓을
파닥이며 날기 시작했다.

종달새는 뭐가 그리 기분이 좋은지 짹짹 소리를 내며
두 사람 머리 위를 떠돌아다녔다.

'왜 이런 말을 하는 거지?'

이때 신의 머릿속에서 스쳐 지나가는 생각이 있었다.

'연기 경연하고자 한 건 나에게 무언가를 가르쳐주기
위해서인 건가?'

그의 가르침까지 바란 건 아니었다.

신은 박명우를 노려보며 말했다.

"이걸 저에게 보여주시는 이유가 뭐죠?"

박명우는 고개를 가로저었다.

"보여주는 것도 아니고 가르쳐주는 것도 아니다."

그는 나무를 가리키며 말했다.

"나는 네가 한 그루의 나무가 되기를 원할 뿐이다."

이상한 선문답이다.

한 그루의 나무가 되길 원하다니?

신이 미간을 좁히며 박명우에게 무어라 말을 꺼내려는 순간이었다.

짹. 짹. 짹.

종달새 한 마리가 더 등장했다.

두 사람 주위에서 노닐던 종달새 한 마리가 날아온 종달새에게 울음을 토해냈다.

짹.

종달새 두 마리는 얼굴을 비비며 한데 엉키는 등 애정 행각을 벌이기 시작했다.

'애인 사이인가.'

이윽고 종달새 한 마리는 박명우의 머리에 앉았고 나머지 한 마리는 그의 어깨에 앉았다.

신은 새들이 하는 행태를 가만히 지켜보기로 했다.

'이 새들이 뭐하려는 것일까?'

새들은 근처에 나뒹구는 조그마한 나뭇가지를 들고 와 둥지 같은 걸 짓기 시작했다.

신은 황당함을 느꼈다.

'허······.'

새들은 박명우를 제집이나 은신처로 여기는 거 같았다.

한데, 박명우는 새들을 제지하지 않고 새들이 행동하는 걸 그대로 내버려두었다.

'한 그루의 나무가 되라는 게 이런 의미였나.'

나무는 우뚝 서 있다.

비가 오나, 눈이 오나 항상 같은 자리에 있다.

새들이 나무를 찾아와도 그렇다.

나무는 새들을 내쫓지 않는다. 반갑게 맞아주지도 않는다. 그들이 찾아오면 찾아오는 것이고 가면 가는 것이다.

박명우도 지금 이랬다.

새들이 움직이는걸, 물 흐르듯이, 있는 그대로 내버려두었다.

신은 그보다 황당하기만 했다.

'새들이 사람을 나무라고 여기다니.'

이건 단순히 새들과 동화하여 교감을 나누는 차원이 아니었다.

'무슨 물아일체도 아니고……'

사람들 앞에 나무 연기를 한다고 가정할 때, 곧게 내뻗은 두 팔이 가지요, 몸이 나무의 몸통이며 두 발이 땅을 지탱하는 뿌리라고 빡빡 우기면 사람들은 연기자를 '나무'라고 받아들이지도 모른다.

그러나 새들은 이런 사람의 행동을 이해할 리도 없고 사람의 말을 알아들을 리가 없다. 즉, 새들은 박명우가 나무인 걸로 느꼈다는 거다.

물론 종달새의 경우 고도의 지능을 갖고 있지 않겠지만, 사람에 대해 경계가 많았다. 이들을 속이는 건, 사람들을 그럴듯하게 속이는 거보다, 배는 어렵다고 할 수 있었다.

'어떻게 해서 새들을 속인 것이지?'

그러던 이때, 박명우의 입가에 미소가 맺혔다. 뭔가 자애로움이 깃들어 보인다. 아니, 지금 이 순간을 의식하지 않은 듯한 미소다. 자기가 나무인지 박명우인지 잊은 거 같다고 해야 할까?

'자기 자신에게 구애받지 않고 있어.'

정확히는 그는 형식에 얽매이지 않았다.

또 다른 말로는 틀에 얽매이지 않았다.

그에게는 꾸밈이 없었다.

신의 머릿속에서는 집시가 떠올랐다.

한 곳에 정착하지 않고 이리저리 떠돌아다니는 자유분방함.

중심이 없이 물 같이 이리저리 떠도는 자유. 유목주의적인 자유가 박명우의 연기에 깃들어 있었다.

신은 문득 등골이 찌르르해지는 걸 느꼈다.

무언가 촉이 왔다고 해야 할까.

부처에게 설법을 듣다 그의 염화미소를 보고 깨달음을 얻은 가섭의 심정이 이랬을지도 모른다.

'아……'

신은 박명우가 전달해 주려는 걸 이론이 아닌 마음으로 전해 받았다.

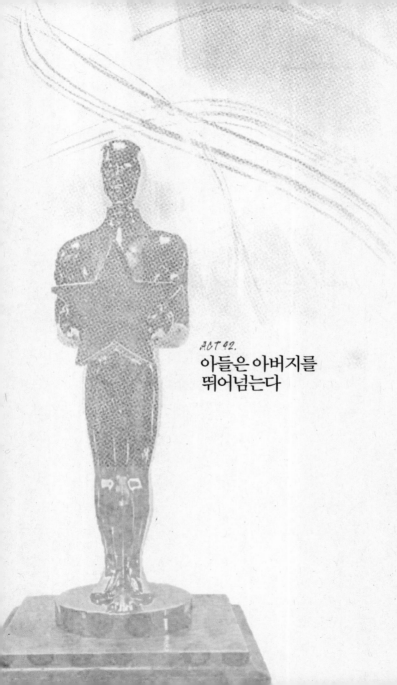

ACT 42.
아들은 아버지를
뛰어넘는다

아들은 아버지를 뛰어넘는다

신은 벤치에 대자로 누운 상태로 하늘을 바라보았다.

솔직히 말해 박명우가 연기를 펼치는 대상을 동물들로 상정할 줄 꿈에도 몰랐다.

'새가 사람을 나무로 착각하고 집을 지을 정도라니.'

상식적으로 말이 안 된다고 할지도 모른다.

그러나 신과 비슷한 능력과 연기에 관해 천부적인 재능을 지니고 풍부한 경험이 있는 박명우라면 가능할지도 모르는 일이었다.

때문에 신은 난생처음으로 벽이라는 것도 보았고, 침울한 감정이란 게 무엇인지도 느꼈다.

연기를 시작 한지 이래로 처음 겪어보는 생소한 경험이기도 했다.

그러나 신은 패배감에 휩싸이지 않았다.

오히려 자극되었다.

'이에 대해 좀 더 고민해보면 풀 수 있을 거야.'

신은 손을 쭉 뻗어 하늘에 떠 있는 구름을 잡으려고 했다.

그러나 잡히지 않는다.

지금 신이 당면해있는 문제도 이랬다.

감은 오는데 감을 정확하게 잡을 수 없다고 해야 할까.

뭔가 알 거 같으면서도 알쏭달쏭했다.

'아, 피타고라스라면 이런 경우를 두고 이렇게 말했을지 몰라. 답이 없다고.'

신은 에라 모르겠다 싶어 머리를 벅벅 긁고 따스한 햇볕을 즐기기로 했다.

'낮잠이나 자볼까.'

어디선가 바람이 불어와 신의 코를 간질거린다.

신은 기분이 좋아지는 걸 느꼈다.

그러던 이때, 쇳소리가 울렸다.

뎅!

여느 때와 달리 선명하게 다가왔다.

신의 귀가 쫑긋거렸다.

바람에 따라 종이 흔들거리며 종소리가 울렸다.

뎅! 뎅! 뎅!

신의 시선은 종 쪽으로 향했다가 주변으로 이동했다.

'그러고 보니 여기 좀 시끄럽네.'

낮잠이나 사람들이 왁자지껄 떠드는 소리, 아기의 울음 소리, 연인들이 서로에게 사랑을 속삭이는 소리 등 이곳에는 많은 소리가 있었다.

신은 조용한 곳으로 이동하여 낮잠이나 잘까 하다 걸음을 멈췄다.

'잠시만.'

이 소리는 단순한 소리가 아니었다. '의미'의 몸짓이 섞여 있었다.

신은 의식을 집중하여 의미의 몸짓을 듣다 바람을 느끼며 무심코 중얼거렸다.

"이건 공기의 몸짓……."

신은 주변에 산재해있는 의미의 몸짓을 살폈다.

해의 몸짓은 햇볕, 공기의 몸짓은 바람, 소리의 몸짓은 음악…….

이때 신의 머리를 스쳐 지나가는 한 생각이 있었다.

이 몸짓들과 대화를 나눠볼 수 있지 않을까?

'극 중의 인물이 되려고 할 때 극 중의 인물과 대화를 나누는 것처럼…….'

극 중 배역이 되고 배역을 제대로 나타내기 위해서 극 중 인물이 하려는 '언어'를 이해할 필요가 있으니 인물과 속 깊은 대화를 나눠보는 건 당연한 일이었다.

이 논리를 〈나무 되기〉에 똑같이 적용해보면 나무와

대화를 해볼 필요가 있었다. 즉, 나무가 되기 위해서는 '나무'라는 의미의 몸짓을 살펴볼 필요가 있는 것이었다.

'이미 머리로 몸으로 다 알고 있는 걸 왜 생각을 못 한 거지?'

신은 저 자신이 참으로 바보 같았다.

'한번 해보자.'

신은 우선 꽃에 말을 걸어보기로 했다.

당연히 꽃이 "신아, 안녕?"이라고 말한 건 아니었다. 신도 꽃이 사람의 말로 말하는 걸 듣지 못했다.

그러나 꽃은 신에게 많은 것을 말하고 있었다.

꽃잎은 어떤 색인지, 줄기의 길이는 기다란지 짧은지, 또, 두께는 얇은지 두꺼운지, 꽃잎은 질긴지 부드러운지와 같은 질감 등등……

'이것이 꽃이라는 존재가 지닌 의미의 몸짓.'

신은 대상을 서서히 넓혀나가며 내적 동화를 통해 대상들과 교감을 하며 이들의 존재를 느꼈다.

'난 이들이 살아 숨 쉬는 걸 느낄 수 있어.'

딱딱하면서도 차가운 돌도, 바닥에 떨어진 잎도, 이리저리 나뒹구는 나뭇가지도 저마다의 '의미의 몸짓'이 있었다. 보통은 이를 대수롭지 않게 여기거나 모르고 지나쳐갈 뿐이다.

'세상은 의미의 언어와 존재의 몸짓들로 가득하구나.'

이런 것들은 어떻게 보면 정말로 사소하다고 할 수 있을지 모른다. 그러나 신에게는 존재의 언어로 둘러싸인 세상이 무척 의미 있게 다가왔다.

'꽃은 꽃으로 있을 때 꽃에 불과하지만 나에게로 와서야 꽃이라는 의미가 되는 것이겠지.'

신은 이들이 지저귀는 '노랫말'을 들을 수 있었다.

'이게 존재가 부르는 노래……'

물론 이 노래는 귀에 들리지는 않았다. 머릿속으로 상상이 되는 것이었다.

신에게는 이 존재들의 몸짓이 관능의 축제를 벌이고 있었다.

'이제 뭔가 알 거 같기도 하고.'

그리고 이때!

신은 머릿속에서 무언가 폭발하려는 걸 느꼈다.

무어라고 해야 할까.

지식이 계속해서 쌓이다가 임계치가 서서히 넘어서는 듯한 느낌이 든다고 해야 할까.

세계를 바라보는 관에 대한 새로운 깨달음이었다.

'아직은 부족해. 좀 더 뭔가 필요해.'

신의 눈가에 '들어가지 마시오'라는 팻말이 보였다. 지금 신은 경고문 따위는 안중에도 없었다. 신은 풀밭에 들어갔다. 흙 특유의 거치면서도 부드러운 질감이 발로 통해 전해졌다.

감각이 이전보다 더 예민해선지 이런 감각들이 선명하게 다가왔다.

'이거다, 이거.'

이번에 신은 바닥에 눕기로 했다. 그러자 싱그러우면서 거친 흙냄새가 신의 후각을 자극했다.

이것이 흙이 지닌 존재의 언어였다.

'나무가 되라는 게 이런 의미였구나.'

신의 입가에 미소가 맺혔다. 박명우가 지었던 미소와 비슷했다.

'알겠다.'

그러던 이때, 누군가가 신을 향해 소리를 질렀다.

"아니, 지금 거기서 뭐 해요! 여기 팻말 딱 걸어놨잖아. 들어가지 말라고!"

신은 뭐가 그리 기분이 좋은 것인지 웃을 뿐이었다.

"저, 저. 미친 거 아니야? 웃지 말고 어서 나오기나 해요."

☆　★　☆

거리를 지나가던 사람들이 하나둘 걸음을 멈췄다.

'뭐지?'

'뭐 사고라도 났나?'

행인들은 많은 사람이 한곳에 서서 웅성거리는 걸 보고

뭐하나 싶어 궁금하기만 했다.

"세상에……."

"이게 뭐야."

지금 펼쳐진 진풍경을 보게 된 사람들은 발걸음을 좀처럼 재촉하지 못하고 폰을 꺼내 사진을 찍어대기 시작했다.

"진짜 신기한데."

"마술이라도 부린 거 같아."

개와 고양이들이 한곳에 옹기종기 모여있다는 게 인상적이라면 인상적이라 할 수 있었다.

그러나 비루한 걸인이 동물들 틈 사이에서 아무렇지 않게 잠자고 있다는 게 더 인상적이었다.

사람들의 눈에는 노숙자가 잠을 자는 게 정말 자연스러워 보였다.

그러던 이때, 걸인이 하품을 해대며 자리에서 일어났다. 그는 사람들의 시선을 신경 쓰지도 않고 자리를 주섬주섬 챙기고는 일어났다.

개와 고양이들이 남자를 따라 움직이자, 남자는 귀찮다는 듯 퉁명하게 움직였다.

한편, 사람들 틈바구니에서 지원은 어이없다는 표정으로 박명우는 후후 웃으며 지금 이 광경을 바라보았다.

'또, 무슨 조화를 부린 거야? 마술이라도 부린 거야?'

'후후, 역시 내 아들이군.'

이윽고 신은 자리에 또 누워 잠을 또다시 청하기 시작했다.

'내가 말한 '얽매이지 않음'을 잘 파악했구나.'

그의 눈에는 지금 신은 정처 없이 떠돌아다니는 부랑자 같았다.

'물 흐르는 듯이, 이리저리 어디에도 걸리지 않는 '무애 無礙.'

박명우는 신이 정말 흐뭇했다.

'이것이 내가 너에게 마지막으로 해줄 수 있는 선물이겠지.'

그리고 사람들은 지금 신이 보여주는 노숙자 연기에 완전히 속아 넘어갔다.

사람들 사이에서 '피리 부는 사나이'는 한동안 유명하게 되었다.

☆　　★　　☆

"그래서 아버지와 연기 대결은 비긴 거야?"

"내 생각에는 그런 거 같아."

신의 말과는 달리 박명우의 생각은 그렇지 않았다. 지금의 신이 지닌 연기 스펙트럼은 그가 신의 나이일 때와 비교했을 때 신이 압도적으로 뛰어났기 때문이었다. 게다가 신은 박명우가 요구한 것을 확실히 수행했기에 박명우가 생각할 때 이긴 측은 신 쪽이었다.

"그나저나 여기 정말 근사하다."

예리는 주위를 둘러보았다. 신은 남산에서 유명한 레스토랑 전체를 당일치기로 전세를 냈다. 아무에게도 방해받지 않는 곳에서 둘이서 오붓한 시간을 보내고 싶어서였다.

신은 스테이크를 썰며 말했다.

"누난 안 먹어?"

"난 넌 먹는 거 봐도 배불러."

한편, 그녀의 약지 손가락에는 영롱한 다이아몬드 알이 박힌 반지가 껴 있었다.

신이 준 프러포즈 반지였다.

시가는 27억을 호가했다.

신이 그녀에게 무릎을 꿇고 청혼할 때, 예리는 울먹거리며 말했다. "나 괜찮아? 요리도 잘 못 하는데." 신은 상관없었다. 예리라는 사람 자체가 좋았으니까.

"아, 그나저나……."

"군대 괜찮아."

"휴가 자주 나가니까. 볼 수 있을 거야."

"그런데 군대 가는 거 좀 더 고민하는 게 낫지 않을까?"

"음……."

"너 할리우드 가고 싶어하는 거 알아."

"어, 알고 있었네?"

"내가 네 속도 모를까 봐? 아내 될 사람인데 당연히 알지."

예리는 미소를 지으며 말했다.

"군대 다녀오면 할리우드 진출이 늦어지지 않을까 싶네?"

"그럴 수도 있지만."

"아무튼, 고민해봐. 난 네 선택이 중요하다고 보니까."

예리는 웃으며 말했다.

"그런데 말이야. 너 어느 샌가부터 아버님을 '아버지'라 부르던 거 알아?"

"그래?"

신의 말에 예리는 쿡쿡 웃었다.

"언제나 그나 그분이라고 말하던데."

신은 괜한 헛기침을 했다.

"그랬나."

"그리고 아버님 오늘 밤에 한국 떠나실 거래."

"뭐?"

신은 이 말에 자리에서 벌떡 일어났다.

"왜 나한테 말 안 한 거지?"

"그냥 조용히 떠나고 싶었나 봐."

"나 한번 가봐야겠다. 가도 돼?"

"응, 가봐."

예리는 희미한 웃음기를 띠며 고개를 슬며시 내저었다.

'감정 드러내는 거 서툰 거 보면 아버지와 아들이 정말 똑같다니까.'

이때 신은 예리의 손을 붙잡았다.

"누나도 같이 가자."

☆　★　☆

신은 박명우에게 예리가 평생 함께할 사람이라는 걸 말하고 싶었다.

'내가 이렇게 마음먹었다는 걸 아버지도 알 의무가 있어.'

박명우는 미우나 고우나 아버지라는 위대한 이름을 지니고 있으니까.

물론 신이 그를 잡아야 할지 말지에 대해 긴가민가하기는 했다. 두 사람 간에 자리 잡고 있는 심적인 갈등은 복잡했으니까. 지금 신의 마음도 갈팡질팡하고 있었다.

'지금 중요한 건 마음이 내키는 대로, 물 흐르는 대로 행동하는 것이겠지.'

한편, 신은 예리가 말해준 게 고맙기만 했다.

'내가 이 사실을 몰랐다면 나중에 땅을 쳤을지도……'

그녀가 신에게 이를 말해준 건 신이 뒤늦게 후회하리라는 걸 짐작한 것도 있겠지만, 이 엇갈림으로 인해 두 사람은 또 생이별해야 하는 비극을 또 맞이하게 되리라는 걸 우려한 것도 있었다.

예리는 사태가 이렇게 흐르도록 내버려둘 수 없었다.

'신이 아무렇지 않은 척하려고 할 테지만 마음속에는 깊은 멍이 들겠지.'

어쨌건 그녀가 중재자로서 할 수 있는 건 다 했다. 두 사람 사이의 갈등을 지지고 볶고 하는 건 두 사람이 알아서 할 몫이었다.

주사위는 이제 던져졌다.

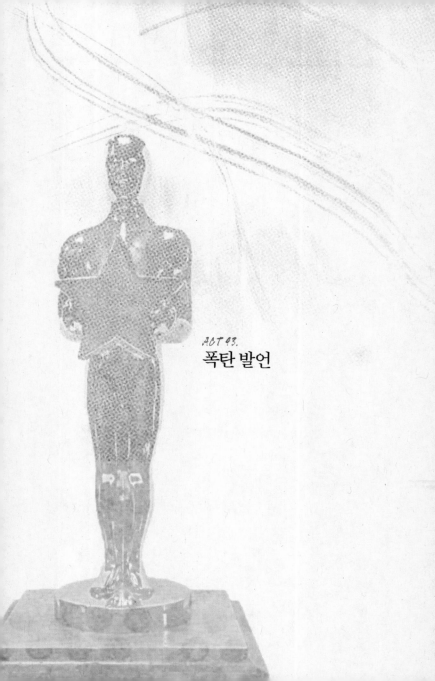

ACT 93.
폭탄 발언

폭탄 발언

한편, 이 시각.

박명우는 인천국제공항에서 비행기 표를 끊고는 4번 게이트를 바라보았다. 저만치 떨어진 게이트를 지나 국외로 출국하는 비행기에 탑승하면 한국과도 이별이었다.

'이걸로 그 아이들과 작별하게 되는구나.'

그는 딱히 내색하지 않았지만, 신과 함께하는 시간은 정말로 즐거웠다. 그가 해주고 싶었던 아버지 역할을 이제야 해줄 수 있는 게 기쁜 것도 있었지만, 그동안 아버지 역할을 제대로 해주지 못해 미안한 감정도 있었다.

한편, 그는 이런 즐거운 상상을 해보기도 했다. 신이 예리와 결혼하여 아이를 낳고, 이 아이들이 박명우를 할아버지라 부르면 그는 "아이고, 내 새끼들." 이라고 말하며

319

너털웃음을 짓는 거 말이다.

그러나 강한아를 떠올릴 때면 이 행복한 상상이 이루어질 수 없는 신기루라는 걸 깨닫고는 했다.

박명우는 이럴 때마다 자신에게 되물었다.

내가 행복해질 권리가 있을까 하고.

그는 단호하게 이렇게 대답하고는 했다.

없다!

'그래, 이렇게 떠나는 게 정답이겠지.'

어차피 반평생 동안 서로가 존재하는지 모르고 살아왔다. 이제 그때처럼 서로 모르는 사이로 돌아가는 거다. 아무렇지 않게 말이다. 그런데 왜 마음 한쪽 구석이 이렇게 아려오는지 박명우는 알 수 없었다.

'몹쓸 미련 이곳에 다 놔두고 가야 하겠지.'

그러던 이때, 이강우가 박명우를 향해 말했다.

"정말 이렇게 가는 거냐?"

박명우는 희미하게 웃으며 이강우의 어깨에 손을 얹었다.

"그동안 고마웠다. 배웅해주러 온 것도 고맙고. 역시 친구가 최고네."

한편, 박명우의 안색은 정말로 핼쑥하게 보인다.

'이 결정을 내리기 위해 많은 고심을 했겠지, 녀석……'

이강우는 그가 떠난다고 했을 때, 그를 설득하고 또

설득했지만 떠나려는 박명우의 마음을 돌릴 수 없었다. 지금의 상황이 그저 안타깝기만 했다.

"이곳에 있어도 될 거 같은데."

"그 이야기는 그만하자. 이미 결정 내린 거."

"그 아이에게는 떠난다는 거 말 안 해도 되는 거야?"

박명우가 고개를 미약하게 끄덕였다.

"너 정말 괜찮겠어?"

괜찮을 리가 없다.

박명우는 표정을 애써 관리하며 말했다. 말에 씁쓸한 감정이 절로 배어 나왔다.

"그때 네가 한 말 생각난다. 너 정말 괜찮겠냐고."

박명우의 말에 이강우의 입가에 미소가 맺혔다.

'그때'가 생각난 모양이다.

"우리 참 많이 싸웠지."

"그때 철없기도 했고."

서로를 바라보던 두 사람은 아련한 옛날을 잠시 추억했다. 마음은 엊그제 그때인 거 같은데 외양은 이제 늙어버렸다. 두 사람은 세월의 무상함에 쓴웃음을 지었다.

"그리고 이거 당부하는 건데 네가 신이 잘 대해줘. 네가 그 아이의 아버지잖아."

"너……."

"널 아버지처럼 믿고 잘 따르니까."

박명우가 마음 놓고 한국에 떠날 수 있는 건 이강우가

있어서 그런 걸지도 몰랐다.

"어쨌거나 마지막으로 한 번 안아보자."

두 사람은 헤어지기 전에 포옹하기로 했다.

"가서도 연락 꼭 하고!"

"걱정하지 마. 연락은 이제 자주 할 테니까."

박명우는 출국 절차를 밟기로 했다. 그런데 이곳을 떠나려는 발걸음이 무겁기만 하다. 왜일까. 어째서일까. 분명 떠나리라 굳게 마음먹었는데…….

그러던 이때.

"이대로 휙 가버리면 그만이라고 생각하시나 보네요."

익숙한 목소리였다.

목소리의 주인공을 알아본 사람들이 웅성거리기 시작했다.

"저 사람 강신 아니야?"

"맞는 거 같은데."

"옆에는…….'

신은 비니 모자에 까만 선글라스를 껴 얼굴을 가렸지만, 연예인만 풍기는 특유의 아우라는 사람들의 눈을 속일 수 있는 게 아니었다.

신은 사람들의 반응에 아랑곳하지 않고 말했다.

"오는 것도 무책임하고 가는 것도 무책임하시네요. 자기만 편하면 그만인가 봐요?"

박명우가 돌아본 곳에는 혀를 쯧쯧 차는 신이 서 있었다.

"어째서 네가……."

한편, 신의 곁에는 예리가 신의 손을 꼭 붙잡고 서 있었다. 박명우는 두 사람이 미래를 약속했다는 걸 알 수 있었다.

'이걸 말해주러 여기 온 거구나.'

예리가 박명우에게 공손히 인사했다. 박명우는 예리에게 희미하게 웃어주었다.

'내가 저 아이에게 떠난다고 말한 건 마지막으로 가는 길에 신이를 보고 싶어 그랬던 걸지도…….'

신은 유감스럽다는 어투로 계속해서 말했다.

"뭐, 나 아버지 붙잡고 싶지 않아요. 가겠다는 사람 왜 붙잡겠어요? 아니, 붙잡지도 않을 거고요. 어차피 반평생 모르고 살아왔잖아요. 이제 서로가 제 갈 길 가는 거잖아요, 이전처럼요."

담담하게 말하는 신의 말은 무척 슬펐다. 이강우는 신이 구구절절하게 살아온 걸 누구보다 알고 있었기에 마음 아파하며 눈물을 흘렸고 예리도 신의 감정에 공감하여 울음을 훌쩍훌쩍 울기 시작했다.

한편, 신이 이렇게 매몰차게 말을 하는 이유가 있었다. 한국을 떠나려는 그를 온전히 보내주기 위해서였다.

'고맙다, 아들아.'

신은 그를 바라본 순간 그가 떠나리라 굳게 마음먹었다
는 걸 곧바로 직감할 수 있었다.

　'아버지가 이곳에 있지 않으려는 건 어머니 때문이겠
지. 어머니한테 정말 미안하니까.'

　그가 이곳에 있다 보면 지난날이 계속해서 떠오를 테
다. 이건 박명우에게 있어 고통스러운 일이기도 했다. 신
은 그가 이런 것에서 고통을 받길 바라지는 않았다. 제 삶
을 찾아가면 좋겠다 싶었다.

　이윽고 신과 박명우가 서로 바라보았다.

　'그리고 저 예리 누나와 결혼할 거예요. 이건 아버지가
알 필요가 있다고 생각해요.'

　'그래, 잘 알겠다.'

　말은 마음을 전달하는 수단에 불과하다. 말은 없어도
진실한 마음이란 건 통하기 마련이었다.

　"떠나가시는 거 좋아요. 다 좋은데⋯⋯. 어머니는 이제
놓아줘요. 어머니는 아버지가 이러는 거 원하지 않을 거
예요. 그러니 이제 어머니와 작별인사해요."

　한편, 박명우는 신의 말에 아무 말도 하지 않고 뒤돌아
섰다. 그리고 서서히 걸음을 옮겼다.

　한 걸음. 두 걸음.

　또, 한 걸음.

　그의 발걸음이 이제 가볍기만 하다.

　박명우는 신의 말에 마음속에 있는 무거운 짐을 아래로

내려놓게 되었다는 걸 알 수 있었다.

"잘 가요."

박명우는 뒤돌아서고 싶지 않았다. 그의 두 눈에서 눈물이 흘러나오고 있어서다. 이 눈물은 정말로 뜨거웠다.

"미국에서 기다리고 있으마."

신은 코가 찡해지는 걸 느끼며 씩 웃었다.

"기다려요. 곧 갈 테니까."

두 사람은 서로 이해할 시간이 더 필요하다는 걸 이해하고 있었다. 두 사람 사이에 자리 잡고 있는 상처의 골은 너무나도 깊숙하여 쉽게 아물 수 있는 게 아니었으니까.

'이렇게 생각할 시간을 가지는 것도 나쁘지 않겠지.'

신은 속이 후련해지는 걸 느꼈다. 앓던 이가 빠진 느낌이라고 해야 할까.

한편, 예리는 신의 등을 쓰다듬어주고 있었다.

'잘했어, 이렇게 하면 된 거야.'

이날 신은 담담하면서 멋진 이별을 맞이했다.

☆　★　☆

박명우가 떠나간 후 신은 〈LIFE〉를 처음부터 끝까지 감상했다. 영상을 감상하는 내내 그와의 추억이 새록새록 떠올랐다.

그와 처음으로 만났을 때, 그가 신을 도와주겠다고 했을 때, 그리고 신이 쓰러졌을 때 그가 옆에서 도와주었을 때…….

'지나가고 보니 감회가 남다르네.'

한편, 신은 박명우와의 뜻깊은 추억이 담긴 〈LIFE〉를 칸국제영화제 단편 부문에 한번 출품해보기로 했다.

〈LIFE〉는 연기에 대한 새로운 모색과 실험적인 정신과 사람들의 애환이 드라마적으로 녹은 모큐멘터리인지라 칸국제영화제에 통할지도 몰랐다.

'내가 볼 때 〈LIFE〉는 자본력에서 달리지만, 예술성과 작품성으로는 충분히 경쟁성이 있어.'

딱 칸국제영화제에서 좋아할 만할 다양성 양화라고 해야 할까.

칸 국제영화에 초청받는 건 심사위원회의 평가를 통과해야 하니 신이 어떻게 해볼 수 있는 게 아니었다. 이렇다고 칸영화제에 출품한다고 해서 손해 볼 건 없었다.

어차피 밑져야 본전이었으니까.

그리고 〈LIFE〉는 칸영화제의 초청을 받게 되었다.

'이거 뜻밖이네.'

솔직히 말해 초청받으면 좋고, 아니면 말고 식이었는데 신은 칸영화제의 초청에 놀랄 수밖에 없었다.

〈LIFE〉는 단편 부문에서 심사위원 상을 받을 수 있었다.

〈LIFE〉에 대한 평가는 이랬다.

'무대와 객석을 뒤흔드는 실험적인 정신이 정말 인상적이었다!'

그리고 단편 부문에서 황금종려상(*경쟁 부문 작품 가운데 최고 작품의 감독에게 주는 상)은 러시아의 라치코프스키 감독에게 돌아갔다.

신은 박명우에게 이 수상 소식을 알려주었고 그는 정말 누구보다 기뻐했다.

2020년 5월 11일 5월 22일 사이에 있는 칸 영화제가 끝난 후. 신은 매스컴을 통해 중대발표를 했다.

"그동안 작품 활동을 하면서 쉴 새 없이 달려왔던 거 같습니다. 이런 이유로 휴식기를 길게 가질까 합니다. 이는 제가 지닌 내실을 좀 더 다지기 위한 것이기도 합니다. 그리고 가장 먼저 하고 싶은 일이 있습니다. 군대에 다녀오는 것입니다."

연기자 강신이 군대라니!

대한민국 전체를 떠들썩하게 할 폭탄선언이었다.

"저는 대한민국 한 국민으로서, 어엿한 남자로서 병역 문제에 관해 떳떳해지고 싶습니다."

한국에서 이 병역 문제는 정말 민감한 문제이기도 했다. 병역 비리로 인해 방송에 나오지도 못하고 사람들에게 욕을 먹는 연예인도 허다했다.

"저는 딱히 모범이 되고자 하는 건 아닙니다. 저 스스로에 당당해지고 싶을 뿐입니다."

신은 병역에 관해 담담하게 말했다. 이로써 신은 대한 민국 남자들 전체로부터 소위 까방권(까임 방지권)을 받게 되었다.

"그리고……."

신의 중대발표는 이것으로 끝나는 게 아니었다.

"할리우드에 진출해볼까 합니다."

〈6권에서 계속〉